• IRMÃOS LANCASTER •

BRUTO
E APAIXONADO

JANICE DINIZ

• IRMÃOS LANCASTER •

BRUTO
E APAIXONADO

LIVRO 1

Rio de Janeiro | 2018

Copyright © 2018 por Janice Diniz
Todos os direitos desta publicação são reservados à Casa dos Livros Editora LTDA.

Diretor editorial: *Omar de Souza*
Gerente editorial: *Renata Sturm*
Assistente editorial: *Marina Castro*
Copidesque: *Tamara Sender*
Revisão: *Luana Balthazar* e *Adriane Piscitelli*
Projeto gráfico de capa e miolo: *Renata Vidal*
Foto de capa: *4x6 / istock*
Diagramação: *Renata Vidal*
Ornamentos de miolo: *Beth Rufener / Ornaments of Grace*

CIP-BRASIL. CATALOGAÇÃO NA PUBLICAÇÃO
SINDICATO NACIONAL DOS EDITORES DE LIVROS, RJ

D611b

    Diniz, Janice
        Bruto e apaixonado / Janice Diniz. - 1. ed. - Rio de Janeiro : Harper Collins, 2018.
        256 p. (Irmãos Lancaster ; 1)
        ISBN 9788595082885
        1. Romance brasileiro. I. Título. II. Série.

18-48982   CDD: 869.3
                                                                               CDU: 821.134.3(81)-3

Meri Gleice Rodrigues de Souza - Bibliotecária CRB-7/6439
12/04/2018 13/04/2018

Harlequin é um selo da Casa dos Livros Editora LTDA.
Todos os direitos reservados à Casa dos Livros Editora LTDA.
Rua da Quitanda, 86, sala 218 — Centro
Rio de Janeiro, RJ — CEP 20091-005
Tel.: (21) 3175-1030
www.harpercollins.com.br

"Se monto um touro na sexta-feira à noite e caio de outro no sábado, é no sucesso de sexta à noite que vou me concentrar. Temos que voltar a nossa mente e o nosso coração para aquilo que soubemos fazer bem e corretamente."

Adriano Moraes

Capítulo um

A vaca era branca com manchas pretas, as costelas à mostra, as tetas cheias de leite. Sacudia o rabo espantando os insetos debaixo do sol das duas da tarde. Os olhos miúdos fitavam o caubói ao seu lado, mas não lhe davam muita atenção. Parecia apenas que ela não tinha para onde olhar. Dois homens a ladeavam, analisando-a.

— Acho que essa vaca vai pro brejo — disse Mário, o cigarro no canto da boca, a fumaça desaparecendo na aba do Stetson preto.

O outro riu alto, abriu bem a boca, mostrou a goela e a coroa escura dos dentes. A coisa nem era tão engraçada, Mário Lancaster falava sério e olhava para o vendedor da vaca com uma carranca pesada.

— O que está me dizendo, cabra? Esse animal vale uns cinco paus, e vou vendê-lo por milzinho.

— Aí é que está o problema, ô, Teófilo. Conheço a sua fama de trambiqueiro, e você me mostra uma vaca boa dessas com um precinho de mãe, aham, sei, aí tem truta.

O rapaz se considerava um conquistador. Muito alto, magro e loiro. A cor do cabelo era igual à de uma espiga de milho, o nariz era grande e a testa, larga. Tinha olhos miúdos e debochados. O danado era feio pra diabo, e talvez a mulherada de Santo Cristo precisasse marcar uma consulta com o oftalmologista. Acontecia que Mário fazia negócios com ele. Apesar da fama de vigarista, o rapaz jamais cometeu crime grave, a não ser o de lesar gente tão oportunista quanto ele mesmo.

O que dizer da vaca? Era boa e ponto final.

Mário considerou que o melhor a fazer era pagar e tirar o bicho de lá.

— Leva a moça pro reboque — mandou, voltando-se para a Silverado DLX preta que o aguardava debaixo da sombra de uma árvore.

O sol parecia aflito, jogando-se com toda a força pela planície verdejante e rasteira. O céu branco aglutinava as nuvens e também a fumaça das queimadas na região. Os arbustos balançavam seus galhos soprados pelo vento mormacento. A poeira girava para além do solo, formando redemoinhos antes de se dissipar.

Ficou de olho na manobra dos vaqueiros com o gado, recriminando-se por ter escolhido uma camisa preta para usar naquele dia infernal. Os raios do sol conseguiam atravessar o colchão de fumaça e pareciam dispostos a lhe torrar as costas. Suava pra caramba. Tudo que mais queria era voltar para casa e entornar uma bela de uma cerveja gelada.

Cinco anos antes, nutria desejos mais ambiciosos. E embora o ritmo de sua vida fosse outro, ainda assim, cada dia parecia perfeito. Mal sabia que uma avalanche de tragédias soterraria não apenas os seus sonhos, como também o seu futuro e o da sua fazenda. E, agora, aos trinta e cinco anos, ele mal era a sombra do peão de rodeio que tinha sido um dia.

— O povo está falando — disse Teófilo, ao seu lado, a mão na aba do chapéu empurrando-a para acima da testa.

— O povo tem boca, não tem? Deixa falar — respondeu Mário, desinteressado.

Se desse trela para o camarada, ia começar a falar até ter cãibra na língua ou ainda depois disso.

— Uma empresa, e das grandes, vai assumir a fábrica do Fagundes. E, como a família está mal das pernas, ela vai ter que ser vendida. Isso não é nada bom, forasteiros mandando na gente — afirmou, cuspindo no chão um jato grosso de saliva.

— Você é fazendeiro, cuida da sua colheita e do seu gado — provocou-o, com um sorrisinho pendurado no canto da boca.

— Minha mulher trabalha na fábrica e o irmão dela também, além do meu tio caolho. Todo mundo tem parente empregado lá, fora o povo que tira o seu próprio sustento da fábrica. E não é nada bom que o Fagundes perca o negócio, é ruim para Santo Cristo e pra nós. Você não tem mentalidade política, não?

— Não.

Meteu uma resposta direta nos cornos do outro. Mas, por experiência, sabia que o assunto ainda estava em suspenso. Ô, porra.

— É por isso que o país virou essa bosta seca! O povo daqui segue o que você fala, a família Lancaster é tradicional, um dos primeiros colonizadores, e você devia se posicionar em relação à invasão desses forasteiros. — A voz era ríspida, os braços cruzados diante do peito, as pernas afastadas, e o vaqueiro parecia muito puto quando completou: — Até o prefeito pede os seus conselhos...

— Não, ele foi pedir é para eu pagar as minhas multas, senão ia tomar a minha picape.

— Sem essa! — exclamou, rindo. — Você é o pilar da comunidade. Você e os seus irmãos, ora bolas.

— Um pilar gasto e todo esburacado — rebateu Mário com azedume, preparando-se para entrar na Silverado. Antes, no entanto, parou e se voltou para o outro. — Olha aqui, os meus pais foram os pioneiros por essas bandas, o velho Lancaster dava pitaco em tudo, mas faz tempo que não me interessa nada que não seja exclusivamente sobre a minha vida. E, pra falar a verdade, nem a minha vida está no foco dos meus interesses. — Amenizou o tom duro da voz, embora o semblante continuasse carregado de censura.

— Impossível, Mário. Você é o líder da comunidade.
— Líder é o cacete.
— O seu pai estava sempre à disposição de todos...
— O meu pai era advogado, era o trabalho dele, Teófilo — afirmou, impaciente, pondo-se diante do volante.

O cara apareceu no enquadramento da janela, o cabelo para todos os lados soprado pelo vento áspero dos grãos da terra.

— Você sabe das coisas e tem boa intuição, é filho do velho Lancaster, tem influência sobre os políticos e a admiração do povo, principalmente da mulherada e...

— Amigo, minha fazenda está se fodendo ano após ano. Se eu desviar a atenção um segundo sequer, o banco vem e pega tudo o que eu tenho, só devolve a minha mãe, que é o diabo de encrenqueira. Além disso, meus irmãos moram no Texas, estão longe dessa merda toda faz anos — falou Mário, tentando encerrar o assunto. Tirou o chapéu para secar o suor da testa com o dorso da mão antes de continuar: — Isso significa que não tenho tempo nem saco pra me meter com o problema dos outros.

— O que o seu pai diria sobre essa sua atitude, hein?

Mário apertou a boca, um gesto que revelava irritação, mas não tanta. Problema mesmo era quando ele apertava os punhos. Voltou os olhos para a paisagem à sua frente, o mato baixo e verdejante, o arvoredo escasso, de copa larga, oferecendo boa sombra para tudo que era lado. Adiante, o horizonte cru se encontrava com o recorte branco do céu tomado pela fumaça dos focos de incêndio. Era época da queima do pasto. Tudo ficava branco e cinza. O calor causticante encobria o cenário campestre que, ainda assim, era danado de bonito.

— Escuta, homem, o que vou te falar — começou Mário, virando-se para o camarada que conhecia desde que ele cagava nas fraldas. — O meu pai está morto, morreu enquanto eu me recuperava no hospital da queda de um touro. Você bem sabe que eu não sou ele, não sou cavalo amansado pela civilidade, tomei nos cornos, perdi meu ganha-pão, que também era a minha paixão, e agora estou pouco me fodendo para o que acontece com a tal comunidade.

— Mas, Mário...

— Chega, Teófilo. O meu joelho quase foi esmagado e a minha coluna também. É complicado passar pela porta giratória do banco por causa dos parafusos que tenho na minha perna, então pouco me importa se a fábrica de *parafuso* do Fagundes vai sumir do planeta, não me interessa, não sou o meu pai, não sou a parte bondosa dos Lancaster — disse Mário com amargor.

— Você mudou muito — Teófilo o acusou, fazendo uma careta de gente sem graça de ter que falar a verdade na fuça do amigo.

Mário deu de ombros antes de rebater:

— Se a fábrica fechar, vocês podem procurar outra coisa para fazer. Artesanato, por exemplo. — Ele encarou o outro, que exibiu uma cara de quem comeu e não gostou. — Ou se unam e destruam tudo — sugeriu, piscando o olho de modo significativo.

Teófilo abriu um sorrisão, a felicidade estampada no rosto, e o punho esmurrou a lataria da Silverado quando falou:

— É isso aí, porra! Ninguém vai chegar aqui e achar que é dono do pedaço! Vamos acabar com esses executivos de merda que se acham melhores que uma comunidade inteira de trabalhadores. Tem razão, Mário. Vamos nos unir e botar pra quebrar!

Ok, acabava de incitar uma revolução da classe operária de Santo Cristo contra os empresários capitalistas, considerou Mário, fazendo um gesto afirmativo com a cabeça antes de se pôr novamente na estrada.

E a vaca com ele no reboque traseiro.

* * *

Assim que saiu da picape, viu a mulher debaixo do teto do alpendre da sua fazenda. Queria não ter visto. Às vezes o camarada só desejava ser cego ou não se envolver com mulher chave de cadeia. E aquela lá representava o presídio inteiro.

Vestida de forma provocante na blusinha e na minissaia jeans, a morena sorria como se fosse bem-vinda ao lugar. Ela sabia que não devia estar ali. Era um dos seus contatos femininos para fins sexuais. Pensar que era mais do que uma mulher para foder fazia parte exclusivamente dos delírios da cabeça dela.

Manteve seus olhos duros na moça ao gritar para os vaqueiros:

— Enrico e Jonas, desçam a vaca!

A engraçadinha continuou sorrindo, aproximando-se dele gingando os quadris bem devagar.

— Como vai, amor?

Os vaqueiros se achegaram, e um deles, o Enrico, grandalhão ao estilo polaco rude, falou:

— Qual vaca, patrão?

Jonas cutucou o colega nas costelas, mas o outro curtia muito provocar quem poderia facilmente demiti-lo, embora Mário não gostasse de se meter com o drama de uma demissão. Normalmente mandava um recado por escrito, ao estilo: "Pega suas coisas e o seu dinheiro, e se manda daqui". Dona Albertina, sua mãe, dizia que ele era como o velho Lancaster, coração duro por fora e derretido por dentro. Ao que ele rebatia, afirmando que era mais preguiçoso do que generoso ou molenga; a bem da verdade, sinônimos.

Encarou a senhorita espaçosa e, sem desviar seus olhos sérios dos dela, respondeu:

— A vaca que comprei, não a que invadiu as minhas terras.

— Essa foi boa! — exclamou ela, rindo. Isso já havia se tornado um padrão, ele metia uma patada e a moça levava na brincadeira. — Vim convidá-lo pessoalmente para me levar ao Festival da Torta de Caju e não aceito um "não" como resposta.

— E um "impossível", você aceita? — foi seco e direto, cedendo passagem para os vaqueiros esticarem a rampa que haviam acoplado à caçamba da picape.

— Por que está se esquivando de mim? Aceitei os seus termos, a gente não precisa ir como casal de namorados, de mãos dadas e tal. Somos amigos, ora.

Endereçou-lhe um olhar feio e desconfiado. Passou por ela, indo para o alpendre, a imagem da lata de cerveja louca de gelada não lhe saía da cabeça.

Entrou no primeiro andar da casa-sede inalando o cheiro de incenso de alecrim. Espirrou e depois praguejou alto. Era uma merda ter uma mãe que fazia ioga e meditação enchendo o ambiente de troço fedido. A casa e o resto da propriedade eram dele, uma vez que comprara tudo do seu próprio pai. Não queria saber de herança. Na época em que participava dos rodeios pelo país, havia juntado grana o suficiente para pagar as dívidas da propriedade e administrá-la do jeito que queria. Mas para isso a fazenda tinha que sair das mãos do velho Lancaster, que não entendia bulhufas de terra e de gado. O negócio dele era defender os pobres e oprimidos, cobrar quase nada ou até mesmo nem cobrar. Muitas vezes tirava dinheiro do próprio bolso para ajudar quem era demitido ou injustiçado por algum motivo. O velho tinha sérios problemas para reter grana em casa. Assim, com o tempo, a fazenda que comprara para enfim viver no interior na santa paz de Cristo virou um negócio fadado à falência.

A decoração da casa-sede, no entanto, de móveis escuros e pesados, com objetos da década de 1970, era bem ao estilo exagerado de sua mãe. A coisa era tão retrô que a danada tinha conseguido desenterrar uma vitrola Philips 561, acompanhada obviamente de um sem-número de discos de vinil. Mário não gostava de nenhum.

Abriu a geladeira de inox, pegou a lata de cerveja e rompeu o lacre. O estampido seco do metal ecoou pela cozinha. Inspirou o cheiro da bebida já salivando. Podia-se dizer que era um belo momento aquele, o encontro do cabra sedento com o seu objeto de desejo, o problema era que tinha uma intrusa nos seus calcanhares.

— Se não formos juntos, sei que vai levar outra — disse ela, fazendo manha. Trinta anos na cara e fazia manha.

Mário sorveu todo o líquido sem pensar em nada, só em molhar a garganta. O último gole desceu morno.

— Dona Albertina vai comigo.
— Ah, por favor, ela é sua mãe.
— E você, ô, Patrícia, é o que minha, pode me dizer?
Ela o olhou como se quisesse comer o seu fígado.
— Verônica!
— Repito: o que você tem a ver comigo, dona Verônica Patrícia? — escarneceu, vendo-a ficar rubra de raiva.

Havia trocado os nomes, era verdade, mas isso era normal. Santo Cristo era uma cidade pequena, cheia de mulheres morenas, gostosas, baixinhas e metidas a dona do pedaço. Obviamente uma hora ou outra o cara se confundia.

— Meu Deus do céu, pra que tanta grosseria? A gente se conhece há anos, passamos por poucas e boas juntos, eu te consolei quando você fodeu o joelho.
— Chega disso — ele a interrompeu com brusquidão, encarando-a com severidade. — Não força um tipo de relacionamento que não temos. A gente já falou sobre isso, estou fora dos seus esqueminhas de romance.
— Somos amigos de cama, eu sei e topei a parada — rebateu, pondo as mãos nos quadris com ares de desafio no olhar e na postura. — Mas isso de não andarmos juntos na cidade é ridículo, ninguém é comprometido aqui.
— Sou discreto — disse ele, levando a mão à boca para disfarçar um arroto. Deu-lhe as costas e mirou a latinha no aro da lixeira, acertando-a em cheio. — Além disso, minha vida sexual só diz respeito a mim.
— Que nada, todo mundo sabe que você é um sem-vergonha.
— Não sou um sem-vergonha nada — retrucou, fechando a cara.
— É um mulherengo safado.

Ele se virou para tentar entender por que havia um rastro de admiração no tom de voz dela. A doida só podia ser doida mesmo.

— Sou solteiro, não quero compromisso, mas isso não me faz um sem-vergonha. Eu te iludi, por acaso, ô, Matilde? — ele a provocou, sem sorrir, puto.

Como gostavam de se fazer de vítimas! Como gostavam de lhe mandar diretas e indiretas!

— Tudo bem, não está mais aqui quem falou. — Ela levou as mãos para o alto num gesto de rendição. — Você listou as suas regras, e eu aceitei. Só queria que fosse mais humano e menos jegue, mas vejo que é impossível. Quem nasce quadrúpede morre quadrúpede.

— Isso é um palavrão? — escarneceu, estreitando os olhos para ela.

— É uma ofensa aos quadrúpedes, isso sim.

— Sabe quando foi a última vez que eu trouxe mulher aqui? — Ela fez que não com a cabeça, e ele continuou: — Faz anos, quando casei com uma tinhosa que meio ano depois me largou. Isso significa que você passou dos limites, e se tem uma coisa de que não gosto é mulher espaçosa. — Foi duro, pegando-a inclusive pelo cotovelo ao arrastá-la para fora da casa. — Toma o seu rumo e vê se me esquece — falou, num tom baixo e ríspido.

— Espera, Mário, vamos conversar! — pediu, endurecendo o corpo.

Claro que a diaba ia espernear e fazer escândalo. Era sempre a mesma história e a mesma cena. Por isso ele agiu também da mesma forma. Pegou-a no colo, dobrando-a no seu ombro como se carregasse um saco de batatas. A intenção era levá-la para o automóvel que a trouxera e encerrar de vez aquela história.

— Pode me chutar à vontade, mas se acertar o meu pau, vai ter que aguentar o tranco — anunciou, resoluto.

— Acha que é assim que se trata uma mulher, seu canalha? — gritou, batendo com os punhos no tórax dele.

— Não, acho que *você* é quem merece ser tratada assim.

Eles já estavam no pátio, dividindo espaço com os dois vaqueiros que lidavam com a vaca. Ambos pararam o que faziam para observar a cena do casal. Era certo que a qualquer momento os infelizes cairiam na gargalhada.

Largou a donzela no chão assim que chegou ao automóvel dela. Fez o favor de abrir a porta do motorista, mas com a firme intenção de jogá-la para dentro do veículo.

Toda vez era a mesma merda: começava a sair com uma mulher, enumerava suas regras de solteiro-convicto-e-fim-de-papo, ela acatava, eles então fodiam, ela ficava doida e o perseguia, ele pulava fora, ela o chamava de cafajeste, canalha, sem-vergonha, mulherengo, idiota, imaturo, misógino, machista, cretino e agora... quadrúpede.

— Vim apenas convidá-lo para sair... — começou a bola da vez, empinando os peitos, controlando a emoção na voz, mágoa, por assim dizer. — E você me humilha na frente da peonada — ela o acusou. — Podia simplesmente dizer que só me usou para descarregar sua energia sexual de peão de rodeio frustrado, admitir que é um egoísta traumatizado pelo chute que sua esposa lhe deu bem no meio da bunda, um canalha presunçoso de pau grande.

— Entra no carro e se arranca — ordenou ele, num tom baixo e perigoso.

— A próxima mulher por quem se apaixonar vai fazer o diabo com você, vai pisar no seu lombo, polir os seus chifres e amolecer esse seu troféu entre as pernas, desgraçado sem coração.

— Está me rogando praga, amor da minha vida? — escarneceu, empurrando a aba do Stetson para cima enquanto lhe endereçava um meio sorriso provocador.

— Todo canalha uma hora encontra quem o ponha de joelhos, é só uma questão de tempo.

— Ok, dado o recado — disse ele, bocejando sem a menor educação. Em seguida, pegou-a pelo cotovelo e jogou-a contra o banco do motorista, batendo a porta com força. — Se não cair fora em cinco minutos, chamo a polícia.

Ele era amigo do delegado local e dos policiais, bebiam juntos, cavalgavam na fazenda, e ele cedia o riozinho para os caras de distintivo pescarem no fim de semana. Gente boa e tranquila, já que não acontecia porcaria nenhuma em Santo Cristo. Então a mulher sabia que seria escorraçada de lá. Aquela terra não era para donzelas, os machos mandavam e somente as brutas venciam o machismo local. Mário gostava do estilo da sua terra, aprovava a corda em torno do pescoço da mulherada, a rédea firme, a voz grossa pondo-as nos trilhos. Definitivamente ele nunca foi um Lancaster molenga e subserviente às vontades de uma mulher.

Levou uma cuspida na cara, bem no meio do maxilar, já que ele olhava na direção da vaca que parecia rir do fiasco que se processava naquele fim de caso.

Limpou o rosto com o dorso da mão, observando a traseira do automóvel se afastar em alta velocidade, como se a motorista pisasse no acelerador imaginando a cabeça do ex-amante.

— É, patrão, mais uma que se vai. — A voz de Enrico tinha todos os tons do deboche.

Pois é, esse é um momento memorável que requer a companhia de um cigarro, pensou ele, riscando o fósforo na sola da bota antes de pôr fogo no vício.

— Vai uma, vêm duas — comentou, desinteressado.

— É bem assim — disse o outro, rindo. — Pelo menos na sua horta. Não sei o que tem no seu jardim que está sempre bem adubado.

— Nada. O meu jardim está seco e morto, a mulherada é que prefere se entupir de ilusão — afirmou com secura, baixando a aba do chapéu de modo a camuflar os olhos cínicos.

Capítulo dois

Mário foi até a janela da cozinha e deu uma espiada para fora, dizendo de modo teatral:

— Vai chover canivete, só pode.

— O que disse, filho?

Dona Albertina, diante do fogão, mexia a colher de pau no doce que parecia ser de caju ou algo assim. A fumaça subia trazendo o aroma pungente que ganhava todo o recinto. Era um cheiro de aconchego, de família, ele não sabia ao certo como definir, mas se assemelhava muito à fragrância adocicada da sua infância.

— Eu disse que a combinação "Albertina e fogão" não cabe numa mesma realidade, é mais aceitável esperar por uma chuva de canivetes — comentou ele com bom humor.

Deu uma olhada na velhinha magra, baixa, tão delicada quanto qualquer anã crescida. Vestia jeans e blusa de banda, daquelas de algodão, de uma cor só. O chapéu de vaqueira, do tipo menor com miçangas acima da aba, caído na testa. Vários acessórios de prata nos pulsos e no pescoço. Aquela lá tinha estilo, sem dúvida alguma, só não se sabia se era o estilo country, o hippie ou o deus nos acuda.

— Quero ganhar o Festival da Torta de Caju. Sinto que esse ano levo o troféu — disse ela, sem deixar de se concentrar no doce.

— É claro que sim — falou ele, beijando-a em seguida no topo da cabeça. — Mas, se não ganhar, favor manter sua boca suja bem fechada, ok?

— Depende.

Ele já estava a poucos metros da porta dos fundos quando se voltou. Endereçou um longo olhar à mocinha de sessenta e cinco anos e se lembrou da autoridade que ela ainda exercia naquela fazenda mesmo sustentada pelo filho. Não era o dinheiro que determinava a posição hierárquica de uma pessoa, mas sua grandeza de espírito, a honestidade e o respeito conquistados.

— Olha, mãe, esse festival é só uma diversão, não precisa levar tão a sério — ele a advertiu, preparando-lhe o espírito para uma possível derrota. Afinal, as melhores doceiras da cidade estariam reunidas e competindo entre si e isso havia décadas. Dona Albertina acabava sempre entre as dez finalistas. Para ela, derrota, derrota e derrota.

— Era assim que você pensava quando competia nos rodeios?

Ô velhota safada, pensou com amargura, retesando os maxilares.

Ainda doía. Depois de metade de uma década fora dos rodeios, doía de verdade. Antes ele precisava de oito segundos para conquistar a vitória, mas lhe bastaram seis para perder tudo. E esse tudo era a sua carreira, a sua paixão, a extensão de sua vida e todas as suas metas. Mais do que isso, perdeu o motivo de acordar sorrindo, tomar café de madrugada já se imaginando no treino na arena da fazenda. Era como perder um grande amor, devia ser, evidentemente, já que nunca amou alguém como amava ser peão de rodeio.

— Às vezes a senhora é danada de cruel, hein, dona Lancaster — comentou com amargor.

— A verdade precisa ser dita — jogou-lhe na cara. — Você acabou com o seu joelho e não com a sua vida inteira. Podia melhorar essa personalidade do cão, arranjar uma garota e procriar, assim vai parar de pensar só em si mesmo e nos rodeios.

A vontade era a de mandá-la pastar, mas a pessoa em questão era a senhora sua mãe.

— Ok, vou pensar a respeito — mentiu.

— Não demora pra se ajeitar, estou com o pé na cova — disse ela, fitando-o com carinho e um sorriso malandro.

Era um inferno cair na armadilha dela.

— A senhora vai viver até os cento e nove anos.

— É claro que sim, tomo um cálice de vinho todas as manhãs, nada de remédio, e jogo bingo com as comadres. Essa é a garantia de uma vida longa, filho. Pode crer.

— Verdade. Mas o bingo não pode mais ser por dinheiro, dona Albertina Lancaster. Não posso ficar pagando suas dívidas, porque nem sempre a senhora joga com as suas *comadres*. Não me olha assim, me refiro ao pôquer naquele cassino clandestino.

— Nunca fui a cassino nenhum, nem sabia que tinha essas coisas em Santo Cristo! — exclamou de modo teatral.

— Acha mesmo que caio nessa?

— Estou falando a verdade, só jogo com a mulherada viúva. Pode acreditar.

O melhor a fazer era deixar para lá, com certeza ela jamais assumiria que era uma jogadora compulsiva, e tal comportamento começou quando ficou repentinamente viúva, na mesma época em que ele foi parar numa UTI. Nem mesmo a companhia dos filhos que moravam no exterior a consolou. Então ele a compreendia muito bem.

— Está certo, mãe, a senhora precisa mesmo de distração — admitiu, meio a contragosto, já que a diversão dela significava menos dinheiro no bolso dele.

— A Leonora ainda não chegou.

— Ela me avisou que se atrasaria — comunicou Mário, alcançando a soleira da porta, e, por cima do ombro, continuou: — Foi levar o marido para arrancar o siso.

— Nossa, *hômi* é tudo cagado — resmungou, de volta à sua panela.

Leonora era cozinheira de um restaurante, mas passava toda tarde na fazenda e fazia o jantar deles. Dona Albertina almoçava na casa das amigas, e Mário num restaurante no centro da cidade. Valia a pena o gasto com a cozinheira, uma vez que sua mãe queimava tudo. Dificilmente, portanto, os Lancaster trariam para a fazenda o troféu da melhor torta de caju do festival.

* * *

Mário subiu na tábua mais alta da amurada que cercava o curral. Mordiscou a ponta de um fiapo de capim e o jogou de volta no chão. Ajeitou a aba do Stetson para cima sem deixar de admirar os touros nelore que pastavam por ali. Cem cabeças de gado, uma miséria. Anos antes, eram cinco mil, quando vencia os campeonatos e trazia dinheiro para a fazenda, o pai ainda era vivo, e a mãe não desperdiçava grana nos jogos de azar.

De repente tudo desmoronou. Breno Lancaster sofreu um acidente de carro, e Mário teve o joelho quase esmagado pela pisada de um touro. O dinheiro parou de vir do advogado e do peão de rodeio. Gastou uma nota em fisioterapia, que não parecia adiantar nada. O joelho não sarava porque a sua cabeça também não estava boa. O pai morto, o abalo emocional, a sua mãe que não chorava a perda, engolindo o trauma do luto como quem aceitava no estômago uma granada sem pino e prestes a explodir.

O touro não pisou apenas no seu joelho, quebrou várias costelas e quase estraçalhou o seu ombro. A recuperação foi difícil, a depressão o atingiu feito um raio na cabeça, pondo-o de cara no chão. Ainda assim, precisou juntar todas as forças para consolar dona Albertina.

Antes de se endividar, Mário comprou o animal que o tirou do circuito dos rodeios. Killer, descendente do famoso touro Bandido, era a última recordação de um tempo de glória e felicidade. E era para ele que Mário olhava naquele momento, admirando a estrutura encorpada e imponente de quem havia derrubado um sem-número de peões. A bem da verdade, Killer era a sua pequena fortuna. Podia vendê-lo e quitar as dívidas da propriedade. Todos os dias aparecia um para lhe fazer proposta comercial. Dona Albertina o queria longe dali.

Acontecia apenas que ela não entendia a sua relação com o touro, o seu algoz e cúmplice do crime de ter vivido, mesmo que por pouco tempo, a sua paixão pelos rodeios.

Agora era difícil para Mário acordar todos os dias e se comportar como mero fazendeiro. O coração não batia mais forte quando ele negociava a sua produção leiteira com os laticínios da região ou a venda dos touros para a peonada treinar nas próprias fazendas. Havia vários campeonatos ao redor, e eles precisavam de bons animais para o treinamento antes das competições. Mário os servia com os touros, vendia-os sem pestanejar. Menos Killer. Menos o seu melhor inimigo.

O touro o fitou, os olhos pequenos e argutos se mantiveram presos aos seus. Às vezes isso acontecia, momentos de conexão. E eles voltavam à arena, ouviam o clamor da plateia, inalavam o cheiro da poeira se erguendo do solo, o suor se desprendendo do lombo do animal e da sua pele ardendo debaixo do sol e da excitação da montaria. O tempo então parava. Mário sentia a corda enrolada na mão enluvada. Debaixo de si o animal corcoveando na tentativa de derrubá-lo. Tudo parecia desaparecer enquanto ele e o touro se enfrentavam, um tentando dominar o outro, mostrar a própria força.

Olhou ao redor, ninguém à vista. Pulou da cerca e caminhou pelo rebanho. A cada passo que dava, ao se aproximar do touro, sentia que voltava ao passado. O bicho à espera parecendo avaliar as suas intenções. Jamais saberia o quanto o havia ferido.

Antes que o alcançasse, Mário ouviu a voz do capataz:
— Vou recolher o Killer para a baia.
Ele estacou no mesmo lugar.

O que fazia ali, no meio do curral, caminhando com os punhos cerrados em direção ao bicho? O que queria com aquilo? Dar-lhe um soco no meio das fuças?

Retesou os maxilares, forçando-se a empertigar a coluna ao se recompor. Ultimamente vinha tendo a impressão de que estava prestes a perder o juízo. Era pressão demais, de todos os lados. E o prazer de viver parecia cada vez mais distante.

Um leve latejamento no joelho o lembrou de que o confronto com o touro ficaria para mais tarde.

— Não vale a pena — disse o capataz, agora ao seu lado.

Mário se virou para o sujeito que aparentava trinta e poucos anos. Era grisalho antes do tempo, o rosto sulcado de rugas, a tez morena tostada do sol. Encorpado, quase um gigante, nascera e crescera no meio do mato.

— Pra falar a verdade, nada vale a pena — afirmou, hostil.

— A gente pode preparar o Killer para você montar, mas não aqui no meio do curral sem qualquer segurança.

— Eu não ia montá-lo.

— Acho que ia, sim, Mário, os seus olhos estavam furiosos.

Obrigou-se a encarar o funcionário de longa data.

— É terapeuta agora?

— Sou apenas um cabra que conhece você há anos e sei que está difícil viver longe da arena.

— Porra nenhuma — resmungou, fechando a cara.

— Não conheço você? — o outro perguntou, rindo.

— Não, não me conhece, e eu gosto da minha vida de fazendeiro — mentiu.

— Tudo bem, então. Se quiser, pode sorrir de vez em quando — o outro provocou.

Mário o olhou fixamente.

— Quando eu tirar a fazenda do vermelho, vou sorrir até rasgar a boca ao meio — replicou, sisudo.

— É só vender esse cara aí — falou o capataz, apontando para o touro premiado.

Mário desviou o olhar do homem para se deter nos olhos do animal.

— Quero esse maldito bem perto de mim.

— Isso é masoquismo.

— Não, meu chapa, é um tipo de terapia, se quer saber.

— Só se for terapia de jacu. Como é que pode viver bem tendo que encarar todo santo dia o bicho que te pisoteou e te tirou dos rodeios? É por isso que não sorri, está todo travado e duro, preso num passado que não volta mais...

— Cala a boca, cabra — ordenou Mário, mal descolando os maxilares para falar. — Cala essa maldita boca antes que eu te ponha no olho da rua.

Eles ficaram se encarando, e Mário notou a mágoa margeando as pálpebras do capataz. Era apadrinhado do velho Lancaster, o homem que se chamava Frederico e que jamais constituíra sua própria família porque só vivia para o trabalho.

— Ok, entendi — disse ele, tirando o chapéu e o levando ao peito num gesto de humildade.

Mário o viu se afastar, nada tinha a lhe dizer que já não tivesse dito. Quando trazia para casa troféus e dinheiro, não ouvia a opinião de ninguém. E não seria agora, ao ter as mãos vazias, que se importaria em recolher conselhos pela estrada.

O celular vibrou, e a tela exibiu o nome de uma de suas amigas íntimas. Olhou em torno, admirando a planície verdejante a se perder de vista, a natureza pulsando em cada ponto da pradaria.

Atendeu a ligação, marcando um encontro sexual para dali a algumas horas.

Capítulo três

Thomas Lancaster nasceu entre Mário e Santiago, portanto não tivera regalia alguma como primogênito ou caçula. Tinha trinta e dois anos nos chifres. Chifres mesmo, pois como todo cabra possessivo e passional, teve o coração partido. Agora estava sozinho amargando um retorno às origens. Depois do telefonema da mãe, ele e Santiago teriam que deixar o Texas.

Consultou o relógio de pulso e percebeu que o voo para Cuiabá estava atrasado. Suspirou, resignado, dando uma boa olhada ao redor, no saguão do aeroporto de San Antonio. O fluxo de pessoas era intenso e o número de policiais também, além de uma vastidão de chapéus para tudo que era lado.

Despedia-se mentalmente do Texas. Após dez anos, deixava para trás sementes ocas plantadas na terra dos outros, os sonhos que não vingaram. Ele e o irmão mais novo, Santiago, jamais se tornaram o que acreditavam terem nascido para ser. E não foi por nenhum acidente na arena, como aconteceu com Mário. Para eles, a coisa simplesmente não se tornou realidade. Ao chegarem aos Estados Unidos, foram trabalhar numa fazenda em San Antonio com a ideia de juntar grana para participar dos rodeios regionais. Doce ilusão, parecia que todo imigrante e também os nativos ambicionavam o mesmo.

Uma década de trabalho como vaqueiros, de sol a sol, juntando dinheiro para se manter nos campeonatos, mas sem recursos para treinar como deveriam. Se a sua família, em Santo Cristo, não fosse abastada, eles teriam que enviar dinheiro para mantê-los. Menos mal. Caso isso fosse necessário, a situação de Thomas seria ainda mais complicada. Por outro lado, ele e Santiago decidiram não pedir nada aos pais e ao irmão. Havia nessa resolução um pouco de vergonha pelo amargado fracasso. Era uma porra admitir que talvez não fossem bons o bastante para vencer como peões de rodeio. Afinal, ninguém nascia com um dom especial para montaria. Era só uma questão de treino e paixão. Mas tanto ele quanto Santiago passavam mais tempo bebendo e trepando do que treinando, ainda mais quando o treino era feito entre eles, sem um preparador especial; esse tipo de profissional custava uma grana preta.

Santiago sentou ao seu lado. O chapéu abaixado lhe escondia os olhos pretos, mas mostrava as mechas do cabelo da mesma cor, desalinhadas, um pouco abaixo dos maxilares. Ele tinha sobrancelhas grossas e um olhar irônico. Era encorpado e musculoso, trinta anos no lombo, a barba por fazer, um legítimo latino que comia mais americana do que qualquer americano.

— Ainda estou digerindo o telefonema da mãe — disse ele, mexendo o copo descartável com café fumegante. — Não consigo acreditar que os Lancaster estão falidos.

— Cinco anos de segredo é uma porra.

— Por que esconderam isso de nós, Thomas?

Ele encarou o irmão e, alçando a sobrancelha com ironia, respondeu:

— E a gente não mentiu que éramos campeões do *Star of Texas Rodeo*? Que ganhamos rios de dinheiro? Que temos fazendas por toda a maldita San Antonio?

— É diferente, não queríamos preocupá-los.

— Não, meu irmão, nós estávamos cagados de vergonha. Fracassamos, essa é a realidade. O Mário caiu do touro e se quebrou, mas a gente não, nem chegamos perto de participar de um rodeio de verdade. Aquelas montarias na fazenda, valendo dinheiro de aposta de rico, não contam no currículo de um peão — acrescentou, balançando a cabeça num gesto de pesar. Em seguida, esboçando um pálido sorriso, concluiu: — E montar em mulher de fazendeiro também não.

Santiago soltou uma risadinha besta.

— Puta merda, vou sentir falta das danadas. Tudo doida por pau, bem do jeito que é pra ser, sem frescura nem anel no dedo. Mulherada linda do meu coração — falou, tirando o chapéu e levando-o ao peito, como fazia quando rezava pedindo proteção nas montarias.

— O que encontraremos em Santo Cristo, hein? — indagou Thomas, suspirando pesadamente. — Sem o pai, e o Mário fora das arenas, a gente levando pouco dinheiro...

— Mas é dólar, sempre vale mais.

— Sou grande fã do seu otimismo — disse, com amargor.

Santiago sorveu um bom gole do café antes de rebater com ar de troça:

— Alguém tem que ser otimista, já que você e o Mário são pessimistas pra diabo.

— Realistas.

— O cacete que são realistas.

— Ok, não vou discutir — decidiu o mais velho, ajeitando o chapéu de modo galante quando uma loira cruzou olhares com ele. — Gringa linda — murmurou para si mesmo sem deixar de piscar o olho para a loirinha. Voltou-se para o irmão e foi direto: — Será que dá tempo para uma rapidinha?

— O quê?

— Quero pegar rapidinho um café, sua anta — resmungou.

— Trepar, meu chapa. Aguenta as pontas aqui que já volto — avisou, erguendo da cadeira o seu um metro e noventa.

— O voo está pra sair a qualquer minuto.

— Só preciso de oito segundos — debochou Thomas, mas depois se corrigiu: — Não tenho ejaculação precoce, era brincadeira — disse, rindo sem jeito, o mais safado dos Lancaster.

A loira também se levantou de onde estava, e deu para perceber que os seus peitos eram de silicone, redondos e duros, bem artificiais. O bronzeado também era artificial, assim como as unhas longas e o ar de trintona sexy. Era, sim, uma caipira gringa com fogo no rabo, sem mais.

— Não vai nos fazer perder o avião — alertou-o Santiago, a cara amarrada.

— Sou responsável — rebateu, esboçando um sorriso para a desconhecida.

A mulher passou sem deixar de cravar seus imensos olhos azuis nos dele. Os cílios estavam grossos de maquiagem, alongados e virados para cima, e isso lhe dava o ar de vulgaridade que tanto o atraía. Thomas se sentia atraído por vagabas cheias da nota ou pobretonas endividadas em lojas de grife, tanto fazia, desde que aparentassem frivolidade e estupidez. Sim, ele tinha um parafuso a menos na cabeça tantas vezes batida contra o solo duro nas quedas dos touros, cavalos e bois idiotas.

Piscou o olho para Santiago sem deixar de ajeitar o chapéu de modo presunçoso. A única coisa que tinha de fazer era segui-la, andar como quem não queria nada bem atrás dela, olhando para a bundinha apertada no jeans caro. E foi o que fez, deixando para trás o irmão balançando a cabeça, resignado.

Ela entrou no corredor que dava acesso a um dos banheiros femininos. O lugar era simples sem qualquer segurança. Podia-se ver ao fundo a parede de outro corredor. Era como um pequeno labirinto. Thomas se manteve à entrada, vendo-a se voltar para ele e sorrir. A safada tinha um plano, era certo que sim. Dava para ver a experiência no seu olhar, de quem já havia feito sexo em lugares públicos. Ô, diacho, como esse tipo de mulher esquentava o seu sangue!

Esperou por um momento, olhando em torno sem muito interesse. A qualquer instante ouviria o anúncio do voo para o Brasil. A vontade de retornar à fazenda Lancaster era quase zero. Voltavam, ele e Santiago, por se sentirem obrigados a ajudar a família. Por ele, continuariam por lá, comendo o pão que o diabo amassou, era verdade, porém mais perto da chance de participarem um dia do *Professional Bull Riders*. E quem sabe alcançarem a fama e a fortuna de outros peões brasileiros que se deram bem em terras gringas.

Ouviu um assobio e se virou para trás, enquadrando a belezura dos *States* no ângulo de sua visão sardônica. Ela lhe fazia um sinal com o dedo indicador em gancho, chamando-o. Na boca, o esboço de um beicinho que, certamente, tinha gosto de batom de cereja.

Ok, lá estava satã o convidando para o paraíso, pensou ele, mantendo um sorrisinho cheio de maldade na face entalhada pelos maxilares fortes.

Arrastou as botas no piso, a fivela classuda do seu cinto gingava junto com o seu quadril de caubói que não tinha problema algum de autoestima. Por mais que não tivesse se tornado um Guilherme Marchi da vida, ainda assim não estava de todo perdido. Os dólares que levaria para casa seriam investidos num recomeço para a fazenda Lancaster. E o sonho de ganhar a arena gringa esperaria mais uns anos para acontecer. Agora, entretanto, sua única preocupação era com o tempo. A cada passo que dava em direção ao prazer, um bicho muito louco se revirava dentro dele, lançando-o em direção à desconhecida. A despedida precisava ser em grande estilo, não menos que isso, considerou ele, aceitando a mão estendida que apertou a sua.

Nada disseram quando entraram no banheiro com o longo balcão de pias ao fundo, debaixo da parede de espelho. O lugar estava vazio, embora tal circunstância fosse também uma questão de tempo. Então ele a puxou para um dos reservados e a imprensou contra a parede enquanto baixava com o pé a tampa da privada. Ela separou os lábios para lhe falar algo, mas teve a boca tomada pela dele. O beijo foi bruto e rápido, ele só queria mesmo evitar que lhe escapasse uma saraivada de palavras em inglês tão vazias de sentido quanto o sexo que fariam naquele cubículo.

Abriu os botões da camiseta apertada que ela usava, expondo o sutiã delicado com aspecto de coisa cara. Pegou os seios com as mãos bem abertas, apertou-os sem deixar de encará-la, como que a desafiando a detê-lo. Sabia que era rude. Jamais tentou deixar de ser.

A loira contornou os próprios lábios com a língua rosada e úmida, fechou os olhos, suspirou. O corpo cedeu, recostando-se na parede fria, os braços erguidos para trás ao longo da cabeça. Ela se entregava à carícia de ter os peitos bolinados pelas palmas ásperas do vaqueiro. Era bem assim com as madames, casavam com milionários engravatados e gozavam com os machos rudes que trabalhavam debaixo do sol a pino, carregando toras, quebrando pedras, consertando cercas, parindo bichos, sonhando acordados, engolindo sapos, chorando seco, ouvindo berros, gemendo entredentes, gritando por dentro, sofrendo sorrindo, gente de verdade, carne, osso e coração, tudo misturado e explodindo na própria jugular.

Baixou a cabeça e prendeu o mamilo entre a língua e o céu da boca, sugou-o enquanto a mão soltava o zíper do jeans, empurrava o cós da calça para baixo, puxava o tecido da lingerie para o lado. Dois dedos bem enfiados nela. A mulher gemeu alto, hálito de uísque. Abriu mais as pernas, ronronou.

A boca no peito, a mão na vagina encharcada, o pau mais duro que o tronco de uma árvore.

Falou qualquer coisa em português. Não se excitava em inglês, era jacu do interior de um país cascudo e malnutrido, bruto para com seus filhos. Gozava na língua pátria. Como agora, ao sentir certo desconforto da ereção comprimida no jeans apertado. Afastou-se do corpo que se contorcia ao redor do indicador e do dedo médio. Baixou um pouco a calça e a boxer, puxou o pau para fora. Grande, duro e pesado. Uma tora quente pulsando na palma da sua mão. Uma gota brilhava na cabeça rosada.

A mulher olhou para o membro avantajado, arregalou os olhos e a boca, dentes perfeitos, fez cara de puta esfomeada. Então se abaixou, pôs os joelhos na cerâmica limpa, o cabelo loiro platinado lhe escondia a face quando abocanhou a ponta do pau, sugando-o com delicadeza, as mãos acariciando as bolas duras de tesão.

Thomas gemeu um som rouco, abafado pela própria respiração agitada. Deitou a testa contra a parede, sentindo a energia se esvair do corpo. Recebia uma chupada fenomenal. Mais do que nunca, sentiria falta dos americanos, povo lindo.

— Isso, chupa meu pau — disse, em português, e ela o fitou, sorrindo, sem entender. Então meio que traduziu: — *Suck my fucking dick*, gostosa da porra!

Pensou ter escutado um "é pra já", mas foi apenas um lapso da sua imaginação de jacu duro de tesão.

Era uma boca macia e firme aquela que encaçapou a glande todinha, sugando e sugando como se tentasse lhe extrair a alma ou coisa melhor. Embaralhou os dedos nos cabelos longos e lisos, cheirosos pra cacete, e quase rezou para não dobrar os joelhos e desabar. Ela sabia como chupar. Caramba! Essa mulher tinha uma bomba de sucção entre o nariz e o queixo, e o que ela fazia com as mãos, bolinando as suas bolas, era algo demoníaco.

Vai com calma, diaba linda.

— *Take it easy, baby* — disse, num inglês com forte sotaque latino, e ele sabia que tal detalhe esquentava ainda mais xoxotas do primeiro mundo.

A questão era que o seu voo ia sair, e ele precisava acabar logo com aquilo.

Puxou a mulher pelos ombros e a beijou na boca. A língua sugou a dela, a mão engatou na nuca cheirosa e delicada, aquela lá pesava quarenta quilos à sombra. Quase riu do próprio pensamento, mas antes que o fizesse a pôs diante da privada, baixou-lhe a calça e a calcinha até metade das coxas.

Ela entendeu a manobra, não era besta nem nada, estendeu os braços na tampa sobre o assento, arrebitou a bunda sarada, a boceta sem pelos parecia uma flor de pétalas úmidas e rosadas. Thomas cutucou a glande bem ali, no miolo de carne, forçando a entrada. Só que, ao se inclinar, deu com o traseiro contra a porta. Merda! Ele era grande demais para caber numa baia daquelas!

Puxou-a pela cintura, carregando-a consigo enquanto abria a porta do reservado. Não havia ninguém se admirando no espelho nem lavando as mãos ou retocando a maquiagem, e nenhum funcionário limpando o piso, então se podia dizer que o caminho estava liberado para a sacanagem.

Pôs a loira no chão, de frente para o balcão da pia, a coisa era de mármore e cheirava a lavanda. Tudo impessoal, a decoração do banheiro e o ato sexual que retomariam.

Ela lhe endereçou um olhar de "puta cobra"... Bem, era assim que Thomas interpretava os olhares cheios de maldade e putaria da mulherada, uma mistura de enlouquecer, como se elas tivessem algum tipo de poder sobre ele, na imaginação delas obviamente, porque nem poder sobrenatural o punha de joelhos para o sexo oposto (embora fosse uma excelente posição sexual). Agora, então, a americana o fitava toda descabelada, um peito para fora da camiseta, a calça abaixada na altura das coxas, a boceta lisinha clamando pelo seu pau.

Agarrou-a pelas laterais do quadril sem um pingo de gordura, pele macia, bronzeado na medida certa sem marquinhas de biquíni. A verdade era que ele só pegava as melhores, isso mesmo, só mulher cheia da nota, vaidosa até a última nota de dólar.

Apertou-a nas nádegas, e ela soltou um gritinho junto com um sorriso de malandra. Meteu fundo numa estocada só, a entrada se dilatou e o recebeu, arreganhando-se para acomodar o seu avantajado diâmetro. Enterrou-o sentindo a vagina se contrair em torno, molhada, não era apertadinha, o que não deixava de lhe agradar.

Ergueu a cabeça e deu de cara consigo mesmo no reflexo do espelho. O cabelo curto e castanho, com fios aloirados, era quase raspado na nuca e, ainda assim, estava bagunçado e algumas mechas úmidas de suor grudavam na testa e nas têmporas. Tinha um rosto forte e marcante, rude até, os maxilares duros pareciam talhados na sua cara de macho, o nariz grande, os olhos azuis debaixo das sobrancelhas escuras. Na maior parte das vezes, ouvia que tinha um olhar de puma, de felino espreitando a presa, semicerrava as pálpebras ao analisar o seu interlocutor ou quando estava a fim de conquistar uma mulher do modo mais rápido e menos complicado. A barba por fazer pertencia ao pacote "homem rústico", e o corpo de músculos definidos o destacava como um trintão puro-sangue e também como uma das melhores montarias de San Antonio... Montaria sexual, por assim dizer.

Ele sabia como usar o próprio corpo, vertia sexualidade até quando não tinha a intenção, como quando se alimentava, por exemplo. O garfo entre os dentes, a carne de frango puxada do osso, a lambida nos próprios lábios depois de degustar a comida. Tudo nele exalava sexo. Fodia com os olhos, com a boca quando sorria e com a voz ao falar arrastando cada sílaba, o timbre grave e rouco, o tom naturalmente irônico. Fodia quando dançava, a coxa esfregando entre as pernas da mulher, o braço lhe envolvendo a cintura e a trazendo contra a rudeza do seu tronco. Fodia ao beijar com selvageria e paixão, mordendo o canto da boca. Fodia sem sair do lugar, sem se despir, sem falar ou sorrir. Era um homem erotizado.

E, por ser tão devasso, perdeu o foco principal da sua vida, e a carreira profissional como peão de rodeio lhe escorreu por entre os dedos.

A verdade era que ele era um pervertido; e as mulheres, o seu ponto fraco. Ou forte? Hum, que dúvida cruel, pensou, sorrindo para o Thomas descabelado e ofegante que via no espelho.

Enterrou-se até o fundo e parou. Ela moveu os quadris e empurrou o próprio corpo para trás. Ele passou um braço pela cintura dela e a trouxe bem forte contra o seu tronco. Afundou ainda mais o pau até comprimir as bolas contra as nádegas femininas. E, então, moveu-se devagar, entrando e saindo, entrando e saindo, a cintura firmemente engatada no ângulo do seu braço como uma corda que a prendia nele. Tirava e colocava o pênis grande e grosso, ia até o fundo e voltava à beirada dos lábios da vagina, depois metia duro e fundo mais uma vez, pegando-a pelos cabelos, puxando a grossa mecha loira e longa para trás, deitando a cabeça da mulher quase no seu ombro. Ela arqueava a coluna como uma palmeira soprada pelo vento de um temporal, gemia, ronronava e respirava alto. Ele deslizou as mãos para os seios duros, apertou-os com força sem deixar de cavalgá-la, por trás, na boceta. Quase subiu na mulher quando o orgasmo esticou seus dedos eletrificados na musculatura dela. A vagina se contraiu, e a loira começou a arfar com mais intensidade e a gritar como uma doida.

Era só o que faltava a polícia aparecer ali, pensou Thomas, levando a mão à boca da loira.

Empurrou as costas dela para frente, dobrando-a ao meio sobre o balcão. A mão ainda a mantinha quieta, embora fosse possível ouvir os urros e rosnados; o outro braço continuava a servi-lo como um laço amarrando-a a ele.

Bombeou forte, vendo-a agitar a cabeça com ferocidade, abrindo as pernas como se sucumbisse à explosão do gozo. Ela estava totalmente molhada, os fluidos escorriam por suas coxas. Então ele a deixou gozar, apertando os maxilares para conter o próprio prazer.

Esqueceu-se de pôr o preservativo e, assim que ela caiu para frente na superfície de mármore, puxou do bolso traseiro do jeans a embalagem prateada.

Voltou a penetrá-la com rudeza, pegando-a pelos ombros, e agora praticamente a montava.

A loira corcoveou feito um touro selvagem. Mexeu os quadris de modo a aprofundar a penetração. As unhas longas e vermelhas riscaram o espelho, e o vapor da sua respiração também o marcou. Parecia possessa e pronta para a segunda gozada.

Então o orgasmo o atingiu feito uma patada na cara e sacudiu o seu corpo inteiro. Apertou-a ainda mais no laço do seu braço, empurrando o pau fundo nela, arrebatado pelo gozo, ejaculando forte e grosso.

Cada músculo latejou, e ele soltou um rosnado grave e baixo, enterrando o nariz no cabelo cheiroso dela. Pelos fios loiros, viu o espelho mostrar as duas mulheres à porta, parecendo formar uma barricada, mas pelo visto faziam apenas a sentinela.

Sorriu consigo mesmo, ofegando, transtornado de prazer, exaurido de força.

Era por isso que não foram presos. Os anjos da guarda *voyeurs* cuidaram para que ninguém entrasse no banheiro e os pegasse em flagrante.

Será que vou ter que dar conta das outras duas?, pensou, estranhamente desanimado.

Assim que se retirou de dentro da mulher e puxou o preservativo, jogando-o na lixeira próxima, notou o movimento atrás de si. Para a sua sorte, as duas se excitaram tanto que estavam se beijando e se agarrando como loucas.

Ótimo, um casal gay.

A gringa se ajeitou na roupa. As pálpebras semicerradas, a boca inchada, mas nenhuma marca no pescoço. Ele sabia como fazer, não queria deixá-la em maus lençóis. Era experiente na arte de ser o amante de casadas e noivas, dava-lhes o que queriam e então pulava fora. A verdade era que sentia vontade de se apegar, de amar alguém, tinha quase certeza de que o seu coração funcionava nesse departamento. Acontecia apenas que a coisa não ia adiante. Apaixonava-se, isso sim. Ficava louco de paixão. A parte do amor tranquilo, contudo, jamais vingava. Antes disso, ele já estava apaixonado por outra e por outra e por outra.

Beijou a boca da loira, endereçou-lhe um sorriso e um afago no rosto. Era bonita a danada e, se ele permanecesse no Texas, daria um jeito de revê-la.

Era uma merda aquele vazio misturado com angústia e melancolia, o vazio depois das trepadas, do temporal de sensações. Faltavam o sentimento, a pertinência e o carinho. Ele se forçava a gestos afetivos, embora sentisse mesmo era vontade de cair fora o mais rápido possível.

Ela o tocou no cós do jeans, ele se afastou para fitá-la. Havia o ar de empoderamento feminino no azul dos olhos e também de malícia e ligeiro menosprezo. Era certo que ela também queria se mandar dali e vê-lo pelas costas. O fogo apagado, nada mais a se fazer. E isso valia para ambos, adultos crescidos.

Permitiu que ela saísse primeiro, sem deixar de observar que o casal gay continuava se agarrando.

Ganhou o corredor imaginando se durante o voo ofereceriam um jantar ou apenas um lanche. Olhou em torno e tudo parecia como antes, gente chegando e saindo puxando malas de rodinhas, policiais por todo lado e também chapéu de vaqueiro. Não encontrou mais a loira.

Sentou ao lado do irmão, puxou o que ela havia posto no cós do jeans e analisou as cédulas. Sorriu ao considerar que ela havia pagado pelo sexo. Era um bom dinheiro aquele, pensou, gostando de ser tratado como objeto sexual.

— O voo está atrasado — disse Santiago, vendo-o contar as cédulas com um sorriso nos lábios. — Nada como levantar uma graninha extra — brincou.

— Acho que sei como tirar a fazenda da lama.

Dobrou os dólares e os enfiou no bolso traseiro do jeans.

— Prostituição? — perguntou o irmão, com ar debochado e uma sobrancelha arqueada como quem clama por um desafio.

Thomas balançou a cabeça em negativo sem nada falar. Antes disso, teria que convencer um caubói conhecido por sua cabeça dura e gênio do cão que atendia pelo nome de Mário Lancaster.

Capítulo quatro

Natália Esteves entrou na rua do spa e girou ligeiramente o volante ao ver uma vaga entre dois automóveis. Sabia que teria de fazer uma manobra daquelas para encaixar o carro ali, acelerar e frear, ir para frente, parar, dar marcha a ré, voltar, um inferno. Sabia também que, assim que começasse a manobrar, apareceria meia dúzia de machos na calçada a fim de se divertir com o evento. Não, não lhes daria esse prazer. Acelerou e, ao chegar à esquina, deu uma boa olhada ao redor, conferindo a quantidade de carros estacionados junto à calçada. Ok, ali havia um lugar mais amplo e sem plateia.

Não tinha paciência para homens. Eventualmente os usava para fins de recreação. Apegava-se ao corpo, dispensava todo o restante, o que sobrava, que não era muito. Escolhia a dedo os menos inconvenientes, os inacessíveis emocionalmente, jovens metrossexuais, um perfil de fácil descarte. Ou seja, nada de homem carente grudando no salto do seu sapato italiano.

Apenas um homem conseguia tirá-la dos eixos e isso desde a sua infância. Ele era o seu mentor e o seu maior carrasco. Apontava os seus defeitos, ressaltava-os como uma espécie de doutrina de aprendizagem. Seu pai era adepto da educação pautada na acusação e na falha. E Natália era perfeita na arte de nunca acertar. Por mais que se esforçasse, jamais correspondia à expectativa paterna. Quando criança, trazia o boletim com notas entre 9,6 e 9,8, e o pai questionava o motivo de não atingir o 10. A partir disso, ela assimilou que só conquistaria o amor daquela pessoa poderosa se fizesse o que ele determinava. A faculdade de Administração, o currículo recheado de cursos, as viagens de especialização, a carreira na empresa da família e até mesmo o estilo sóbrio de se vestir, tailleur sob medida.

Aos vinte e oito anos, era solteira, dona de suas pegadas. A bem da verdade, não era tão dona assim, já que muitas vezes se sentia como uma garota insegura e sentimental vivendo à sombra de Andreas Esteves.

E foi o nome dele que apareceu na tela do celular.

— Bom dia, pai.

Assim que falou, foi interrompida pela voz baixa e beligerante como um trovão prestes a explodir, embora ele jamais perdesse a compostura.

— *Imagino que esteja doente, de cama, para não ter comparecido à reunião.*

— Não estou doente — admitiu ela, sentindo que acabava de chegar perto demais da jaula de um felino irritadiço.

— *Mais uma crise, Natália?* — o tom seco beirava o menosprezo.

Podia até imaginar a feição bonita e madura do elegante senhor de cinquenta e cinco anos, empertigado no seu terno de alta-costura, torcendo discretamente para baixo o canto do lábio num esgar de desagrado.

— Sou apenas a gerente que admite e demite funcionários, não tenho o que fazer numa reunião com a diretoria e o presidente da empresa — devolveu no mesmo tom.

— *Os gerentes foram convocados para essa reunião, mas você se sente acima de todos. É certo que levará uma vida inteira para aprender que não se ganha privilégios por uma questão de herança de sangue. Tudo deve ser conquistado.*

— O senhor me diz isso há pelo menos dez anos — rebateu, magoada.

Seus olhos se fixaram na fachada de dois andares do luxuoso spa e, de repente, ela se sentiu tola e fútil fazendo birra para chamar a atenção paterna.

— *É realmente decepcionante ter que carregar nas costas uma mulher adulta. Se a empresa onde você trabalha não fosse a do seu próprio pai, nem gerente seria, porque ninguém aposta em gente imatura e instável.* — Suavidade na voz, dureza em cada palavra dita.

— O senhor tem razão — aceitou, afundando no banco, as têmporas latejando de uma dor crônica.

— *O Jean vai lhe repassar o que resolvemos na reunião de hoje* — disse ele secamente e encerrou a ligação.

A ideia de boicotar a reunião perdeu a graça, e o spa foi abandonado. Voltou para a empresa se sentindo vazia.

Ela era adulta, sim. Mas, antes disso, havia sido criança e adolescente, e a situação entre ambos nunca passou de um esboço de relacionamento entre pai e filha, um rascunho malfeito como uma carta de ódio redigida numa letra bonita ou uma carta de amor numa caligrafia ilegível. Enquanto sua mãe transava com o jardineiro, o vizinho, o terapeuta, o dentista e alguns amigos do próprio marido, Natália juntava migalhas afetivas de um homem que nasceu apenas para ser um CEO e, acidentalmente, se tornou pai de alguém.

Quando ela chegou à empresa, Jean lhe disse que o presidente da TWA a designou para a filial de uma cidadezinha no interior do Mato Grosso. Haviam recentemente adquirido uma fábrica por lá. Agora teriam que reestruturá-la e isso significava apenas uma coisa para o sr. Esteves: demissão em massa.

O primo a acompanharia, como diretor-geral, e ela estaria subordinada a ele.

— Santo Cristo é uma cidade de caubóis — começou Jean, com ar displicente dentro do seu terno azul-escuro, a gravata estreita, o cabelo quase loiro cuidadosamente bagunçado, os olhos claros e sardônicos, o nariz grande, o queixo duro nos maxilares escanhoados. — De gente ligada à terra e a valores mais tradicionais. Teremos que lidar com pessoas que acreditarão que somos o demônio encarnado.

Aquele miserável acreditava nela como profissional e a apoiava em quase tudo. De certo modo, não havia nada errado com ele. Se ela o considerava um encosto bajulador (e o considerava, sim) era tão somente por vê-lo atrair a atenção de quem deveria olhar mais para ela. Jean era filho único da irmã do seu pai e havia passado boa parte da adolescência na mansão do tio.

— Por que está me dizendo isso? Acha que não saberei lidar com a situação? — perguntou, ríspida.

Detestava quando ele bancava o "homem no comando". O fato de ocupar um cargo acima do seu não o tornava melhor que ela. Era só uma questão de preferência pessoal do presidente da empresa.

— Quero apenas preveni-la do choque cultural — disse ele simplesmente e, voltando a se sentar detrás da própria escrivaninha, continuou: — Meu assessor fez uma rápida pesquisa sobre Santo Cristo. — Digitou algo no laptop. — Hum, vejamos aqui... Nossa senhora! — exclamou, caindo na gargalhada em seguida, a cabeça chegou a deitar no encosto da cadeira. — Você não vai acreditar nessa porra!

O tom de sua voz a pôs em alerta.

— Essa cidade não está nos mapas oficiais? — ironizou ela.

— Pior que isso. O lugar é minúsculo, parece que tudo gira em torno da região das fazendas e da empresa de laticínios e da fábrica de parafusos. Não tem shopping center nem livrarias nem cinema, é o cu do mundo, Nat. Céus, cadê a corda para eu me enforcar?

Ela teve que rir do teatro todo que ele fez. Por mais que tivesse certo ressentimento do primo, ainda assim precisava concordar que o cara era bonito e bem-humorado, leve, um sujeito com quem era fácil lidar.

Claro que sim, afinal o peso da rejeição estava era nos ombros dela e não nos dele, considerou com amargor.

— Quantos habitantes?

— Pelo que vi aqui, algo em torno de seis mil.

— É um vilarejo — observou, contrafeita. — O que o pai quer com a merda de uma fabriqueta na terra de caipiras?

— Essa não é a primeira decisão estranha dele — falou, fitando-a com ar divertido, uma das sobrancelhas arqueadas.

— Pois é, ele próprio é estranho.

— Escuta isto... — disse ele, voltando a digitar no laptop. — João Fagundes fundou a *Fagundes* Parafusos e Rebites... Opa, que original! — debochou e prosseguiu, agora num tom menos jocoso: — Isso há trinta anos e, de lá pra cá, todos os Fagundes viveram dos negócios da família, a tal fábrica. Parece que é o alicerce da cidade, pelo menos era até cinco anos atrás, quando o faturamento começou a desandar.

— O relatório dos auditores da TWA não apontou nenhum tipo de desvio de grana ou fraude, parece que afundaram por incompetência mesmo. — afirmou Natália.

Jean acendeu um cigarro mentolado.

— O Fagundes, presidente da empresa, é alcoólatra, começou a gastar mais do que podia, se envolveu com prostituta, com jogos ilegais, a esposa quase o deixou.

— Como sabe disso?

Ele exalou a fumaça pelas narinas, contemplando-a com ar de enfado:

— O sr. Esteves me repassou o relatório completo.

— Então nós vamos para Santo Cristo pôr em prática uma série de demissões e depois eu voltarei à TWA enquanto você assume a direção da nova empresa? Quero dizer, ninguém precisa de uma gerente de RH de fora...

— Está nervosa, é?

— O quê?

— Acha que o sr. Esteves quer a sua transferência permanente para Santo Cristo? — indagou, um sorriso preguiçoso pendendo no canto da boca, os olhos espertos concentrados nela. — Seria uma boa saída para a tensão permanente entre vocês.

Natália baixou a cabeça, envergonhada por saber que era nítido o problema de relacionamento entre os Esteves. Considerava um sinal de fracasso pessoal o fato de não viver no seio de uma família carinhosa e emocionalmente saudável.

— Assim como seria excelente para a sua escalada rumo à vice-presidência. — Ela foi mordaz, encarando-o sem desviar.

— É isso que pensa de mim? Que sou um carreirista de merda? — Não havia rastro algum de irritação ou impaciência na voz, parecia inclusive que ele se divertia com a questão. — Tenho trinta anos e sou diretor executivo da empresa do meu tio, o cara que praticamente me criou, o meu espelho e mentor. Respiro TWA quase vinte horas por dia e não faço isso para conseguir uma promoção, mas porque essa é a minha vida. Não foi à toa que fodi dois casamentos e um noivado — concluiu, sorrindo ao dar de ombros.

— O pai também fodeu um casamento e está em vias de fazer o mesmo com o segundo — admitiu ela forçosamente.

— O tio tem problema com as mulheres.

— Eu sei, só escolhe mulheres erradas.

— Não é bem assim — disse ele, reclinando-se na cadeira. — A tia era, sim, meio sem-vergonha, mas a sua madrasta não. A mulher o venera, lambe o chão onde o marido pisa e... — ele parou de falar bruscamente, voltando os olhos para a tela do computador. — Abriu a porra de uma página aqui... Olha só, a coisa está cada vez melhor — comentou, rindo. — Sabe qual é o evento mais importante de Santo Cristo? — Ela fez que não com a cabeça, e ele continuou: — O Festival da Torta de Caju. Acredita nisso? Nat, a gente vai se foder legal por lá, viu? Eu sei o que falo, esse tipo de gente, mais conservadora e tradicional, como se diz, é tapada, odeia forasteiro e adora uma putaria por debaixo dos panos.

— O que eles têm de diferente de nós? — indagou ela, esboçando um frágil sorriso.

— Não somos tapados — brincou ele.

— Você é tapado, um idiota tapado que deixou a própria noiva no altar — acusou-o.

— Queria que eu me casasse com a cretina que me traiu duas semanas antes do casamento?

— Podia ter resolvido isso antes.

— Fiz como achei melhor — disse ele, pondo-se de pé. — Ao contrário de você, que precisa da aprovação do próprio pai, eu apenas preciso decidir e executar, tudo muito simples.

Não havia vestígio algum de agressividade nem rispidez, era meramente a expressão de uma verdade dita de forma crua numa voz macia, do mesmo modo como o seu pai fazia. Eles eram iguais, aqueles dois homens que se davam tão bem. O peixe fora d'água era ela.

Deixou a sala sem nada falar, temia permitir escapar a mágoa e o ressentimento que nutria por Jean.

* * *

Tão belo. Ele usava o cabelo castanho sempre penteado e, agora, vestia apenas a camisa e a calça social, sem a gravata e o paletó. Andreas Esteves estava à cabeceira da mesa. Mastigava devagar, concentrado em ler as notícias no tablet. Ele sempre estava às voltas com o que fazer, jamais descansava ou alimentava tempo ocioso. Até mesmo quando jogava tênis, na quadra aos fundos da mansão, era apenas para discutir negócios.

Puxou a cadeira e se sentou ao lado dele. Imediatamente a empregada se aproximou, trazendo a bandeja com a louça que depositou na mesa. Assim que ela se afastou, Natália o interpelou:

— Por que está interessado nessa fábrica de Santo Cristo?

A expressão impassível, o leve movimento dos maxilares abrindo e fechando, o olhar agora no próprio alimento. Natália achou que ele fosse ignorá-la e não seria a primeira vez. Mas ele se voltou e, encarando-a impassível, respondeu:

— Sou uma espécie de acumulador.

— O quê? — perguntou, intrigada.

— Isso mesmo que ouviu. Se eu fosse pobre, acumularia lixo da rua, mas, como sou rico, acumulo empresas — respondeu na maior calma do universo.

— Pai, a compra dessa empresa não passou pelo Conselho, não é mesmo?

— Estou acima do Conselho.

— Eu sei — admitiu ela, relutante. — Mas não é uma boa política se opor a ele.

Andreas deitou os talheres nas laterais do prato.

— Vá direto ao ponto.

— Não entendi o seu interesse por aquela fábrica numa terra de jecas. Para falar a verdade, o Jean também não.

— Vocês não têm que entender nada — rebateu, demonstrando fastio. — Quero que ponham tudo em ordem por lá, de acordo com o que determinei ao Jean. Não dificulte as coisas para ele, apenas faça a sua parte.

Dito isso, ele limpou a boca no guardanapo de linho, a barra de renda, as iniciais do sobrenome da família bordadas com delicadeza. Levantou-se da cadeira, envergando o corpo na postura de um lorde, tão sereno e autoconfiante, tão estranhamente abstraído de tudo. Distante, alheado, taciturno. Quando Natália o viu sorrir e gargalhar? Quando o viu fazer uma piada ou brincar com alguém? Às vezes considerava que ele não fosse apenas um homem de negócios frio e sério, parecia amargurado ou talvez atormentado.

Queria lhe perguntar o que se passava no seu coração. Podia lhe oferecer carinho e compreensão. Tinha tudo ali, dentro da alma, escondido dos outros homens. Amantes não mereciam altares de devoção. Mas o seu pai, sim, merecia tudo.

— Por que o senhor é tão triste? — arriscou, quase se encolhendo na cadeira.

Ele parou à soleira da porta, as costas duras, o pescoço altivo. E, por cima do ombro, disse numa voz baixa e suave:

— Não projete as suas limitações em mim.

Ainda manteve os olhos na figura imponente que não estava mais lá, entre os móveis escuros e caros, o aparador pesado acima do tapete persa. As paredes cobertas por quadros, paisagens melancólicas, pinturas impressionistas. Havia também as gigantes janelas emolduradas por cortinas drapeadas. Luxo e ostentação. Nenhum vestígio de simplicidade e aconchego.

Olhou em torno, sozinha na ampla sala de jantar, à mesa de dez lugares. Toalha de linho, louça importada, talheres de prata. Simetria entre os objetos, o que não acontecia entre as pessoas daquela casa. O ar era fresco e sem odor. A decoração se assemelhava ao cenário de uma novela, e a atuação dos moradores beirava a artificialidade. Sentia-se sem vida, perdida na falta de sentido.

Um punhado de merda armazenado num pote de ouro continuava a ser um punhado de merda, considerou Natália, sentindo o peso da exaustão emocional lhe encurvar os ombros.

Capítulo cinco

Carolina tinha um corpo gostoso, um rosto expressivo e uma conversa fácil de esquecer.

Mário se sentou na beirada da cama, pôs a bota de vaqueiro sem deixar de olhar para o traseiro nu da garota de vinte e cinco anos. Com ela, não havia tempo feio, esqueminhas ou jogos de sedução. Namorava um universitário da capital que a visitava a cada seis meses. Mário era o cara que a satisfazia entre as visitas do futuro advogado. Marcavam uma hora no apartamento que ela dividia com a prima. Ele não se interessava pela vida de Carolina, já que entre eles não rolava nada além de sexo, nem mesmo amizade. Ela não queria se apaixonar pelo cara com quem trepava, uma vez que supostamente amava outro. E ele, bem, queria apenas foder.

A juventude da garota o atraía especialmente, e também a leveza com que conduzia a própria vida. Dava para se dizer que ela não esquentava a cabeça com nada, nem com o fato de ter um amante que comia tantas outras além dela, isso de fato não a incomodava.

Beijou-a nas nádegas, roçou o maxilar com pontos de barba na pele macia do traseiro dela. Queria ter mais tempo para ficar por lá, dentro dela, abraçado e faminto, devorando aos poucos cada palmo de pele. A questão era que ele mentia, mentia para si mesmo. Não queria ter tempo para ficar com ela. Inventava desculpas para não se aproximar demais da mulherada. O estranho nisso tudo era que ele próprio acabava acreditando nas próprias invenções. Como agora, enquanto suspirava imaginando ter que aguentar uma longa reunião no salão da paróquia, a fim de ouvir um grupinho da comunidade reclamar da invasão de alienígenas. Sim, para eles, em Santo Cristo, quem não era nativo era de outro planeta. Ainda mais quando os forasteiros chegavam numa missão que nada tinha a ver com a paz de todos.

Vestiu o jeans e pôs as fraldas da camisa para dentro da calça. Suspirou fundo ao sentir que estava sem o relógio de pulso. Deu uma olhada ao redor e o encontrou no criado-mudo, ao lado do preservativo usado. Bela combinação. Afinal, trepava de olho no relógio, sem perda de tempo, sem conversas íntimas depois do sexo, sem longas preliminares ou afagos carinhosos que não tivessem o único propósito de excitar, molhar e preparar para a penetração. Pragmático e racional, era assim que lidava com tudo em torno da sua vida. Até mesmo quando decidiu manter Killer na fazenda para simplesmente olhá-lo nos olhos todos os dias. O touro sabia que um dia teriam de se enfrentar novamente.

— Hum, saindo de fininho? — resmungou ela, sonolenta, um olho aberto, a maquiagem borrada, o cabelo escuro na face.

— Tenho um compromisso. Você vai à reunião na paróquia?

— Vixe, isso é coisa para os velhos — reclamou, espreguiçando-se, os seios apontando para cima, os bicos rosados e duros.

Ele sentiu uma fisgada no pau.

— O velho aqui vai ter que ir — brincou, de olho nos peitos dela.

Merda, que se danasse a reunião.

Carolina espichou os braços, espreguiçando o corpo longo e magro. Os ossos pressionavam a pele na altura da cintura, e o relevo das costelas também aparecia. No entanto, tinha seios grandes, talvez usasse sutiã quarenta e seis, quarenta e oito, e um traseiro de parar o trânsito que combinava com as coxas malhadas na academia.

— Que cara de tarado, Mário — disse ela, sorrindo como a safada que era.

O celular vibrou bem na hora em que ele cogitou baixar a calça e fodê-la novamente. O bom senso o fez dar uma olhada na tela para constatar a origem da ligação.

— *Nós temos compromisso depois da reunião, não se atrasa.* — Era a sua mãe, a voz rouca e grossa quase masculina.

Pronto, alguma ela estava aprontando. Era certo que tinha marcado jogatina na casa de uma amiga fora da cidade e, com certeza, queria que ele a levasse até lá. Dona Albertina tinha o hábito irritante de usá-lo como seu motorista particular.

— Nada de jogo hoje — tentou ser duro.

Endereçou um olhar divertido à garota que o fitava sorridente enquanto saía da cama para se vestir. Acompanhou-a com o olhar, sentindo o desejo aumentar, e isso o atrapalhava, tirando sua atenção da ligação.

— *... e eles vão estar nos esperando no aeroporto...*

Aeroporto?

— O quê? Quem está nos esperando no aeroporto? — perguntou, indo até a janela, já que o sinal estava fraco no meio do quarto. Ou ele ainda tinha muito sangue do cérebro retido no pênis.

— *Ah, eu ia te contar...*

Lá vem bomba.

Deu uma olhada em Carolina, que se vestia como se fosse sair. O caimento do vestido justo acentuava o contorno das ancas. Sexy demais, até mesmo a tatuagem no tornozelo tinha apelo sexual.

Foi até ela e a pegou por trás, pela cintura, beijando-a na nuca. Ouviu um gritinho esganiçado e uma risada. Em seguida, ela se virou para ele e o beijou no tórax, onde os botões da camisa ainda estavam abertos.

— O que você quer, hein, Mário Lancaster?

Os olhos escuros guardavam mistérios rasos, do tipo que se recolhia numa conversa de cama. Se ele quisesse avançar para um relacionamento, teria vontade de descobrir o enigma daquela personalidade que parecia talhada na independência. Gostava disso, de mulheres fortes, em especial as que se bastavam. Assim, parecia-lhe justo, de igual para igual, as cartas na mesa e ninguém em desvantagem.

Ele a puxou para si, a mão enganchada na sua nuca, a boca se abrindo para receber a dela. E, enquanto a beijava, sugando a língua com gosto de chiclete de hortelã, ouviu a mãe dizer:

— *Seus irmãos estão voltando para casa. Chamei os dois de volta, estamos na merda, precisamos de mais braços para remar no barquinho...*

Imediatamente se desvencilhou da garota e deu-lhe as costas, dirigindo-se para a porta.

— O que eles têm a ver com a fazenda? — quase gritou, somente não o fez porque não gritava com pessoas acima de sessenta anos. Respeito geriátrico ou algo parecido.

— *Ora, é tudo Lancaster, a gente tem que se ajudar.*

O modo como ela falava, displicente e ligeiramente ríspido, irritou-o ainda mais.

— A fazenda é minha, mãe. Portanto, o problema é exclusivamente meu.

— *Ninguém vai tirar a fazenda de você, só quero todo mundo junto quebrando a cabeça para arranjar uma solução pra esse pepino.*

— O pepino é meu, cacete!

— *Olha só, não adianta espernear, que os meninos estão chegando... Ah, e nada de fazer cara feia para eles, hein!* — disse apenas isso e desligou na cara dele.

Carolina se postou diante dele, a testa franzida numa expressão de curiosidade e leve divertimento.

— O Santiago está voltando?

Ok, um detalhe que lhe passou despercebido: Carolina e Santiago tinham sido namorados quando adolescentes, nada sério justamente porque o seu irmão caçula não levava nada a sério. Aliás, o único Lancaster que levou uma mulher a sério foi o seu pai. E agora estava morto. Mário, de sua parte, apesar de ter se casado, continuou vivendo como um caubói sem amarras. Não a traía, isso não era do seu caráter. Traição era o mesmo que deslealdade. Ele apenas continuou um bicho não domesticado que não dava satisfações a ninguém, tampouco se justificava ou se preocupava em seguir horários e protocolos de casal. A sua mulher então lhe mostrou o olho da rua. Na verdade, ela mesma tomou a estrada debaixo dos pés.

— Ele e o Thomas — respondeu, desanimado. Até o tesão ele tinha perdido.

Quando os rapazes partiram para os Estados Unidos, Mário estava no ápice de sua carreira como peão de rodeio. Tudo parecia no lugar certo, os três venceriam na vida e alcançariam o sucesso naquilo que haviam escolhido.

— E qual é o problema?

— Aqui não é o lugar deles — respondeu, pondo o Stetson preto na cabeça ao se preparar para sair. — É evidente que estão voltando contra a vontade, por pena da mãe e de mim, o aleijado do rodeio — completou com amargor.

— Não seja duro consigo mesmo.

Ele não queria levar aquele assunto às profundezas de uma análise psicológica. Ignorou o comentário e abriu a porta, mas antes de sair se voltou para ela.

— Talvez seja a sua chance de reatar com o Santiago.

Ela fez uma careta esquisita.

— Pra que ser cruel? Tivemos uma tarde gostosa e agora vem com patada — reclamou, sem se alterar.

— Sou realista, já disse. Sei que gosta do meu irmão e me incomoda o fato de você namorar um banana pra tentar esquecê-lo.

— Mas você não se incomoda que eu faça sexo com você pensando nele, por exemplo? — indagou com rispidez, levando as mãos à cintura.

— Por acaso pensa nele?

Os dois ficaram se olhando num enfrentamento mudo. Ele não se importava de ser usado, de se oferecer como o Lancaster mais à mão, nada disso o afetava. Porém, Carolina parecia magoada.

— Faço sexo com *você*, Mário. Não penso no meu namorado do passado nem no do presente, se quer saber.

Ele cogitou se desculpar.

— Obrigado.

Mas não se desculpou nem considerou lhe falar algo bonito. Simplesmente não soube o que dizer, só não queria sentir.

Fechou a porta atrás de si, decidido a não mais procurá-la, já que agora Santiago estaria de volta à cidade. Parecia obsceno continuar trepando com a antiga namorada do irmão e, até onde sabia, o seu primeiro amor.

Primeiro amor?

Hum, primeira namorada, isso sim. Não mais do que isso.

* * *

Coisas para se anotar num pedaço de papel e guardar no bolso do jeans:

Não comparecer a qualquer reunião que tenha mais de três pessoas.

Não dar a sua opinião mesmo que insistam em chamar o seu nome e sobrenome, salientando o último.

Não sentar na primeira cadeira, longe da porta de entrada/saída, uma vez que é para lá que se encontra o melhor lugar: a rua.

Não admitir que incitou uma revolução contra os forasteiros. E, se admitir, mencionar o sol na moleira, endoideceu o juízo.

Não aceitar o café aguado da Maria Julieta só porque ela tem oitenta anos e é amiga da sua mãe. Ainda mais quando o banheiro da paróquia está em reforma.

E, por último, voltar a ser recluso na fazenda e deixar o resto de Santo Cristo pegar fogo, que se dane, vão à merda.

— Mário, meu filho, que cara é essa? Parece que está tendo um AVC.

— Só estou pensando, mãe, nem o AVC quis comparecer a essa reunião.

Albertina balançou a cabeça, e os brincos de prata e pedra fizeram barulho.

— Cadê a educação que te dei? Enfiou no rabo, é?

Ela fez a pergunta numa voz normal, ou seja, num volume alto o suficiente para alguns paroquianos ouvirem, uma beleza, nada de classe, só atestado de maluquice sem precedentes.

— Vamos embora, a coisa acabou — falou ele com brusquidão, pegando-a pelo cotovelo a fim de erguê-la da cadeira.

Eles estavam no salão paroquial, as janelas enormes arreganhadas e dois ventiladores de teto soprando o vento quente para todos os lados. As cadeiras de madeira eram semelhantes às dos botecos da vida e estavam dispostas perfiladas como na igreja. Havia um tablado diante de todos e era ali que cada um dava o seu parecer sobre a compra da fábrica do Fagundes, as possíveis demissões, o futuro da cidade e o que fazer com os forasteiros que chegariam a qualquer momento.

Mário não quis ir até o tablado para dar a sua opinião, apenas se pôs de pé e declarou:

— Façam o que quiserem, só não me chamem para ajudar.

Não pegou bem. Ninguém aplaudiu e dava para se ouvir o burburinho de reclamação e mau humor, inclusive da sua mãe, que disse:

— Esse aí é um Lancaster com defeito de fabricação. Pode crer.

Ao final da reunião ficou decidido que haveria outra reunião. Mário nunca viu tanta gente raivosa e indecisa ao mesmo tempo. Eles estavam entre atear fogo nos automóveis dos forasteiros ou fazer uma barricada, greve, manifestação, o diabo, dentro da fábrica.

Aconteceu então que Maria Julieta terminou de arrumar a longa mesa com os salgadinhos e os docinhos e chamou o pessoal para comer. O padre foi o primeiro a se levantar, quase tropeçou na barra da batina, era evidente que todo mundo estava com fome e por isso mesmo não haviam chegado a uma conclusão.

Enquanto mastigava uma coxinha, Mário sugeriu:

— Sondem os executivos da TWA antes de decidirem qualquer manobra contra eles.

— É verdade. O Mário tem razão — admitiu um deles.

— Por que você não faz isso? É o cara mais inteligente da cidade. — Foi a vez do padre, que devia ter problema mental, porque Mário era o mais teimoso, cabeça-dura e grosso; o mais inteligente era aquele que não se metia a besta com ele.

Recebeu um olhar duro e inquisidor da velhinha que o havia posto no mundo. Era uma águia aquela senhora, e ele a amava mais do que tudo.

— Ok, se for mulher, deixa comigo — resolveu ele por fim, a contragosto.

Várias mãos bateram nos seus ombros e costas, encurvando-o para frente, quase fodendo os seus músculos. Ô gente tonta, o que ele podia fazer? Seduzir a executiva a ponto de ela deixar as demissões de lado? Fazê-la se apaixonar por Santo Cristo e, com isso, também pelo seu povo e assim não demitir ninguém? Que povinho mais do iludido.

Serviram-lhe um copo de chope com bastante espuma e trouxeram um prato de salgados e doces. De repente todo mundo virou o seu serviçal sorridente.

Então ele perguntou:

— E se vier um bando de macho engravatado?

Todos se entreolharam, e um camarada gordinho com cara de gente boa, bochechas coradas e olhar infantil, gritou lá do fundo:

— Damos uma surra até deixar torto!

Depois dessa, Mário enfiou a cara no copo descartável e considerou que as carroças de Santo Cristo jamais ficariam sem quem as puxasse, de jeito nenhum.

Capítulo seis

Mário manobrou a camionete no estacionamento do aeroporto. Suspirou antes de tirar a chave da ignição, sentindo o olhar duro da mãe cravado no seu rosto.

— O que a senhora fez... — exalou o ar com força, procurando amenizar o tom de irritação da voz áspera. — Desnecessário, totalmente desnecessário. Trazer os caras de volta à força, mesmo sabendo que posso resolver os problemas financeiros da Majestade, e eu posso. — Balançou a cabeça devagar, como que afastando os piores pensamentos antes de continuar: — Eles têm a carreira deles lá, com os gringos, não é justo fazê-los desistir de tudo.

— Agora está feito — resmungou ela, abrindo a porta para sair.

— Mãe!

— O que quer? Somos uma família e isso significa que um ajuda o outro, não tem essa de orgulho ou vergonha. Se você não se sente seguro e amado pelos seus, vai buscar esse sentimento nas bocas de fumo — afirmou ela, bem séria, os brincos balançando.

— O quê? O que está falando? Nunca usei droga e nem tem boca de fumo em Santo Cristo, pelo amor de Deus.

Ele abriu a porta e saiu, a cara amarrada, o humor pior que sempre. Contornou a picape e ajudou-a a descer. Ela sorria toda satisfeita consigo mesma, e ele considerava que depois de trinta e cinco anos de convivência não devia mais se surpreender com o que saía da boca da sua mãe. Talvez houvesse um lado artístico nela misturado ao tresloucado, ou ela apenas pensava diferente da maioria das pessoas. Ainda assim, viver com aquela mulher era uma lição e tanto sobre imprevisibilidade e um belo exercício de paciência, ô, se era.

— Estou louca de saudade daqueles malandros — falou, toda sorrisos, alisando o tecido de algodão da camiseta de banda, as pulseiras batendo umas nas outras no pulso delicado.

— A gente ia a San Antonio todo ano... — começou ele, caminhando ao lado dela, sentindo um princípio de mau humor se instalar em si mesmo.

— E acha que isso é tempo suficiente para uma mãe passar com os filhos? — reclamou, aumentando as passadas no seu All Star Converse vermelho. — Pensei que, quando o seu pai partisse, eles voltariam para cá. Ainda bem que nos ferramos, assim tive uma boa desculpa para manter o rebanho bem juntinho no meu curral — gracejou.

— É, ainda bem que estamos à beira da falência — ironizou, assim que as portas duplas do saguão se abriram.

O lugar era simples, afinal era um aeroporto regional que recebia voos da capital e nada mais. Assemelhava-se a uma rodoviária bem organizada. Tinha o piso escuro e brilhante e um conjunto de cadeiras de assento bordô perfiladas ao longo das paredes brancas.

Eles chegaram ao saguão de desembarque e já havia meia dúzia de pessoas aguardando o voo de Cuiabá.

Era possível ver a pista de pouso adiante da parede de vidro, a iluminação da pista e do entorno. E, assim que o avião terminasse de taxiar e a escada fosse abaixada, veriam Thomas e Santiago. Não podia negar que também sentia falta dos dois. Depois da morte do pai, a fazenda se tornou um lugar sombrio e quase angustiante, soterrada em problemas. Ele evitava desabafar com a mãe, tampouco com os vaqueiros, que não tinham nada a ver com a administração da propriedade e só queriam receber o salário em dia. Agora, entretanto, poderia contar com a opinião dos irmãos. Essa parte da coisa o animou.

Menos de duas dezenas de passageiros surgiram às portas duplas do setor de desembarque. Sem qualquer dificuldade, Mário avistou os dois caubóis, tão encorpados quanto ele próprio, a estrutura que lhes garantia força e resistência quando montavam nos touros ariscos e ferozes.

Era como se olhar no espelho e ver a sua figura duplicada. A emoção provocada pela saudade superou a vergonha de se sentir derrotado. Thomas lhe endereçou um sorriso, mexeu na aba do chapéu de vaqueiro num gesto de cumplicidade, enquanto Santiago largou no chão a mochila que trazia no ombro e se encaminhou a passadas largas em direção à mãe. Abraçou-a, tirando-a do chão, rodando com ela enquanto a beijava no topo da cabeça. A velhinha tão pequena e magra parecia uma criança sendo pega por um adulto gigante. Era possível que naquele momento ela chorasse, a cabeça estava enterrada no ombro do filho. O fato de reencontrá-los e, mais do que isso, trazê-los de volta para casa mexia com os seus alicerces de fazendeira durona.

— E aí? — ele cumprimentou Thomas, abraçando-o de modo bruto, dando-lhe tapas nas costas e recebendo tantos outros. — De volta ao paraíso — brincou, ouvindo a própria voz sair embargada.

Fungou e respirou fundo. Era só o que faltava chorar feito uma garotinha. Eles não se viam fazia algum tempo; ainda assim, isso não era motivo para bancar o "manteiga derretida".

Separaram-se meio que rindo, achando graça de si mesmos, dois brutamontes emocionados. A verdade era que sempre se deram bem, os três, a pouca diferença de idade os unia. E terem sido criados numa família amorosa potencializava os sentimentos bons que nutriam uns pelos outros.

— O cheiro dessa terra é diferente de tudo, parece de comida caseira feita no fogão a lenha.

— O que te deu de falar bonito feito um idiota? — brincou Mário.

— Por mais que os Estados Unidos tenham me conquistado, os ares de Santo Cristo me lembram de onde pertenço.

— A mulherada de lá o conquistou, não é, ô, seu besta? — Santiago falou, achegando-se a eles, já abraçando Mário de modo escandaloso, tentando erguê-lo do chão, façanha em que não obteve sucesso.

Os três Lancaster se abraçaram e, por um momento, Mário acreditou que tudo mudaria para melhor. Então ele se afastou um pouco para puxar dona Albertina pela mão, pondo-a entre eles para receber um carinho triplicado.

O silêncio os envolveu, e eles apenas continuaram aproveitando a densidade do carinho. Mário pensou no pai, na falta que fazia ali e todos os dias. Sabia que os outros sentiam o mesmo. Havia um buraco no tecido familiar, um vazio que jamais seria preenchido.

Dona Albertina foi a primeira a falar, ainda agarrada aos seus "meninos":

— Agora os Lancaster estão inteiros e prontos para a briga. — A voz trêmula, o olhar obstinado se fixando em cada um deles.

— É certo que sim, mãe — afirmou Thomas.

Mário relançou um olhar para o irmão e, vendo-o sorrir, mais uma vez sentiu que foi um tolo por ter escondido deles a situação financeira da fazenda.

* * *

—Êta vida besta de boa!

Mário não precisou se voltar para saber que era Santiago quem acabava de chegar com o copo de pinga na mão.

Passava da meia-noite e, debaixo do alpendre, os vaqueiros se espalhavam nas cadeiras entre duas mesas cobertas por toalhas de plástico. A roda de viola se formou no instante em que os irmãos saíram da sala de jantar. Antes disso, levaram as malas para os seus antigos quartos. Sempre falando alto, soltando uma piada chula, fazendo exageradas exclamações. Era nítido que estavam felizes por voltar, constatou Mário.

Ele espichou as pernas, as botas gastas apontaram para cima no piso que revestia o largo avarandado. Dois vaqueiros cantavam "No rancho fundo", e a melodia se misturava ao som dos grilos e aos mugidos das vacas no estábulo.

As mariposas se agitavam em torno das lâmpadas, ignorando o sopro do vento morno que se esgueirava entre as árvores até alcançar o casarão. A atmosfera noturna parecia tomada por um sentimento diferente, a peonada mostrava no rosto o contentamento por ter de volta os outros irmãos Lancaster.

Thomas fumava, sentado na amurada do alpendre, a aba do chapéu rebaixada lhe escondendo os olhos. Viam-se apenas parte do nariz, os maxilares com a barba por fazer e o cigarro no canto da boca contraída. A feição dura demonstrava o que ele sentia. Era um cara passional aquele, cheio de sentimentos quentes e altamente explosivos. Era certo que a música e a própria roda de viola o faziam recordar o passado, quando o pai deles cantava junto com os vaqueiros. Cantava e bebia sua cachacinha. Depois Mário ou Santiago o carregava para o quarto, podre de bêbado e feliz da vida. Enquanto Thomas ficava no alpendre dançando com dona Albertina.

Sim, a vida era besta de boa, concordou com o irmão, desarmando o sorriso dos lábios ao considerar que a parte ruim era provocada pelas próprias pessoas. Como o que ele fazia, por exemplo, ao não vender Killer para quitar as dívidas da propriedade. Esse era um assunto que lhe causava azia, melhor pensar em outra coisa.

Santiago lhe encheu o copo de cachaça e falou:

— A mãe está namorando?

Mário sentiu como se tivesse levado uma chicotada no lombo. Voltou-se para o irmão, e, se tivesse um espelho na sua frente, era certo que veria uma testa franzida e um par de olhos arregalados.

— De onde tirou essa besteira?
— Ela me falou que conheceu um fazendeiro rico.
— Conversa.
— Acho que não. Faz cinco anos que o pai se foi... Talvez ela sinta falta de uma companhia.
— E eu sou o que, um fantasma?
— Falo de companhia de *hômi*, cabra.
— Ok, certo, e o meu nome é *Mariana*, diacho? — perguntou, irritado. — Ela está inventando coisa.

Foi o que disse, mas lá no fundo, bem no fundo, ficou encafifado. A velhinha andava muito emperiquitada. A bem da verdade, sempre foi vaidosa, do tipo excêntrico, claro. Contudo, ultimamente mal parava na fazenda. Ele concluiu que as jogatinas lhe tomavam o tempo. Afinal, era isso que ela fazia desde a morte do marido.

Deu uma boa olhada na direção da sabichona, sentada agora no colo de Thomas, quietinha, ouvindo a conversa da peonada.

Não, não era possível que estivesse "namorando". Pelo amor de Deus, ela era uma se-nho-ra de sessenta e cinco anos! E havia passado quarenta deles casada com o mesmo homem, o senhor seu pai.

— Acho que está na hora de a mãe refazer a vida.
— Você ficou doido, Santiago? — deixou escapar numa secura de dar inveja ao clima do cerrado. — Ela não tem idade para essas coisas, é certo que o cabra é um safado.
— A gente não pode se usar como parâmetro para os outros caras — disse o irmão, com um sorrisinho de troça.
— A questão não é essa — rebateu, tentando controlar a impaciência. — A mãe era uma garotinha quando casou com o pai e viveu a vida inteira com ele. Só agora, depois dos sessenta, é que ficou sozinha. Ela não está preparada para... para... — ele simplesmente não conseguiu completar o raciocínio.

Era o cúmulo imaginar a própria mãe de volta ao mercado sexual.

— Voltar a fazer sexo? — indagou Santiago, com um arzinho desafiador no olhar.

Fechou a cara, puxou a aba do Stetson para baixo e deu a entender que o assunto estava encerrado, salientando em seguida o gesto:

— A nossa função é protegê-la, e eu não vou deixar nenhum malandro se passar com ela.

— Claro que não. Só acho que se a mãe quiser namorar, não poderemos nos meter.

— Vou me meter, sim. Perdi o pai, mas não perco a minha mãe — afirmou, obstinado.

— Perder? Que diabo está falando? — perguntou Santiago, franzindo o cenho.

Mário sentiu uma dor seca na boca do estômago. Era a sensação de amargor e da possibilidade da perda. Não era nada fácil lidar com uma morte abrupta, inesperada. Você acorda de um sono profundo e tem ao seu lado o médico. Olhos nos olhos e ele diz: "Sinto muito, o seu pai acabou de falecer". O quê? Você conta os minutos no relógio da parede de um quarto de hospital. Faltam quarenta para o horário da visita. Vinte e quatro horas atrás você estava na mesa de cirurgia e, pouco antes, em cima de um touro, a plateia o ovacionando, poucos segundos para a vitória. Então recebe a notícia de que os alicerces da sua vida ruíram. Acabou tudo. Anos depois, a sensação do sufoco e da falta de sentido volta e o lembra de que quem está aqui pode inesperadamente desaparecer.

— Sou o chefe da família e vou investigar quem anda ciscando ao redor da minha mãe — decidiu, por fim, os braços cruzados diante do peito, a obstinação na voz dura.

Santiago fez que sim com a cabeça, bebendo o resto da cachaça.

— Concordo, quem ama cuida.

— Um idiota dorme ao volante e bate de frente no carro do pai, e outro idiota resolve tirar proveito da viúva do Lancaster...

Não é assim que as coisas funcionam, meu chapa, essa mulher tem quem a defenda. Ô, se tem.

— Ok — disse ele, parecendo incomodado com algo. — Só acho que você não deve levar tudo a ferro e fogo, Mário. Pode ser que a mãe tenha encontrado um bom amigo, só isso.

Os violeiros fizeram uma pausa para molharem a goela com a branquinha mais ardida da região.

Thomas veio até eles, depois que dona Albertina anunciou que traria à mesa uma amostra da torta de caju que iria concorrer no festival.

— A gente precisa conversar — disse ele, puxando uma cadeira e a virando ao contrário, de modo a sentar de frente para o encosto.

— A mãe está de chamego com um sem-vergonha, não é? — interpelou o irmão, retesando os maxilares. — Vou descobrir quem é e ter uma conversa séria com o cara de pau.

Thomas o fitou de modo estranho, como se ele tivesse falado em outro idioma.

— Não é isso. — Ele esfregou a nuca e continuou: — Mas se for verdade, a gente vai pra cima dele.

Notou quando Santiago soltou uma risadinha debochada.

— Acho melhor nos atermos aos nossos próprios problemas, certo? — falou ele, puxando a cadeira à extremidade da mesa.

Tal gesto o levou a fazer o mesmo e se sentou de frente para Thomas. A curiosidade o enlaçou como a corda quando enrodilhava um bezerro, prendendo a sua atenção naqueles dois que se entreolhavam de modo enigmático.

Santiago acendeu um cigarro, enquanto Thomas encheu o copo de bebida, e o gesto de ambos lhe pareceu suspeito.

— O que aconteceu? — foi direto ao ponto, olhando de um para o outro.

Thomas o fitou fixamente, a fumaça camuflando seus olhos sérios e profundos. Ainda assim, era possível ver uma nuance de melancolia também.

— A gente mentiu para vocês. — Antes que Mário pudesse juntar as palavras na cabeça para lhe fazer uma pergunta, ele continuou num fôlego só: — Ficamos dez anos em San Antonio trabalhando como vaqueiros. Tudo que juntamos foi um punhado de dólares e a experiência em montaria, mas nada de fama e terras a se perderem de vista.

— Mas...

— Sim, nós inventamos tudo — interrompeu-o Santiago. — O pai investiu muito na nossa viagem para o Texas, acreditando que logo nos tornaríamos os mais famosos peões de rodeio do mundo, e, no entanto, perdemos o foco e estragamos tudo. O dinheiro que ele nos deu acabou rapidinho, ficamos deslumbrados com a América, Mário, é uma vida completamente diferente da pasmaceira daqui. A verdade é que nos entregamos a uma vida de putaria e tudo acabou dando errado. Quando quisemos nos reerguer, só haviam sobrado os subempregos para latinos com força muscular, ou seja, o trabalho nas fazendas — concluiu, demonstrando humildade num rastro de tristeza.

— E, ainda assim, não éramos bons nem nisso — completou Thomas, com ar desolado, a cabeça baixa ao acrescentar: — A gente se esquivava do trabalho para participar das montarias clandestinas e também para foder com as mulheres dos nossos patrões. Tenho que admitir que tudo deu errado por nossa exclusiva culpa. Santo Onofre é nossa testemunha.

— Não põe o santo no meio, é pecado — ralhou Mário, ainda atordoado com a confissão dos irmãos.

A mãe chegou trazendo a bandeja com o bule de alumínio e as canecas que cercavam os pratinhos com o pedaço de torta de caju. Depositou-a na mesa e sentou com eles, atenta à carranca fechada de cada um.

— Já sei, tá todo mundo quebrado.

Foi o que Mário ouviu da mãe, ainda confuso e intrigado com o relato dos irmãos. Cinco anos antes, durante o velório do pai,

Thomas chegara com muito dinheiro e fizera questão de pagar todas as despesas fúnebres, embora ele próprio pudesse fazê-lo. Então realmente não tinha como saber que os irmãos não haviam conquistado a América.

— Sexto sentido de mãe é fogo — disse Santiago, esboçando um sorriso amargo.

— Sexto sentido uma ova, pensei que estivessem montados na grana, ouvi a conversa quando chegava com o café. Vocês não sabem falar baixo, educação inglesa ao contrário — resmungou.

— Por que não abriram o jogo? — indagou Mário, olhando de um para o outro. — A gente combinou que, se a viagem não desse certo, os dois voltariam a qualquer momento. E, no entanto, amargaram dez anos por lá, sofrendo em silêncio como se fossem órfãos largados no mundo. — concluiu, ralhando com ambos.

Foi Santiago quem respondeu pelo outro:

— Não queríamos desapontá-los. Você fez sucesso nos rodeios do Brasil e, pelo visto, é o único Lancaster que tem chance de ganhar a América. Enquanto nós dois aqui só torramos dinheiro da família e ganhamos experiência em orgia.

— Não fala essas coisas na minha frente — repreendeu-o a mãe, dando-lhe um tapa de leve na boca.

—Ai, porra! — reclamou o caçula, de modo teatral, levando a mão à boca, mas era para esconder um sorriso.

Mário crispou os lábios.

— Eu estou fora do páreo, meu joelho acabou com tudo, mas vocês estão inteiros e só precisam fazer um bom treino e limpar a mente de vaginas… — Antes que ele pudesse continuar, tomou um tapa na nuca, virou-se e deu de cara com o olhar zangado da mãe. — Ok, desculpa. Até parece que a senhora tem um vocabulário de freira — resmungou, de cara amarrada, esfregando o pescoço.

Dona Albertina terminou de servir o café e se sentou entre os dois filhos mais novos.

— Vou dizer uma coisa... — Olhou demoradamente para cada um dos três e continuou: — Tudo tem um propósito debaixo do céu do nosso Senhor. Se vocês tivessem se dado bem lá com os gringos, jamais voltariam para casa e talvez virassem umas bestas de ego inflado que dão as costas à família...

— Não somos assim — rebateu Thomas, carrancudo, como se a mãe lhe tivesse apertado as orelhas.

— Sei que não, mas o sucesso muda a cabeça das pessoas. De qualquer forma, é como aquele ditado: "O que não tem solução, solucionado está". O Mário também não quis contar que a fazenda estava indo para o brejo, espero que tenha sido para não os preocupar, mas acho que foi por orgulho mesmo. — Ela parou de falar, bebeu um gole do café preto e depois completou, bem séria: — Não quero mais saber de mentira entre nós. Criei homens íntegros e corajosos e não um bando de bunda-mole com o ego maior que o cérebro.

Por um momento, eles ficaram em silêncio. Os irmãos baixaram a cabeça, ruminando o sermão que tantas vezes ouviram ao longo da infância e da adolescência. Os demais vaqueiros, por sua vez, pararam de tocar e de cantar, constrangidos ao verem os patrões levarem uma dura da mãe.

Mário suspirou fundo, tomando para si a decisão de encaminhar a conversa para um rumo mais produtivo:

— Semana que vem vou ao banco renegociar a nossa dívida, teremos mais tempo para desafogar do atoleiro.

— Tenho uma ideia, irmão — disse Thomas, puxando o cigarro apagado da dobra da orelha e pondo-o no canto da boca. Enquanto apalpava os bolsos da camisa em busca do isqueiro, acrescentou: — A gente ganhou mais dinheiro participando das montarias na fazenda do que trabalhando como vaqueiros. É ou não é, Santiago? — O outro fez que sim com a cabeça, o semblante grave, e o irmão continuou: — Tínhamos uma boa arena e um bom touro, nada sofisticado. O público também era exclusivo, só gente da alta roda da cidade. Então eram feitas as apostas, a fazenda que sediava o evento ficava com trinta por cento do valor total dos lances. E essa mesma fazenda tinha o peão favorito. Imagina só, a gente aqui, são três chances de ganhar as apostas e ainda ter o lucro fixo delas. Entendeu? Podemos levantar uma grana alta e bem rápido — argumentou.

— Duas chances — corrigiu-o Mário. — Desmanchei a arena de treino, não tinha utilidade.

— Construímos a diaba de novo — interveio Santiago, soprando em seguida o café para degustá-lo. — Caramba, que saudade dessa gostosura! É forte e amargo! Eu já estava cansado do café aguado da gringaiada — comentou, rindo.

Thomas sorveu o seu e fez a mesma cara de espanto e admiração.

— O café da sra. Lancaster é o melhor do universo — brincou.

— Aham, sei, daqui a algumas semanas nem vão notar mais o gosto — falou a matriarca, fingindo-se de coitada.

— Mãe, vou ser sincero com a senhora — começou Thomas, numa voz baixa e grave. — A gente queria continuar nos Estados Unidos, somos teimosos, tínhamos a intenção de persistir até vencer ou até tomar tiro de um marido enganado. Para nós, voltar para casa era como assinar um atestado de fracasso. Só que, desde que cheguei e senti o cheiro da minha terra, penso que já devíamos ter voltado há muito tempo. Nada é melhor que o nosso lar.

— Digo o mesmo, só que não sei falar como florzinha — comentou Santiago, fazendo uma careta engraçada. Depois, voltou-se para Mário e acrescentou: — Podemos improvisar tudo até arrecadarmos grana para investir no evento. O importante é atrairmos a atenção dos endinheirados. Sabe como ricaço adora uma competição.

Sentindo que não havia convencido de todo o irmão mais velho, Thomas acrescentou:

— Podemos usar o curral como arena e mandar fazer um conjunto de arquibancadas de madeira. Improvisar, como o

Santiago disse, tudo meio que na gambiarra até podermos investir decentemente.

Mário ainda não estava convencido de que abrir a fazenda para apostas clandestinas era a melhor saída para conseguir dinheiro. Endereçou um olhar à mãe e a viu fitando o vazio adiante, os olhos miúdos e empapuçados pareciam perdidos em alguma reminiscência.

— Qual é a sua opinião sobre isso, comandante?

Ela suspirou profundamente e endireitou os ombros, voltando do transe.

— O seu pai jamais nos perdoaria se perdêssemos a fazenda, acho que isso resume tudo.

Mário apertou a boca, balançando a cabeça em sinal afirmativo. Thomas tragou fundo o cigarro, semicerrando as pálpebras quando a fumaça ousou lhe ferir os olhos. Enquanto isso, Santiago apenas fitava a toalha de mesa, o jogo do xadrez na sobreposição de cores. A melancolia voltou a se instalar por ali, abrindo suas asas gigantes para abraçá-los num carinho cheio de dor.

— Temos grana para fazer as arquibancadas e arrumar de jeito a arena com o brete. — O entusiasmo pareceu tomar conta da voz de Thomas quando continuou: — Podemos chamar a peonada que treina na região, os caras devem estar famintos por montaria e grana. Não tem como dar errado.

— A não ser que um deles sofra um acidente e tenhamos que arcar com um processo — contra-argumentou Mário com frieza.

— Isso não vai acontecer.

— Por que não, Santiago? Não aconteceu comigo?

— Acha certo pensar negativo? — reclamou, impaciente, rebatendo no impulso.

— Sou realista, só isso.

Santiago e Thomas trocaram olhares significativos, e o último esboçou um sorrisinho sem graça.

— Nasci logo depois dele, fazer o quê? Respingou pessimismo — disse ao irmão mais novo, num tom divertido enquanto dava de ombros.

— Vocês montam — determinou a matriarca. — Não existem nesse país peões melhores que os Lancaster — completou, saindo da mesa a fim de não ouvir argumentação contrária.

Mário suspirou pesadamente e, em seguida, emborcou mais um copo de cachaça. A bebida desceu doce, já que no fundo da sua alma jazia um amargor ainda maior.

— Precisa resolver isso.

— Eu sei, Thomas.

— O Killer está chamando você para o embate, Mário, é por isso que não tem mais paz na vida — afirmou Santiago, esboçando um olhar avaliativo. — Acho que precisa de um incentivo extra para voltar a montá-lo.

Pensou em responder que precisava mesmo era se livrar do touro, embora soubesse que, se o fizesse, seria o mesmo que jogar a toalha. Era Killer que o mantinha na reta, nos eixos, na firme determinação de um dia voltar às arenas.

Só não fazia a mínima ideia de quanto tempo precisaria para isso.

Capítulo sete

Era uma aldeia. Pelo menos o que Natália considerava como uma aldeia, visto que jamais conhecera uma. Aldeia, povoado, cidadezinha, o que fosse, mas nada a preparou para lidar com o fato de que Santo Cristo se assemelhava a um lugar pacato e perdido do século xix.

Assim que desceu do automóvel alugado no aeroporto da cidade (bem, o prédio de um andar que chamavam de aeroporto), assimilou rapidamente que o Centro-Oeste era árido e quente, do tipo mormacento, aquele calor que baixava a pressão arterial e fazia as pessoas ficarem deselegantes transpirando litros de água. Para além dessa constatação, percebeu também que podia percorrer a cidade sem se perder, uma vez que havia apenas duas avenidas principais, onde ficava o centro comercial.

Olhou em volta para a fachada das construções de alvenaria, bem pintadas, limpas, sem pichação, e teve de convir que o povo cuidava do patrimônio local. Isso era realmente positivo, mostrava vários traços de civilidade. Porém, constatar que o prédio mais alto tinha apenas quatro andares a lembrou de que seis mil habitantes não formavam uma metrópole. Ela acabava de chegar a uma província interiorana onde picapes e cavalos conviviam harmoniosamente no trânsito nem um pouco caótico.

Entrou no casarão onde havia uma placa com a inscrição "Hotel Belo Pouso". No saguão tinha um conjunto de sofás de couro marrom, diante da televisão pendurada na parede. Atrás dos móveis ficava o balcão onde estava o recepcionista, um adolescente loiro e alto, cujo rosto, coberto de espinhas vermelhas que pareciam prestes a explodir, sugeria a personalidade típica de um caipira, já que sorria antes mesmo de ela se aproximar para lhe falar.

Ok, o rapaz era educado e simpático, mas o fato de estar inserido no cenário de uma novela das seis, no interior do Mato Grosso, irritava-a sobremaneira. Fazia menos de quarenta minutos que estava em Santo Cristo e já odiava tudo, até mesmo a aridez nojenta do ar. Sério! A impressão que se tinha era a de que respirava grãos de terra que se grudavam nas suas narinas. Os sapatos sujos de uma terra seca e avermelhada. A bem da verdade, sentia que todo o seu corpo estava encoberto por uma leve camada de areia grossa, colada às suas roupas de grife, tecidos importados e delicados que não foram feitos para uma excursão ao fim do mundo.

— Seja bem-vinda a Santo Cristo, a terra do mais importante Festival da Torta de Caju do país! — exclamou, todo orgulhoso.

Hã?

Natália repuxou o canto da boca para baixo, numa expressão que demonstrava o que pensava a respeito daquela porcaria de cidade. Acabava de ver um rasgo indecoroso na sua meia-calça, bem abaixo da saia reta que combinava com a camisa de seda branca. Aquilo nunca lhe havia acontecido antes. Vestia-se impecavelmente; sobriedade e bom gosto aliados às melhores marcas representavam a sua postura profissional, bem como a sua personalidade. Mas agora estava toda suja, despedaçada; o cabelo loiro, cortado de maneira cuidadosa em mechas irregulares, duro de poeira. Sentia-se como um espantalho de tailleur que atravessara a pé o deserto do Saara. Assim, era difícil ser educada e polida. Por isso dispensou a conversa fiada:

— Fiz uma reserva, sou Natália Esteves, da TWA.

Notou os olhos do recepcionista quase saindo da órbita ocular. Certo, eles detestavam os forasteiros, Jean a havia alertado sobre o fato. Porém, a expressão do garoto era a de incredulidade, como se tivesse acabado de receber a visita de uma alienígena.

Dai-me paciência, Senhor!

Abriu a bolsa para sacar o cartão de crédito da empresa, imaginando se Jean chegaria no próximo voo ou perderia mais um, o idiota. O combinado fora que viessem em horários diferentes, já que uma cláusula do seguro da TWA proibia que dois funcionários do alto escalão utilizassem, juntos, a mesma aeronave. Natália fizera então tudo direitinho, pegando o voo anterior ao do primo. Mas, para variar, ele se atrasou.

Esticou o braço com o cartão entre os dedos. O garoto continuava a fitá-la sem mover um músculo da face. Olhou ao redor, o saguão vazio, a tevê mostrando cenas de uma novela mexicana. Em torno das lâmpadas, toda sorte de insetos.

— Algum problema? — arriscou ela, tentando sorrir, mas a boca também estava dura de terra. Moveu os maxilares e ouviu o som seco da areia grossa entre os dentes.

— Não, senhora — respondeu ele, todo atrapalhado, as bochechas vermelhas.

— Tem banheiro nos quartos ou terei que ir à casinha dos fundos? — tentou não ser irônica, mas estava cansada e irritada demais para se conter.

— Não, senhora, cada quarto tem o seu próprio banheiro.

— Com chuveiro elétrico?

Era uma pergunta tola, mas em vista do buraco onde havia se metido tudo era possível.

— Não temos inverno, por isso os banhos são frios — disse ele, num tom de lamento e um tanto de embaraço.

Aquilo era demais!

— Mas vocês recebem gente de fora que gosta de um banho morno e relaxante, depois de quase virar um humano à milanesa nessa terra do capeta! — elevou a voz, mas não chegou a gritar.

Viu-o esboçar um sorriso sem graça. Afinal, o que ele podia fazer se a cidade era um alfinete, o chuveiro não era elétrico e a poeira grudava por tudo?

Pegou a chave cujo chaveiro era um cartão plastificado com o número do quarto e deu-lhe as costas. Carregava uma mala pequena, que comprara em Nova York, numa das viagens a negócios. Àquela época ela ainda acreditava que acompanhar o presidente da empresa lhe renderia uma promoção. Mais tarde, descobriu que o sr. Esteves a usava como mera assistente, já que ela era uma pessoa de confiança e espírito flexível, ou seja, Natália se dispunha a lhe fazer todas as vontades, desde atender os seus telefonemas pessoais até comparecer aos jantares beneficentes representando-o.

Abriu a porta do quarto, ao fundo de um corredor sem quadros nas paredes brancas. Não entrou, apenas afastou com a mão a porta para trás, investigando o ambiente com o olhar atento.

Carpete bege-escuro da mesma cor da cortina sem estampa. Do ângulo em que estava, dava para ver parte de uma mesa e o frigobar. Entrou, trazendo no ombro a bolsa de couro e, na mão, a mala de viagem. Depositou-as sobre a cama de casal, a colcha de retalhos, e analisou o entorno.

A cama tinha a cabeceira de madeira ladeada por um par de criados-mudos; um pequeno abajur sobre um deles, o rádio--relógio antigo. Quadros baratos, tapete de barbante, almofadas xadrez com barras de babados compunham o cenário com ares de "roça". Sim, a decoração não era country, mais se assemelhava ao que se presumia como o lugar de dormir da família Buscapé.

Sentou na beirada da cama e se livrou dos sapatos de salto alto, depois das meias. Jogou-as no chão, iriam direto para o lixo.

Suspirou cansada enquanto se atirava para trás, deitando no colchão duro. Pelo menos era ortopédico, tentou se consolar, à beira de uma crise de raiva. Quanto mais o tempo passava, menos ela avançava na sua carreira. Era como se houvesse alguém segurando-a pelos tornozelos. *Era como se?* Evitava pensar a respeito; contudo, ano após ano, percebia que havia, sim, alguém a impedindo de crescer profissionalmente e essa pessoa era a mais importante da sua vida.

Acostumada a longos banhos de banheira, relaxando na água com sais perfumados, Natália torceu a boca para baixo ao girar o registro do chuveiro. A torrente jorrou forte e, ao contrário do que esperava, a água não estava fria nem gelada, mas morna. O sol, pelo visto, aquecera o encanamento o dia inteiro.

Não podia negar, a água estava numa temperatura deliciosa. Lavou o cabelo com o xampu de alecrim. Aproveitou para esfregar a nuca tensa. Depois abriu a embalagem com o sabonete e o deslizou no corpo, vendo a água escorrer pelas pernas até o piso de azulejos e a seguir o ralo. Era um líquido avermelhado, sujo, que limpou a poeira da sua pele.

Secou-se numa toalha enorme e depois se enrolou nela, voltando ao quarto para se vestir.

O ar-condicionado beirava os vinte graus, agradável e silencioso. Natália contornou a cama e se postou à janela, afastando as cortinas de um tecido grosso. Abriu as janelas e deparou com um amplo quintal ajardinado; o campo verde parecendo um grande tapete aveludado encobria a terra seca. Plantas de folhagens largas e exuberantes competiam em beleza e exotismo com as flores coloridas e os pequenos arbustos de galhos retorcidos. Era uma estranha calmaria, diferente de tudo que ela vivia em São Paulo, da agitação nervosa da avenida Paulista, do trânsito caótico e agressivo, do ambiente corporativo extremamente competitivo. Ali, naquele pedaço de mundo tão diferente das cidades mais urbanas, havia um quê de "fuga do tempo", como se ela tivesse viajado para um passado distante, quando todos tinham paciência para viver devagar, bem devagar, sem a ansiedade nervosa da velocidade dos processadores de computador.

O sr. Esteves comprou a fábrica de Santo Cristo e agora pretendia vendê-la. Antes disso, contudo, ela e Jean teriam que enxugar o pessoal para tornar interessante a sua venda ao mercado. A bem da verdade, Natália fora enviada ao interior do Centro-Oeste para maquiar uma situação, ajeitar uma menininha feia para o baile. Era assim que o seu pai vivia, comprando empresas e depois as vendendo, sem apego nenhum, apenas um negócio.

Notou uma pessoa se esgueirar por cima do muro que cercava a propriedade. Recuou dois passos a fim de não ser vista; a curiosidade, no entanto, manteve-a à janela, camuflando-se por trás da cortina.

Um homem alto, vestido num jeans e camisa clara, pulou para o pátio em meio às plantas. Caiu flexionando os joelhos, o chapéu lhe escapou da cabeça, e ela viu o cabelo castanho num desalinho selvagem: ainda que fosse curto, estava fora do corte, alcançando metade do pescoço.

Seria um bandido invadindo o hotel ou um hóspede embriagado?

O sujeito era encorpado, mas não ao estilo jogador de rúgbi, era mais como um lenhador, um tipo rústico que marcava as roupas com sua musculatura, embora mantivesse uma elegância esguia. E ela só observou esse detalhe porque ele parou debaixo da lâmpada do gazebo.

— Acho que ela escapou, Mário!

Ouviu o recepcionista gritar e, imediatamente, deu um passo para trás. Ainda assim, espichou o pescoço para tentar ver o que acontecia lá embaixo.

O tal Mário se abaixou e girou o registro da água, depois se pôs de pé, e Natália observou a feição talhada na força, o queixo viril, a barba por fazer. Parecia um trabalhador braçal, apenas isso. Não tinha preconceito em relação a nenhuma profissão, já havia namorado um ex-motorista particular seu, contratado antes de ela aceitar que precisava aprender a dirigir, isso aos vinte e três anos. Portanto, a diferença de classes sociais não era importante para ela.

Achou por bem se afastar da janela, nunca fora *voyeur* para ficar observando estranhos. Antes de fazer isso, no entanto, lançou um último olhar ao desconhecido e o viu tirar a camisa, soltando-a devagar dos botões, e depois jogá-la no ombro ao pular de volta o muro para o outro lado.

Por uma questão de segundos, admirou o corpo ligeiramente definido, as costas largas e o traseiro apertado no jeans muito justo. Considerou que aquele pulo lhe custaria uma calça rasgada.

Voltou à cama, disposta a se vestir e depois sair em busca de um lugar decente para comer. O estômago chegava a doer de fome, visto que ela só tinha dentro dele o lanchinho oferecido durante o voo. Com muita sorte, não teria que sair do hotel. Apesar de o lugar ser modesto, ainda que bem decorado e limpo, havia uma chance de oferecerem uma boa comida caseira. Até que tinha curiosidade de conhecer a culinária da região.

Borrifou o seu Chanel Nº 5 nos pulsos. Depois, pegou o nécessaire e se sentou à mesa, retirando o espelho oval de maquiagem para colocá-lo no suporte. Optou por usar uma sombra escura que combinasse com o castanho dos olhos, um blush terracota e batom vermelho cremoso. A camada grossa de rímel deixou seus cílios volumosos e encurvados sensualmente para cima. Gostou do efeito da maquiagem.

Penteou o cabelo liso e úmido sem, no entanto, secá-lo. Passou os dedos por entre as mechas, soltando-as do couro cabeludo. Aplicou uma fina camada de mousse e o embaralhou mais uma vez a fim de obter um penteado despretensiosamente arrumado.

Suspirou, satisfeita com a imagem que via refletida no espelho. Não era uma mulher bonita; na maior parte das vezes, sentia-se comum, quase invisível, como se o tailleur e o seu cargo na TWA lhe fossem uma espécie de armadura. A feminilidade se escondia debaixo da postura eficiente e controlada de uma mulher num mundo predominantemente masculino. Ela tinha um rosto harmônico, era verdade, maçãs salientes, lábios bem desenhados e um nariz aristocrático. O pescoço era longo e altivo, a coluna sempre empertigada, a postura de quem tivera aulas de balé clássico ao longo da infância. Era magra, alta e elegante. Atraía olhares masculinos, de cobiça sexual. E também de menosprezo. Quem não conhecesse sua vida de perto poderia supor que ela tivesse privilégio como a filha do dono da empresa onde trabalhava. Mal desconfiavam que o seu pai era o pior dos chefes. Ou talvez o seu chefe fosse o pior dos pais.

Estacou na metade da escadaria que dava acesso ao saguão da recepção ao ver o homem que pulara o muro parado junto ao balcão. Ele ainda estava sem camisa e usava um chapéu de vaqueiro.

Dava para perceber que era um tipo rude, um nativo, por certo. Tentou encontrar algum detalhe para menosprezá-lo, talvez isso acontecesse quando ele abrisse a boca para falar. Era provável que mal soubesse concordar os verbos e substantivos, além, obviamente, de que tivesse um sotaque caipira ao estilo Jeca Tatu.

Fato é que aquele corpo lhe agradava e o rosto talhado na virilidade a atraía, exalava testosterona pelos poros das costas largas, os ombros ossudos, o abdômen enxuto. O traseiro pequeno estufando o jeans e, logo abaixo, as botas de couro que remetiam à montaria.

Fazia tempo que ela não se impressionava com a aparência de um cara que não usasse terno e gravata. Preferia os homens de negócios bem articulados, ambiciosos, engravatados, rosto escanhoado, vocabulário elegante. Sentia-se atraída por cavalheiros sofisticados e cultos.

Ainda assim, era uma mulher com instintos primitivos que, de vez em quando, admirava também os mais rústicos. Quem nunca prolongou o olhar nos músculos de um entregador de gás que atirasse a primeira pedra, pensou ela, controlando um sorrisinho.

Então o caubói se voltou e meio que se afastou do balcão como se quisesse lhe mostrar o tronco desnudo. O tórax largo tinha pelos castanhos, não muitos, o suficiente para se acumular embaixo do umbigo no chamado "caminho do pecado". E ela também imaginou aqueles tufos de pelos em torno do pau grande. Sim, grande, já que era possível notá-lo apertado contra o jeans.

Ela sentiu o suor porejar na palma da mão que segurava o corrimão da escada. Engoliu em seco, tentando compreender a súbita tremedeira do seu corpo. Era como se o visse nu, na sua cama, separando-lhe as pernas para fodê-la. Um desconhecido. Um sexo cru e básico, puro instinto, sem seguir qualquer protocolo de civilidade.

Agora ele a encarava com firmeza, os olhos sérios pareciam avaliá-la enquanto os lábios esboçavam um leve ar de troça, de arrogância masculina. Ele sabia que era atraente, de um jeito animalesco, mas ainda assim incrivelmente atraente, e fazia questão de exibir os seus atributos a ela, a forasteira recém-chegada de uma metrópole. O modo como a olhava dizia tudo sobre a sua personalidade: ele era um predador.

E Natália entendia tudo sobre esse tipo de fera.

Sustentou seu olhar, jamais desviava de um embate silencioso, sobretudo quando assimilava que o oponente se considerava superior a ela. Fez questão inclusive de lhe endereçar um leve sorriso ao passar por ele e entregar a chave do quarto ao recepcionista, agora mais vermelho que um tomate maduro.

— A madame é nova na cidade? — ouviu a voz quente e ligeiramente rouca.

Fez que sim com a cabeça, sem se voltar para ele enquanto retirava da bolsa o celular. Contraiu o lábio ao verificar que não havia sinal. Voltou-se para o recepcionista e, tentando ocultar a irritação no tom de voz, indagou:

— É normal não ter sinal de celular?

Antes que o rapaz respondesse, o caubói antecipou-se:

— Sim, é normal. — Depois ele foi até a porta e apontou para fora: — Perto daquela árvore o sinal é quase excelente, chega a sessenta por cento — comentou serenamente.

Perto daquela árvore?

— O quê?

— O sinal, madame. A nossa tecnologia é movida a carroça. — Pareceu brincar, embora não sorrisse. — Para conseguir sinal tem que descobrir os melhores pontos para captá-lo, e eu digo que perto daquela figueira é uma beleza — acrescentou, olhando direto para a sua boca.

Instintivamente, Natália umedeceu os lábios com a língua. Não foi um gesto para seduzi-lo, longe disso. Era mais como um cacoete, como quando mordia o lábio inferior ao se sentir insegura. No entanto, bastou-lhe o gesto para que o caubói tornasse a grudar seus olhos sardônicos nela.

— Obrigada.

Foi até a bendita árvore. O sinal estava de fato melhor, ligou para o pai, mas a ligação não completou. Deu uma olhada discreta no desconhecido que a observava descaradamente, parecia estudá-la, o olhar avaliativo e, de certo modo, manso.

— Complicado? — ele perguntou e, antes que ela respondesse, apontou para atrás dela e completou: — Próximo àquela mangueira o sinal é de cem por cento.

Ela se virou e deparou com uma árvore imensa, debaixo do poste de luz; a copa larga e o tronco frondoso deviam oferecer uma sombra maravilhosa durante o dia.

Resolveu acatar a sugestão e andou até o lugar indicado. As pedrinhas e os grãos de terra no asfalto do estacionamento do hotel lhe dificultavam a caminhada no salto alto. Por duas vezes quase torceu o tornozelo. Praguejou baixinho, sentindo que era observada pelo homem.

Com o celular na orelha, uma vez que se esquecera dos fones, alcançou o ponto mais favorável de captação de sinal, que era debaixo da mangueira. Aspirou a fragrância das mangas, adocicada e agradável. As frutas graúdas pesavam nos galhos.

Considerou uma nova tentativa, talvez agora conseguisse falar com o pai.

De repente, ouviu o som de queda seca. Deu um pulo no mesmo lugar. Levou um susto daqueles, o coração disparou. Sem que desse tempo de ela assimilar o ocorrido, novamente o mesmo barulho. Agora, entretanto, seguido de outro. Foi quando sentiu o baque no topo da cabeça, a dor aguda a atingiu e ela perdeu o equilíbrio, o corpo pendeu para frente. Esticou a mão para se segurar em algo, só encontrou o vácuo e, sem suporte à vista, viu-se tombar com tudo no chão. Fechou os olhos sem, no entanto, se soltar do celular. Foi tudo muito rápido. Antes que sentisse o asfalto queimando o seu rosto, duas mãos grandes a seguraram pelos antebraços, puxando-a contra um corpo firme que exalava odor de colônia amadeirada.

Ela esmagou o nariz contra o tórax cheiroso, a estrutura maciça, por certo de um corpo acostumado a trabalhar ao ar livre, já que a tez morena o identificava como alguém que se opunha aos lugares fechados. Fechou os olhos e lançou um gemidinho baixo, calculando mentalmente que havia entre eles uma diferença de vinte ou trinta centímetros de altura. De fato, o vaqueiro era grande. E ela somente se afastou dele ao sentir o sangue escorrer no seu rosto.

Levou a mão à testa, temendo que o ferimento fosse grave, ao que ouviu do desconhecido que a abraçava agora com os dois braços em torno das costas dela:

— A madame levou uma manga na cabeça — informou, com ar divertido. — Elas caem o tempo todo, estão maduras, não querem continuar nos galhos.

Natália endereçou-lhe um sorriso amarelo, identificando a substância alaranjada na mão. Suspirou, aliviada por não ser o seu sangue.

— Acho melhor sairmos daqui — sugeriu ela, balbuciando tolamente.

Ainda estava meio tonta por ter sido atingida na cabeça por uma manga pesada. Foi como se levasse uma marretada no meio do crânio. Por outro lado, o cheiro do vaqueiro a entorpeceu. Era um odor de macho com fortes traços de colônia masculina sofisticada, que não combinava com um caipira sem camisa.

— Vai ser mais fácil se a madame me soltar — comentou ele, e uma nuance de riso na voz não lhe passou batida.

Ela o soltou como se tivesse recebido uma descarga elétrica. Empertigou a coluna, orgulhosa. Era só o que faltava o caipira achar que ela estava tirando uma casquinha dele.

Pôs o celular de volta à bolsa, disposta a se encaminhar para o automóvel de luxo. Teria uma saída de classe, se não tivesse pisado numa manga podre. O salto abriu a fruta bem no meio, expulsando o miolo grudento e polpudo para fora, sujando seu sapato a ponto de fazê-lo deslizar. Só que dessa vez o caubói não estava atento, e ela caiu sentada no chão. Na verdade, o traseiro vestido na saia justa e caríssima, comprida até pouco acima dos joelhos, estraçalhou de vez a manga podre.

— Meu Deus, que porra!

— Você se machucou? — perguntou ele, vindo ao seu auxílio, abaixando-se ao seu lado. Ela estava sentada no chão de pernas abertas, a costura lateral da saia prestes a arrebentar.

— Você vem me ajudar agora? Agora que estou no chão toda lambuzada?! — elevou a voz com rispidez, tentando se erguer.

— Me perdoa, mas eu estava olhando para as mangas penduradas nos galhos, fiquei preocupado que outra delas caísse na sua cabeça — disse ele, parecendo todo humilde.

Sentiu-se mal por ter sido grosseira.

— Tudo bem, não precisa se desculpar — falou, envergonhada.

Ele a pegou por baixo dos braços, de modo deselegante, e a pôs novamente de pé.

— A gente aqui é tosco, mas não é mal-educado — censurou-a.

— Eu sei, já pedi desculpa.

— Se quer saber, a senhorita nem agradeceu pela dica do sinal para o seu celular.

Ela se voltou para ele, encarando-o criticamente. O que tinha acontecido com o jeca atencioso? Havia se transformado num jeca grosso?

— Obrigada por ter me indicado uma árvore assassina com essas frutas nojentas! — exclamou, exasperada.

— A árvore não tem culpa de a senhorita ter se posto debaixo dela. Em momento algum eu disse para ficar *debaixo* da árvore e sim perto dela — rebateu, as mãos na cintura, as sobrancelhas arqueadas num ar de desafio.

— Me chamou de burra?

— Essa palavra por acaso saiu da minha boca?

— É o que está parecendo.

— Não, *madame*. Burra é como a senhorita está se sentindo, coisa bem diferente — disse, ajeitando a aba do chapéu para cima, revelando totalmente os olhos sardônicos.

Ela olhou para si mesma e apertou os punhos. Mais uma meia rasgada e a saia caríssima melada de polpa de manga com direito a corpos de moscas varejeiras, visto que sentara nas frutas podres. Controlou a vontade de esmurrar o tronco da árvore, só o que faria era machucar as mãos e dar motivo para o jacu rir dela.

— Preciso trocar de roupa... De novo — comentou, desanimada.

— Se quiser, posso levá-la para jantar num lugar bacana — disse ele, esboçando um sorriso charmoso. — Mas vai ter que trocar de roupa.

— Não foi o que eu disse? — impacientou-se.

— Só quis reforçar.

— Olha, não conheço o senhor, nem a sua terra, cheguei faz menos de uma hora e já estraguei duas meias de excelente qualidade e também o meu humor, de péssima qualidade, portanto...

— Olha, está pra nascer mulher mais bonita que a dona! — interrompeu ele, falando bem devagar, um sorriso preguiçoso nos lábios e o azul dos olhos brilhando. — Não é uma cantada, sou avesso a esse tipo de abordagem, interprete apenas como um sincero elogio.

Natália fechou a cara.

— Obrigada pelo elogio, mas não janto com estranhos.

— Bom, se jantar comigo, não vou ser mais um *estranho* para a madame.

— A *madame* tem nome — rebateu secamente. — Me chamo Natália Esteves e, para sua informação, vim a Santo Cristo exclusivamente a trabalho.

— O melhor trabalho é aquele que nos diverte — filosofou Mário, mantendo um sorriso tranquilo e seguro no rosto.

— É verdade... Se eu trabalhasse num circo — respondeu Natália, impaciente, dando-lhe as costas.

— Sou Mário Lancaster.

— Bom pra você — rebateu, por cima do ombro.

— Pode ser bom para você também, *madame* — ela o ouviu dizer e tinha certeza de que ele controlava uma risadinha.

Tipo rude e pretensioso, bem se vê que é um caubói.

Pisou em falso e quase foi para o chão de novo. O que havia naquele asfalto que a fazia querer ficar perto dele?

Voltou ao hotel e pegou a chave na recepção. Subiu a escadaria sem se voltar, embora sentisse a força do olhar do tal Mário nas suas costas (ou seria no seu traseiro?). Pretendia trocar de roupa e sair para jantar. Rodaria o centro da cidade em busca de um restaurante agradável. Havia grande chance de ela ter que escolher entre lanchonetes ou churrascarias.

Ao enfiar a chave na fechadura, notou de soslaio a figura masculina parada no início do corredor.

— Por acaso você é um pervertido? — não amenizou o tom ríspido da voz, ao se voltar para encará-lo de maneira desafiadora.

— Quero jantar com você.

— Já falei que...

— Minha família é bastante conhecida na cidade, pode falar com qualquer um na rua que vai lhe dizer que os Lancaster não são pervertidos e sim peões de rodeio.

— Emocionante — rebateu ela, com menosprezo. Abriu a porta e, antes de entrar no quarto, acrescentou: — Outro dia eu pego a minha prancheta e saio por Santo Cristo entrevistando as pessoas sobre a sua família, ok?

— Madame, só quero ser agradável e gentil. Ninguém aqui gosta de forasteiro.

— Nossa, isso me preocupa horrores.

— Devia preocupá-la, sim, ainda mais quando vem para a nossa terra causar um derramamento de sangue — foi ferino, estreitando as pálpebras num olhar beligerante.

Capítulo oito

Tudo começou bem tarde, quando os irmãos anunciaram que iam se arrumar para dar uma volta na cidade. Isso significava que passariam no salão country, continuariam a beber e também a paquerar as garotas que gostavam de montar no touro mecânico. Era certo que reencontrariam uma amiga e depois seguiriam para a casa dela ou outro lugar a fim de matarem a saudade. Dona Albertina não permitia que trouxessem mulheres para debaixo do seu teto, embora o teto em questão fosse do filho mais velho.

Naquela noite, em especial, Mário estava um bagaço de cansado, só pensava em se jogar na cama e dormir. Ajudou a mãe com a louça do jantar, secou os utensílios enquanto ela lavava pratos e copos sem deixar de resmungar. Realmente aquela senhora detestava os afazeres domésticos. Assim que se viu livre da tarefa, rumou para o quarto arrastando as botas. Sentia como se tivesse cem anos. No entanto, antes que ultrapassasse a soleira da porta, o celular vibrou. Reconheceu o número do telefone do Hotel Belo Pouso, era o melhor de Santo Cristo, ele e mais outro, uma vez que a cidade tinha somente dois deles.

— *Oi, Mário, é o Edgar.*

Um comentário breve sobre o recepcionista do Belo Pouso: ele era filho da dona do estabelecimento, tinha dezoito anos e uma timidez de dar dó. Fingia que jogava xadrez para parecer intelectual. Mas, na verdade, ele seguia as regras do jogo de damas. Exibia o tabuleiro na mesa de centro do saguão, a tevê sempre ligada e os sofás vazios. Aquele lugar recebia um ou outro empreiteiro, político de fora ou turista em busca de uma boa pescaria. Às vezes chegava um sulista com olhos de fortuna, por certo iludido. Santo Cristo era um lugar essencialmente agrícola, cada palmo de terra com a placa de posse mostrando o sobrenome do proprietário.

Então, Edgar, numa voz baixa sugerindo cumplicidade, continuou:

— *A forasteira que vai destruir a fábrica do Fagundes acabou de chegar, pegou a chave e subiu para o quarto.*

— Interessante — murmurou, agora já sentado na beirada da cama, puxando a bota com a mão livre. — E o que eu tenho a ver com isso? — O silêncio do outro lado da linha o fez franzir o cenho e perguntar: — Está ao telefone enquanto assiste à tevê? Você sabe que não tem cérebro pra fazer as duas coisas ao mesmo tempo, não é? — provocou-o.

— *Não... Bem... Lá na reunião, você disse que ia nos ajudar contra a empresa de fora. Se fosse mulher. Quero dizer, é uma mulher...*

— Ah, isso. Outro dia vejo essa porra, tô pregado de sono, amigo.

— *Ela tem cara de gente má* — sussurrou. — *É loira, tem pescoço comprido igual a um cisne, caminha com as costas retas, sabe? Aquele jeito que o povo besta anda...*

Mário bocejou.

— Vou pôr a madame nos eixos em dois tempos — comentou, desinteressado.

— *Não duvido, você dobra tudo que é mulher.*

— É, não? — indagou, rindo. — Lavo, passo e depois dobro a mulherada.

— *Pois é, mas foram feitas duas reservas, o cara ainda não chegou, aí vai ficar mais complicado o acesso a ela.*

Ele se ergueu da cama, puxou as fraldas da camisa de dentro do jeans tentando desabotoá-la com apenas uma mão.

— É só separá-la dele, fica mais fácil laçar o gado longe do rebanho — comentou, puxando a camisa do corpo, jogando-a na cama. — Olha, amanhã eu começo o cerco e depois é só uma questão de a anaconda conquistar a madame e ela deixar todo mundo em paz.

— *Você não está levando a sério mesmo, não é?* — perguntou, o tom de voz sugerindo decepção e um tanto de ressentimento.

— Vou fazer minha parte e ponto final — rebateu secamente.

— *A mãe está apavorada, voltou a se entupir de paracetamol, fica grogue pra conseguir dormir. Se a fábrica fechar, o hotel vai junto, e a gente não sabe o que vai fazer da vida.* — O tom era dramático.

Mário suspirou, arando o cabelo num gesto que descrevia como se sentia: pressionado.

— A sua mãe, quando quer, é gente boa, e você também, apesar de ver muita tevê e pornografia na internet...

— *Não vejo pornografia, está tudo bloqueado aqui.*

— Menos mal.

— *Vem, Mário.*

— O quê? Você quer que eu largue a minha cama para tentar seduzir uma pescoçuda? Nem fodendo!

— *Vi uma foto da forasteira, achei numa revista de fofocas, dessas em que aparecem os ricos nas suas festas de ricos* — disse ele, meio afobado. — *Espera aí que vou fotografar a página e te enviar pelo Whats...*

— Não uso esse troço.

— *Usa, sim, a Lourdes me falou que você deu o fora nela pelo Whats* — acusou-o, num tom divertido.

— Ah, mulheres, tudo boca grande — resmungou.

— *Vê a cara da jararaca e depois decide se quer deixar para amanhã o que pode fazer hoje, sem o cara aqui junto.*

— Certo.

— *Está de deboche?*

Mário riu baixinho.

— Diz para a sua mãezinha parar de se dopar que o Lancaster aqui vai domar a megera da cidade grande.

— *Por favor, Mário.* — O tom de súplica era legítimo.

Sentiu a agonia do garoto e teve pena dele. Havia uma coisa que o desmontava enquanto bruto cascudo, que era a empatia pelos desesperados. Até pouco tempo antes de cair do touro, tinha uma capacidade limitada para se pôr no lugar dos outros, o ego inflado de peão bom de montaria, a personalidade pendendo ao egoísmo e à arrogância. Depois que o seu mundo desmoronou, ficou fácil sentir a dor de quem perdia tudo ou estava prestes a perder. Comoviam-no a agonia e a tristeza de quem se sentia desamparado, largado no mundo de Deus sem proteção alguma. Afinal de contas, todo mundo, rico ou pobre, caía no mundo sem paraquedas. Agora, ele se preocupava com quem se sentia assim. Mas não com todos e muito menos com uma cidade inteira. Aí era querer demais dele, não virou santo, nem perto disso, continuava senhor de si.

— Deixa comigo, cabra. Vou dar um bom trato na baranga que vai deixar ela gamada em mim e é capaz até de me dar a fábrica do Fagundes — afirmou, forçando-se um bom humor que estava longe de sentir.

Até parecia que ele não tinha mais nada para fazer na vida.

Então a foto desfocada de uma página de revista chegou ao seu celular. Ele teve de esperar até a imagem ficar nítida.

Tornou a se sentar na beirada da cama, precisava disso, sentir uma base sólida debaixo do corpo. Não estava preparado para o que lhe aconteceu a seguir. O choque do reconhecimento. Não, não era isso, pois jamais vira aquela mulher na vida. O choque, sim. Mas o da constatação de que ela era a mais linda de todas que passara por sua vida e era isso que acabava de reconhecer.

Diferente de todas, cabelo curto e loiro, traços clássicos num rosto bonito e maquiado. Os lábios de contorno suave e um sorriso de arrogância. Um par de olhos castanhos que sugeriam melancolia, como se a roupa elegante de uma cor só e o cabelo bem penteado, além de todo o aspecto de executiva bem-sucedida ao lado do homem com ar de Todo-Poderoso, fossem apenas um esboço retocado de uma pessoa entristecida e distante. Ela estava lá e, ao mesmo tempo, não estava. Uma casca de corpo apenas. A impressão que Mário teve o levou a pensar no quanto as imagens congeladas das fotografias eram superficiais e, muitas vezes, enganadoras. Era possível, contudo, que ele estivesse interpretando-a erroneamente, movido pelo desejo que se assomou ao estranho sentimento que o abateu. Um incômodo, era verdade, de um homem vivido que suspeitava estar diante do seu futuro.

Voltou a se vestir, agora mais depressa. Quase soltou um botão da camisa ao fechá-la deixando-a por cima do jeans, que foi posto na velocidade de um foguete.

Já ao volante da camionete, ligou para Edgar e lhe comunicou:

— Estou voando para o hotel.

— *Maravilha! Ela ainda deve estar acordada. Preciso pensar num jeito de vocês se esbarrarem...*

— Eu sei como fazer isso, filho, apenas me diga se ela está naquele quarto que não tem goteira.

Todos os quartos do hotel tinham goteira, apenas o voltado para os fundos da propriedade estava em perfeitas condições.

— *Sim, acertou* — respondeu, a voz demonstrando a sua mudança de humor, fazendo-o parecer até mesmo empolgado.

— Ok, vou pular o muro, tenho os meus truques...

— *Opa, pode me dizer quais são?*

— Não.

— *Certo* — resmungou, contrariado.

Desligou o telefone e se concentrou na estrada. Dali a trinta minutos ou menos estaria no centro da cidade e, em seguida, diante do hotel.

Pulou o muro lateral do hotel, saltando com facilidade para o pátio interno. Ergueu a cabeça discretamente e viu a cortina aberta do quarto da forasteira, a luz acesa. Sim, ela ainda estava acordada. Ele precisava chamar a sua atenção. Queria apenas que ela o visse, nada mais. Sabia o efeito que causava na mulherada e, não raras vezes, tirava proveito disso. O problema vinha depois. Quando a sua personalidade de cão surgia por trás dos arbustos da sua bela aparência. Mas isso não importava agora.

Mexeu no registro da água, abriu-o e o fechou. O metal enferrujado fez barulho. Não sabia exatamente o que fazer no meio daquele jardim. Pensou em jogar uma pedra num vidro, fazer barulho. Porém, dificilmente uma CEO se interessaria por um vândalo de trinta e poucos anos. A adrenalina corria louca nas suas veias numa excitação que nada tinha a ver com o que fazia, era mais o efeito perturbador de tê-la visto, ou melhor, de ter visto a fotografia da mulher. Este é o problema dos cabras passionais: se apaixonam na velocidade de um supersônico para se desapaixonar no mesmo ritmo. A bem da verdade, sabia que seria fácil conquistá-la, o problema todo seria conter a sua própria afobação e acabar lhe passando uma imagem errada. Não era um desequilibrado carente, mas um camarada de pau duro incomodado por um sentimento ainda sem definição. E essa combinação inédita começou a mexer com a sua cabeça.

Deu uma última olhada em direção à janela do quarto da moça e nada. A diaba não devia ser curiosa. Ô, porra. Coisa de que não gostava era ter que pensar num plano B, uma vez que normalmente o A dava certo.

— Quero ver essa mulher e é hoje! – afirmou Mário.

— Isso depende de você, uai — Edgar brincou.

Mário olhou em torno, a cabeça cheia de sangue quente de desejo, uma fúria cretina, um fervor que atrapalhava os seus pensamentos.

— A danada é bonita demais — murmurou, quase com pesar.

— Não achei, tem cara de fresca.

— Dá pra notar que não entende nada de mulher, é não, ô, virgem de Santo Cristo? — debochou, embora não tivesse gostado da observação do outro.

— Ela é a nossa inimiga, não tenho que achar bonita — argumentou, sério.

— Inimiga bonita, ora — retrucou Mário, dando de ombros. — Agora você sobe lá e bate forte na porta dela, diz que o hotel está pegando fogo...

Edgar o interrompeu com um olhar que falava mais do que as palavras que deixou escapar baixinho:

— Não precisa, ela está vindo aí.

Foi então que, pela primeira vez em toda a sua pervertida e dramática vida de peão de rodeio, Mário Lancaster perdeu o chapéu, assim, sem vento algum. Antes de beijar. Antes de conversar ou paquerar. Antes de falar a primeira palavra. Antes de ter tempo de se preparar para receber o golpe do destino, a porrada dolorida vinda dos punhos do amor à primeira vista.

Mas ele prometeu a si mesmo que não se curvaria ao incômodo que, agora, parecia tomar a forma da paixão fulminante. E dessa montaria ele não cairia.

Não mesmo!

Capítulo nove

Natália entendeu o convite do estranho para jantar como uma cantada normal. No entanto, o que ele disse a seguir, sobre um possível derramamento de sangue com a sua chegada, pareceu-lhe uma ameaça velada.

Puxou a chave da fechadura da porta do quarto, recuou um passo, encarando-o com desconfiança.

— O que quis dizer com isso? — perguntou ela, estreitando as pálpebras e apertando forte a chave na palma da mão.

— Que você precisa saber sobre os planos da cidade contra a sua empresa — respondeu ele, sério.

Ela considerou que ele havia descartado o "senhorita" e agora demonstrava interesse em estreitar os laços com ela. O tom de cumplicidade espantou seu receio de que ele fosse um pervertido sexual.

— Como é mesmo o seu nome? — perguntou, a fim de ganhar tempo.

— Mário Lancaster — respondeu ele e, sem lhe dar tempo de reação, acrescentou: — Se quer saber, a comunidade me procurou para conversar com os representantes da TWA.

— A troco de quê?

— Não falo de negócios no meio do corredor — rebateu ele, girando nos calcanhares. — Me acompanha que vou abrir o jogo com você.

— É essa a sua tática de paquera?

Ele se voltou ao ouvir a pergunta feita com sarcasmo.

— A cidade inteira vai se mobilizar contra você e qualquer forasteiro que tente destruir a fábrica do Fagundes. É uma questão de sobrevivência e o povo daqui está com medo e desesperado. — Ele parou para analisá-la e, muito sério, continuou: — E você sabe o que os humanos são capazes de fazer quando se sentem assim, acuados. Agora imagina seis mil deles contra você — acrescentou, ameaçador.

Natália engoliu em seco. Cogitou que ele estivesse blefando ou tentando paquerá-la usando como desculpa o assunto da compra da fábrica de parafusos. Entretanto, a postura séria e resoluta e o semblante carregado mostravam que a situação era um tanto bizarra. Jamais considerou que uma cidade inteira se mobilizasse contra um acontecimento trivial no mundo dos negócios, que era a compra e venda de empresas. Nada mais do que isso. Sim, havia a questão das demissões, o tal efeito colateral. Mas, ainda assim, não precisava haver tanto drama envolvido.

— Esse assunto será resolvido com o departamento jurídico da TWA — argumentou Natália, a saliva grossa e quente, o nervosismo agitando-a.

— Aqui isso não funciona. É terra de gente bruta e ardida, que luta do jeito que for para se manter de pé.

Ela recuou até bater com as costas na porta.

— Isso é uma ameaça?

— Não — disse ele gravemente, retesando os maxilares. Em seguida, cravou os olhos nos dela para completar: — Estou te oferecendo o meu apoio. Como eu disse, os Lancaster colonizaram Santo Cristo, o meu pai foi prefeito daqui por anos, reeleito pelo povo, era um advogado que atendia os sem grana.

— Bem se vê que é um caipira — disse ela, com menosprezo. — A TWA tem uma equipe de meia dúzia de advogados muito bem-pagos, a última coisa de que precisamos é do *apoio* de um jacu.

Dito isso, ela abriu a porta com a intenção de entrar, mas foi pega no antebraço por uma mão em garra.

— Não seja cabeça-dura — aconselhou ele, com bastante calma e segurança, e continuou: — Você acha mesmo que no meio desse povo honesto que luta para se manter no emprego não tem um lunático com uma semiautomática mirada na cabeça da representante da TWA? Se quer saber, isso já aconteceu, de atirarem num forasteiro. Faz anos, o cara tomou um tiro no ombro, e tudo que ele havia feito foi roubar a sua própria loja, abrir falência e não pagar os funcionários, ou seja, gente daqui, que confiou no cabra e trabalhou durante meses para ele, recebendo salário atrasado. A TWA não existe na cabeça das pessoas, e sim você, a mulher sofisticada e fria que veio acabar com os sonhos de uma cidade inteira. O país está em crise, e o diabo manda do inferno a sua representante para finalizar o servicinho sujo dos nossos políticos.

— Muito bem, agradeço imensamente o aviso, mas dispenso a sua ajuda e preocupação — rebateu ela com frieza, embora fosse apenas superficial. Ergueu o queixo, disposta a lhe mostrar que estava no controle da situação, e modulou a voz a fim de convencê-lo disso: — Se a sua família é tão importante assim na cidade, dê um jeito de informar melhor os nativos sobre o que vem a ser uma transação comercial, ok? Uma mera transação comercial — enfatizou, dando-lhe as costas e fechando a porta atrás de si.

Fechou os olhos, o suor frio porejando na testa, as pernas bambas. Continuou escorada contra a porta enquanto tentava se acalmar.

Apesar do alerta de Jean, ela jamais considerou que fosse ameaçada logo nas primeiras horas da sua chegada a Santo Cristo. Baixou a cabeça e encarou os próprios sapatos; antes deles, os tornozelos finos. A pose que encenou para o caubói nada tinha a ver com o que sentia de verdade. Não era durona; era a garota que precisava da aprovação do pai, a riquinha rejeitada e insegura, a problemática que lutava contra a baixa autoestima.

Respirou fundo, controlando as lágrimas que brotaram no canto interior dos olhos. Tinha que fazer o seu trabalho da melhor forma possível, que era do jeito que o seu pai queria. Não recuaria nem se intimidaria por um bando de futuros desempregados.

A sua primeira noite em Santo Cristo lhe causou uma insônia dos diabos e ela suspeitou que seria assim até o dia de voltar para casa.

* * *

Acordou num sobressalto, a mão no peito, o coração disparado. O vidro da janela foi quebrado, esse foi o seu primeiro pensamento agora totalmente desperta.

Acendeu a lâmpada do abajur, ao lado no criado-mudo, a claridade lhe mostrou que estava certa, não foi sonho. Havia um buraco assimétrico numa das janelas.

Vestiu imediatamente o robe por cima da camisola e se pôs de pé, preparada para sair do quarto. Viu no carpete o que parecia ser a metade de um tijolo e não precisou de mais informação para concluir que alguém o havia atirado de propósito. Pensou na conversa de horas antes com o Lancaster, considerando que talvez ele estivesse certo ao afirmar que haveria uma dura oposição à sua presença na cidade.

Ela estava sozinha numa cidade hostil, diferente de tudo que até então conhecia, sem qualquer tipo de proteção. Jamais lhe passaria pela cabeça receber esse tipo de tratamento, justamente porque esse assunto era apenas uma transação comercial que não envolvia a população inteira de uma cidade. Algo saiu do controle. *Mas do controle de quem?*, Natália pensou, descendo a escadaria em direção à recepção.

Uma mulher de meia-idade, alta e ruiva, consultava o notebook atrás do balcão. A aparência lembrava a do recepcionista, embora o garoto tivesse um rosto mais feminino.

Assim que Natália aportou no meio do saguão, a outra ergueu os olhos e lhe endereçou um olhar impassível.

— Atiraram uma pedra na janela do meu quarto — foi direto ao ponto sem amenizar o tom seco da declaração.

A mulher a encarou com uma serenidade irritante, mascando chiclete bem devagar, analisando a hóspede de cima a baixo. Depois, separou os lábios para tragar o cigarro entre os dedos de unhas longas e vermelhas.

— Brincadeira da molecada da rua — disse apenas.

— Um tijolo? A *molecada* brinca de atirar tijolos?

— Cidade do interior, sabe como é, pacata e familiar, a molecada brinca com o que tem — comentou, com desinteresse.

Natália assentiu de leve com a cabeça, fingindo aceitar a desculpa furada. Apertou o cinto do robe de seda num gesto que representava o que fazia com a própria impaciência.

— Então tudo bem que destruam o seu patrimônio. — Não era uma pergunta e o tom saiu como mera constatação, ainda que com traços de sarcasmo.

— Amanhã o Edgar troca o vidro — rebateu, impassível, olhando-a por trás da fumaça do cigarro. — Posso passá-la para o quarto ao lado, se quiser.

— Não, eu já arrumei minhas roupas... — começou Natália, atordoada com o modo como a hoteleira lidava com a situação. Parecia até que ela aprovava a pedrada. — Como é feita a segurança do hotel? — indagou secamente.

A outra esboçou um sorriso de troça e, em seguida, endereçou um rápido olhar para o ângulo de noventa graus da parede. Natália acompanhou o seu olhar e viu a câmera.

— Não precisamos de mais do que isso. Como falei, Santo Cristo é uma comunidade pacífica e familiar que tem na fábrica da família do Fagundes o seu alicerce econômico.

Certo, mensagem recebida com sucesso.

— A TWA fará o melhor para a comunidade, já que a fábrica do senhor Fagundes agora pertence à nossa empresa — rebateu com frieza, embora sentisse a musculatura tremer.

— Se veio para *executar* as demissões, terei de convidá-la a se retirar do meu hotel.

Por essa ela não esperava. Juntou toda a dignidade que tinha, até a que estava escondida debaixo da fina carcaça de executiva, e anunciou:

— Ficarei na cidade durante o processo de transição. — Antes de lhe dar as costas, completou: — Amanhã me instalarei em outro hotel, senhora...

— Não importa quem eu sou e sim quem você é — interrompeu-a com rudeza.

Natália sorriu, ardendo de raiva por dentro.

— Com licença, preciso descansar.

Subiu os degraus, segurando-se no corrimão, aceitando o destino de ter que esperar pelo sono no quarto vandalizado do hotel de uma bruxa provinciana.

Capítulo Dez

Mário ajudou os garotos do Gordo a carregar as tábuas de madeira para a caçamba da camionete. Eram dois moleques magros que jogavam basquete na escola e, pela manhã, ajudavam o pai na madeireira.

Era cedo e o sol ardia no lombo, o que significava que a temperatura alcançaria os quarenta graus ao meio-dia. Ele jogou o chapéu para trás, empurrando a aba a fim de secar o suor da testa. Deitou as tábuas umas sobre as outras e considerou que podia subir a porta da caçamba para em seguida retornar à fazenda. No entanto, Santiago trazia nos braços mais uma leva de tábuas.

— Último lote, certo? Não quero judiar da minha picape — disse Mário.

— Ela aguenta mais peso.

— De que adianta carregar toneladas de madeira se não temos vaqueiros o suficiente para montar a arquibancada? Deixa a minha belezura de quatro rodas em paz.

Santiago acendeu um cigarro, apertando os olhos, a mão em concha protegendo a chama do vento.

— Vamos pagar um pessoal extra para nos ajudar.

— Não tenho dinheiro.

— A mãe disse que eu ouviria muito essa sua frase — brincou, dando-lhe um tapinha no ombro. — Eu e o Thomas vamos nos responsabilizar pela infraestrutura das montarias. Você está cedendo a propriedade, então cada um faz a sua parte.

Mário pensou em dizer que cederia também os touros e não apenas a fazenda, um detalhe e tanto nos planos dos irmãos, mas não conseguiu verbalizar nada ao ver a forasteira sair do hotel carregando a mala de rodinhas em direção ao seu automóvel.

Para onde ela pretendia ir?

Ele não dormiu direito. Rolou na cama durante horas até conseguir apagar, duas horas antes de começar a lida. E, quando abriu os olhos, a primeira imagem que lhe veio à mente foi o rosto bonito da executiva arrogante e mal-humorada. A sujeitinha não era nem um pouco agradável ou simpática, parecia mais um trator humano, atropelando tudo com sua voz suave cuspindo palavras secas. Mesmo assim, ele não conseguiu parar de pensar na danada.

Agora, entretanto, vendo-a na sua roupa de mulher de escritório, o incômodo voltou, ajustando-se no seu peito como um pressentimento que ele não sabia ao certo se era bom ou ruim.

— É essa a tal CEO da empresa que comprou a fábrica do Fagundes?

— Sim, ela mesma — respondeu, sem se voltar para o irmão. — Acho que foi expulsa do hotel, pelo visto a Milena é mais idiota do que empresária, por isso está falindo.

Deixou Santiago plantado no meio da calçada quando atravessou a avenida ao encontro da forasteira.

— Desistiu de roubar o oxigênio da cidade? — perguntou ele, um sorrisinho sarcástico, a mão segurando a porta do carro ao vê-la ajeitar a bolsa no banco do carona.

Ela se voltou e retribuiu o sorriso.

Nossa senhora, que mulher deslumbrante!

Ele nunca havia usado a palavra "deslumbrante" nem sabia como cabia numa frase, mas era esse adjetivo que traduzia a beleza da loira.

— Fui convidada a me retirar — disse ela. — Parece que tem outro hotel à beira da rodovia, pouco antes do arco de entrada da cidade.

— Ali é puteiro.

— O quê?

— Hotel e puteiro. Não acho uma boa a madame se enfiar num lugar daqueles, não é do seu nível — falou, bem sério, admirando os lábios dela entreabertos, pintados de batom vermelho-escuro; a ponta dos dentes aparecia e era ligeiramente torta, um charme.

Ela o fitou expressando aturdimento e certo desânimo. Talvez a ficha tivesse caído e agora ela soubesse que enfrentaria o diabo enquanto estivesse em Santo Cristo. A missão dele era conquistá-la para fazê-la mudar de ideia quanto às demissões. Sim, fora essa a combinação com os toscos da reunião na paróquia. Queria conquistar aquela mulher, levá-la para cama, amá-la por semanas, meses, até se cansar. Contudo, isso agora não tinha nada a ver com a comunidade e a fábrica do Fagundes. Afinal, o camarada havia vendido a própria empresa e engordado a sua conta bancária sem considerar o destino dos funcionários. Logo, por que diabos ele, Mário Lancaster (que nem Fagundes era), se importaria?

Importava-se era com Natália... Como era mesmo o sobrenome dela?

— É só uma questão de dias, pretendo resolver essa pendência em uma semana, não mais do que isso — afirmou ela. — Penso que o ideal seja eu me hospedar na cidade vizinha.

— A cem quilômetros daqui? É inviável.

— Bom, então terei que pedir que enviem seguranças da TWA — falou ela, parecendo realmente perdida.

Ele olhou ao redor e apertou a boca. Sinceramente, aquilo estava pegando mal para o povo de Santo Cristo. A mulher mal chegava e já era escorraçada. Cadê a diplomacia? A hospitalidade generosa do interior? Podiam recebê-la de braços abertos e depois a esfaquear, isso até era mais normal. Contudo, tratá-la como uma assassina em série não resolveria nada.

— Fique na minha fazenda.

Não foi um convite nem uma ideia. Sem perceber, o tom de sua voz saiu como uma imposição. A ideia era protegê-la do povo doido, mas também deixá-la ao seu alcance.

— É claro que não — rebateu ela, fechando a cara. — Se não aceitei jantar com você, acha mesmo que vou me enfiar no meio do mato com um estranho? Pensa o quê, hein?

— Penso que você não vai aguentar a pressão — foi direto e, num tom alto e grosso, continuou: — Que diabo de empresa é essa que manda uma mulher de um metro e vinte e dez quilos para destruir uma cidade inteira?

— Sou uma executiva capacitada para a função e é por isso que não preciso de ninguém para me acompanhar numa simples viagem de negócios — devolveu, elevando um pouco a voz. — Esse tipo de observação da sua parte só demonstra o conservadorismo e o machismo que acompanham essa terra. Terei prazer em enxugar o quadro de funcionários da empresa a fim de torná-la, o quanto antes, viável para venda.

— Já vi que é magra de ruim — comentou com rispidez, olhando-a de cima a baixo.

— Mas por que se liga tanto na minha aparência, sr. Lancaster? — perguntou ela, entre incrédula e irritada.

Mário esboçou um sorriso de canto, procurando ocultar as segundas intenções que o levavam a ter nova ereção diante dela.

— Me ligo em tudo em relação a você — respondeu, olhando-a fixamente. — Todo mundo a esperava antes mesmo do seu avião aterrissar. A bruxa da TWA, a cortadora de cabeças. Mas, desde que a vi ontem, notei que você é tão vítima do sistema quanto os funcionários da fábrica do Fagundes.

Natália soltou uma risada amarga.

— Vítima do sistema? O senhor é o quê, um socialista de Stetson? Me poupe de sua rasa análise comportamental, tudo que tenho a fazer é seguir uma lista predefinida pelo presidente da empresa...

— Que, pelo visto, a manipula — completou ele, sagaz, as mãos na cintura, o olhar de felino capturando a atenção dos olhos dela. — Se ele fosse um cabra de respeito, teria vindo aqui se explicar, oferecer uma opção para quem não pode ser reaproveitado na fábrica, dado a cara a tapa em vez de se esconder debaixo da saia da funcionária.

— Existe algo chamado hierarquia, sr. Lancaster, e não é da alçada do proprietário da TWA resolver os problemas internos de uma empresa recém-adquirida. — Foi seca e direta.

— A ração que te pagam é boa, *fia*? — escarneceu.

Ela bufou e deu-lhe as costas, dando a entender que encerrava a discussão por falta de paciência. Mas ele a seguiu e, antes que ela se abaixasse para entrar no automóvel, puxou-a pelo antebraço, virando-a para si.

— Escuta, madame teimosa, você tem duas opções. Uma delas é voltar para a porra da sua terra e dizer para o seu chefe que vai precisar enviar um grupo de executivos que representa a TWA a fim de conversar com a comunidade e acalmá-la. Não é chegar aqui e descartar quem não é conveniente e ponto final. Por trás de cada uniforme e crachá tem um ser humano, cacete, que merece consideração. — Ele parou de falar, vendo-a encará-lo com seriedade. Talvez a tivesse atingido em algum ponto sensível, e aproveitou para lhe oferecer a opção que mais lhe agradava: — Ou aceita se hospedar na Majestade do Cerrado com a senhora minha mãe, os meus irmãos e um bando de vaqueiro metido a besta. Você vai precisar dos ares do campo, de uma comida caseira e uma boa cavalgada ao entardecer depois de sentenciar na cara de cada coitado que o Natal deles, deste ano, vai ser infernal.

— Agradeço a oferta — disse ela, parecendo organizar as melhores palavras para despachá-lo. — Preciso levar esse assunto à diretoria.

— Faça como quiser, só quero que saiba que a porteira da minha fazenda está aberta para você.

Ela lhe ofereceu um sorriso frágil e, ao mesmo tempo, terno. Aquilo mexeu com ele. Ô, diabo.

— É bom saber. Obrigada, caubói.

Ele retribuiu o sorriso, desejando que o seu cérebro lhe oferecesse um bom argumento que a convencesse a aceitar a sua oferta. Mas o automóvel ganhou a avenida em direção ao bairro onde se localizava a fábrica de parafuso, e Mário ficou parado feito um bobo no meio da rua.

A batida da mão no seu ombro o fez se virar, e ele deu de cara com Santiago.

— A mãe falou que você ficou com a missão de seduzir a potranca.

Analisou o sorrisinho safado e não se sentiu bem, nada bem.

— Pois é.

— Essa está no papo! Mulher de cidade grande, quando conhece o celeiro do amor, gama na hora, meu irmão — disse, rindo, e acrescentou: — Como diz a mãe: "Pode crer!".

Ele se afastou ainda rindo. Mário, por sua vez, enfiou as mãos nos bolsos traseiros do jeans, preocupado com a situação da moça, sozinha numa cidade hostil sem qualquer amparo da empresa em que trabalhava.

Considerou que o melhor a fazer era não perdê-la de vista, ou melhor, se manter visível aos seus olhos quando as circunstâncias se tornassem ainda piores.

Sim, Natália enfrentaria jacus que se consideravam dragões. E, acuados, eles também cuspiam fogo.

Voltou para a fazenda com a sensação de que deveria ter avançado mais com ela, descolado o telefone ou a convidado para almoçar. Ou seja, o cerco estava frouxo ao redor da mulher, laço solto, isso não prestava.

Tirou a mão do volante para sacar um cigarro da carteira que trazia no bolso da camisa.

— Está com a testa franzida por quê?

Uma pá de tempo no exterior e o seu irmão caçula ainda o conhecia como a palma de sua mão.

— Estou a fim da forasteira — disse simplesmente, tragando fundo o cigarro.

— Hum. E quando isso foi problema de se franzir o cenho, irmão? — indagou, com ar divertido.

— Ela é durona, deve ter um cabra na cidade grande, me olha como se eu fosse um jeca boa-pinta, nada mais.

— É fachada, ainda não nasceu uma mulher que resista a um caubói.

Mário suspirou, resignado, lembrando que o ego de Santiago era de um tamanho considerável para os padrões normais.

— Estou encafifado aqui — começou ele, ultrapassando uma carreta descarregada. Buzinou para o motorista e acenou num gesto camarada, recebendo de volta o cumprimento. Acelerou e ganhou a estrada, continuando a falar: — Teve uma doida que me rogou uma praga daquelas, faz poucos dias isso, e não é que essa forasteira chega aqui e bagunça a minha cabeça?

— O quê? Você tá de brincadeira, né?

— Sei não.

— Bom, você se apaixona com a facilidade com que o Thomas abaixa a cueca, então... — Deixou a frase no ar, dando de ombros e rindo.

— Não é paixão, cabra. É um incômodo na boca do estômago, um mal-estar, um troço físico, não sei explicar. — Fez uma careta.

— Gases, *fio*.

— Falo sério, seu bosta — ralhou.

— Olha, minha sugestão é a de sempre: leva pra cama, dá um trato e depois vê o que sobrou do tal incômodo. Pode ser tesão reprimido, você quer comer a pessoa, mas não pode, não consegue, aí a vontade fica presa dentro da gente, entende?

Mário o fitou, desconfiado.

— Não.

— Nem eu, nunca reprimi nada, meu pasto é livre — brincou.

Forçou-se a rir junto, evitando transparecer que levava a conversa a sério. A bem da verdade, nada era sério a não ser as dívidas da fazenda e o fato de Killer lhe mostrar todos os dias que ele não era mais um peão de rodeio.

Jamais voltaria a perder o foco do que era importante na sua vida. Além do mais, praga de ex-amante não tinha poder algum, isso era coisa da cabeça dele.

Sentiu-se bem melhor pensando assim.

Capítulo Onze

Natália parou o carro na portaria da Fagundes Parafusos e Rebites, identificou-se mostrando a carteira de identidade e aguardou a abertura do portão de ferro.

Estacionou na vaga marcada para a diretoria. Ajustou os óculos escuros e pegou a pasta executiva, dando uma última olhada para a saia justa até os joelhos e o terninho de verão fechado nos delicados botões de pérola. Ajeitou o cabelo para trás, arando-o com os dedos, respirou fundo e saiu do automóvel.

Recebeu um jato de ar quente na nuca, e a sua pele imediatamente porejou suor. Era difícil se manter elegante debaixo do sol intenso, o que também influenciava no seu mau humor.

Um prédio de três andares, a fachada envidraçada diante do estacionamento privativo, revelava a estrutura sólida e moderna. Ao entrar na recepção, deparou com o balcão onde estavam duas moças elegantemente uniformizadas. O ar-condicionado mantinha a temperatura perto dos vinte e dois graus, talvez um pouco mais. Ainda assim o ambiente era fresco e agradável, os móveis claros, sóbrios, combinando com as paredes que exibiam um sem-número de certificados. Era um lugar amplo que lembrava a entrada de um modesto shopping center.

Natália esperava encontrar uma fabriqueta de fundo de quintal, por mais tola que pudesse ser tal ideia, uma vez que a TWA jamais compraria uma empresa que não lhes desse retorno financeiro e, de preferência, imediato.

Foi recebida pelo diretor operacional, um quarentão com aparência de bancário limpinho, bem penteado, neto mimado da vovó. A camisa para dentro da calça social, roupa impecável. Fios brancos nas têmporas. Rosto barbeado, colônia adocicada. Barriguinha de homem casado... com a comida.

Natália simpatizou com ele, mesmo sabendo que o nome do diretor estava na lista de demissões decidida pela diretoria da TWA, mais especificamente por Jean. Na verdade, ela era apenas a mensageira, ou melhor, a carrasca que cumpria ordens superiores.

Ele fez questão de lhe mostrar toda a fábrica, da linha de montagem aos escritórios. Tudo moderno, organizado, espaços amplos com funcionários uniformizados que a olhavam nos olhos, forçando-a a desviar, intimidando-a em silêncio, a atmosfera carregada de hostilidade.

Acomodou-se na sala do ex-proprietário da empresa. As paredes estavam nuas, apenas os pregos foram deixados. A janela sem cortina, o piso de cerâmica sem tapetes. Nada de sofá. Apenas a escrivaninha e a cadeira. O camarada havia feito a limpa no escritório, levado tudo depois de receber o cheque da compra do seu negócio de família.

Natália passaria o resto do dia ali, recebendo um a um cada funcionário que seria desvinculado da empresa.

Considerou chamar o segurança da portaria para se juntar a ela durante o processo.

* * *

Tudo transcorreu na maior calma do mundo, isso porque Natália ainda não havia chamado ninguém à sua sala. Passou a manhã lendo seus e-mails, pondo-se a par do que acontecia em São Paulo.

Telefonou para o pai, confrontando-o sutilmente a respeito.

— O Jean não ficou de coordenar o processo de transição aqui em Santo Cristo?

— *Ele precisou ficar. Um dos amigos de infância dele foi hospitalizado às pressas. O caso é grave, e o Jean me pediu para não viajar. Você poderá dar conta de chamar os funcionários da lista feita por ele e dizer que estão na rua, isso, obviamente, de modo adequado* — ironizou.

— Trabalho há anos no RH, sei como demitir as pessoas.

— *Então qual é o motivo da ligação?*

— O plano era trabalharmos juntos e, de preferência, com uma equipe de advogados e seguranças...

— *Não exagere, é uma fábrica de médio porte* — resmungou. — *Natália, estou no carro a caminho de um almoço de negócios, não posso lhe dar atenção agora.*

— Pai, o clima na cidade está pesado.

Ouviu um suspiro de resignação antes de ele falar com rispidez:

— *Se não dá conta do recado, volta.*

— Não é isso — deixou escapar num fiapo de voz. Ele jamais se preocuparia com a sua integridade física, e tal constatação a magoava. — A questão é que... — O que lhe diria, afinal? "A questão é que estou com medo de ser agredida pelos caipiras...". Firmou a voz antes de recomeçar: — A questão é que a TWA tem uma péssima fama por aqui — tentou disfarçar.

— *Nós somos a TWA, e é essa a razão de eu ter enviado a minha própria filha a Santo Cristo, para que você nos represente de acordo, sem baixar a cabeça, com altivez e orgulho, fazendo o melhor para que possamos passar adiante essa aquisição.*

Parecia até que ele a elogiava, mas Natália não se iludia mais com aquele discurso (velho e gasto, por sinal), pois apenas representava um argumento de persuasão, um jogo de palavras molhadas no mel para que ela aceitasse a manipulação de sempre.

— Deixa comigo, farei o meu melhor.

Foi o que disse numa voz firme, embora o estômago estivesse dolorido. Uma onda de medo, parecida com aquela que as pessoas ansiosas sentiam, tomou-a de assalto. E ela considerou telefonar para o Lancaster.

O interessante na sua decisão era que em momento algum lhe ocorreu pegar o número do celular dele.

Foi até a sala do diretor sem, no entanto, passar da porta. Encontrou-o ao telefone, o semblante sério e simpático. Assim que a viu, despediu-se de quem quer que fosse e lhe deu total atenção.

— Minha filha é especial e está numa escolinha cara, e agora a minha mulher também a matriculou na natação — disse, num fôlego só, sorrindo como um pai que amava a própria filha sorriria. — Quando cheguei a Santo Cristo, me apavorei com o tamanho minúsculo da cidade, todo mundo conhece todo mundo, e isso me pareceu horrível — riu, envergonhado. — Agora eu gosto desse jeito mais próximo. As pessoas se ajudam porque se importam umas com as outras.

Esperou que ele continuasse a sua linha de raciocínio para algum lugar que levasse a uma acusação ou indireta, era só uma questão de lhe oferecer a brecha. Assim, manteve-se em silêncio, à espera. E o homem também, fitando-a sem desmanchar o sorriso bondoso.

Vendo-a sem nada falar, ele continuou:

— Isso significa que essa antipatia inicial em relação à sua chegada logo passa, é o jeito bruto do povo demonstrar que está com medo, muito medo da mudança que a compra dessa fábrica vai provocar na cidade.

Ela não acreditou nas palavras dele, mas gostou muito da intenção de confortá-la.

— Espero que sim — falou Natália, tentando não ir fundo na questão. Em seguida, entrou no assunto que a havia levado ali: — O senhor conhece um homem chamado Mário Lancaster?

O executivo sorriu de orelha a orelha.

— É o cidadão mais famoso daqui.

Bem, pelo menos ele não mentiu, a sua família era conhecida mesmo.

— Ah, ótimo — disse ela, sem jeito, e certamente ficou corada ao indagar: — O senhor tem o telefone dele? — *Explica o motivo, Natália!* — Eu preciso de informações sobre... sobre a economia local.

Merda de desculpa.

Ele a fitou longamente, o cérebro devia rodar na velocidade da luz tentando encontrar lógica no que acabava de ouvir. Até que, sempre sorrindo, anotou o que foi pedido num cartão de visita e lhe entregou.

— Pesco com o Mário, gente fina, pode confiar.

Pesca peixinho inocente ou piranha?, pensou em perguntar, mas não tinha intimidade para isso. No entanto, considerou que tanto o sorrisinho quanto o que lhe havia dito tinham a ver com o fato de o vaqueiro ser galanteador e ela, uma mulher, ou seja, alvo perfeito.

Agradeceu com um meneio de cabeça e caiu fora, voltando à sua sala pelo corredor sem quadros, o carpete sujo, a aparência de que aos poucos tudo por ali estava ruindo.

A voz que a atendeu, no terceiro ou quarto toque, era grave e rouca, saía junto com a respiração como se o vaqueiro estivesse cansado.

— Sr. Lancaster?

— *Mário. O sr. Lancaster faleceu faz cinco anos.* — O tom era sério, embora houvesse nuances de zombaria. Provavelmente, ele reconheceu a voz dela.

— Ah, sinto muito. — Ela ficou sem graça, mordeu o lábio inferior, e tal gesto traduzia a dificuldade para continuar com a conversa. Queria lhe fazer um pedido, mas temia a interpretação que o Lancaster daria.

— *Vamos almoçar, dona madame. Estou trabalhando feito uma mula desde as cinco da matina, tenho um buraco no lugar do estômago e faz horas que não vejo uma mulher bonita.*

Não, ele não entenderia a intenção do seu pedido.

— Aceito o convite para o almoço... — começou, com bastante cuidado, modulando a voz num tom neutro e profissional. — Desde que o senhor entenda que falaremos de negócios.

Ouviu o estouro de uma gargalha do outro lado da linha.

— *Você quer comprar as minhas vacas ou está de olho nos touros? Não sei que tipo de negócio trataríamos se eu sou um reles fazendeiro, e a madame é uma CEO fodona.* — Todos os tons de troça evidenciavam o bom humor dele.

— Posso lhe falar a respeito agora mesmo e assim não precisaremos nos encontrar pessoalmente. — Foi rude, era verdade. Acontecia apenas que sentia que ele não a levava a sério, demonstrando uma postura displicente que a incomodava.

— *De jeito nenhum. Vou passar aí na fábrica para te pegar...*

— Tenho carro, a gente se encontra no restaurante — interrompeu-o secamente.

— *Tudo bem, ele fica na avenida central, ao lado do hotel em que não a quiseram como hóspede* — falou, sem ênfase especial na voz, completando a seguir: — *Gosta de peixe?*

— Sim, claro.

— *Então você vai se apaixonar pela culinária de Santo Cristo, dona executiva.*

— Estou com muita fome, será fácil me fisgar.

Ô, merda, por que eu disse isso?

Sentiu as bochechas ferverem de vergonha. Simplesmente havia jogado a bola para o alto, e a ele bastava cortar. A vida, no entanto, não era uma partida inofensiva de vôlei, estava mais para uma disputa agressiva de hóquei no gelo.

— *Vou fazer o possível para te mostrar os encantos da minha terra* — disse ele, num tom cru e óbvio de malícia.

Ela suspirou profundamente antes de rebater:

— Terei que me desviar das suas cantadas durante o almoço inteiro?

— *Vou responder isso pessoalmente, mais tarde.*

Ele encerrou a ligação deixando-a ouvir por último o som da sua risadinha, demonstrando o quanto se divertia ao irritá-la. O problema era que ela não tinha aliados na cidade, tampouco o seu pai lhe enviaria o reforço de seguranças ou de uma equipe de advogados. Precisava de Mário Lancaster, tê-lo ao seu lado para mostrar a Santo Cristo que ela faria o seu trabalho até o fim.

***

Natália esticou para baixo a saia lápis num trejeito que revelava tensão. Fazia quinze minutos que estava sentada à mesa do restaurante que lembrava uma cantina italiana, inclusive em relação ao xadrez branco e vermelho das toalhas, aos pôsteres da Itália dividindo espaço nas paredes com as bandeiras dos clubes de futebol do mesmo país.

Escolheu uma mesa ao fundo e sentou-se na cadeira voltada para a entrada do estabelecimento. O lugar não estava cheio, mas era bastante barulhento. Assim que entrou, percebeu os olhares se voltando em sua direção, alguns discretos; outros, nem tanto. Um casal chegou a se virar, entortando o pescoço a fim de fixar o olhar envenenado nela. Por um momento, pensou que seria expulsa do restaurante, assim como fora do hotel. Havia hostilidade nos olhares, mas também curiosidade, como se eles quisessem ver de perto o demônio da capital, como ele era, como se vestia e como se alimentava. Era possível que tivessem retirado a sua humanidade a fim de se sentirem melhor odiando-a. Afinal, para eles, Natália não era uma mulher comum que trabalhava como gerente de Recursos Humanos, mas uma máquina cortadora de cabeças.

Torceu intimamente para que Mário não demorasse. Meia dúzia de mesas ocupadas e os seus clientes, todos, sem exceção, haviam se voltado para encará-la. Era certo que pretendiam intimidá-la, mostrando que eles sabiam quem ela era. Baixou os olhos para o copo vazio sobre a mesa, considerou chamar o garçom e pedir uma água gelada. Fez sinal para o rapaz vestido de branco dos pés à cabeça. Ele se voltou para ela e, sem nada dizer, deu-lhe as costas.

Ok, assim como não teria onde dormir, também não teria onde comer, pensou, suspirando fundo.

Até quando essa situação se arrastaria?

Viu quando o caubói grandalhão entrou no recinto, tirou o chapéu preto da cabeça e o segurou pela aba, deixando-o pendurado ao longo do corpo. Por onde passava, recebia tapinhas nas costas e acenos. As mulheres se espichavam para beijá-lo na bochecha, e ele as beijava de volta, segurando-as no antebraço. Depois as soltava, falava-lhes algo, e elas riam com vontade, os olhos brilhando. Era um sedutor, um Don Juan caipira, considerou Natália, vendo-o se aproximar da sua mesa.

— Eu me atrasei ou a madame está adiantada? — indagou, com um sorriso charmoso.

Ela relançou um olhar para o relógio de pulso, sabendo antecipadamente que ele não havia se atrasado.

— Você foi pontual — admitiu, vendo-o acomodar-se do outro lado da mesa.

Ele a olhou por um momento e, em seguida, fez sinal para o garçom.

— O lugar aqui é simples, mas a comida é boa.

O rapaz que a havia ignorado aportou ao lado deles, o bloco de pedidos na mão, a atenção voltada apenas para o cliente local.

Mário não precisou do cardápio para escolher a sua comida e, inclusive, a dela, como descobriu a seguir:

— Traz uma mojica de pintado à moda cuiabana, Sérgio, e uma cerveja bem gelada.

— Vinho branco para mim, por favor — intercedeu ela, esboçando um sorriso sem graça. Como lhe diria que peixe e cerveja não combinavam?

— Me falta classe para escolher bebida chique — ele falou, sorrindo, o canto das pálpebras se estreitando num feixe de linhas de expressão.

Tinha de convir que aquele homem era atraente, muito atraente.

— Isso não é importante.

Ele a encarou demoradamente e agora não mais sorria.

— Tem razão, moça da TWA — disse ele, piscando o olho para ela. Depois se voltou para o garçom e falou: — Vê se não demora, a gente está duro de fome, cabra.

O "cabra" em questão tentou sorrir, era nítido que não estava à vontade em ter que servir a mesa da forasteira, e, se não fosse a presença de Lancaster, Natália seria ignorada e teria que se alimentar numa lanchonete à beira da rodovia federal.

Quando o rapaz se foi, ela disse:

— Tenho sete dias para encerrar o processo de transição aqui.

— Processo de transição?

— A TWA comprou a fábrica da família Fagundes e agora tenho que enxugá-la, liberar funcionários que não nos interessam e, assim que a contabilidade estiver organizada, ela será posta no mercado para ser novamente vendida. Se for um negócio viável, outra empresa a assumirá. Caso contrário, a TWA normalmente fecha a fábrica, põe abaixo a estrutura física e vende o terreno para a construção de um shopping center ou mero estacionamento.

— Você é bastante franca, põe as cartas na mesa, olho no olho. Isso é bom, mas quero saber por que está se abrindo pra mim — inquiriu, olhando-a com desconfiança.

— Porque acho que não darei conta do recado sozinha... Digo, não estou preparada para lidar com tamanha hostilidade. Ontem atiraram um tijolo na janela do meu quarto — confidenciou, baixinho.

Mário estreitou as pálpebras, intrigado.

— Atiraram um tijolo, e a Milena a expulsou do hotel?

— Pois é, pra você ver.

— Estou vendo, sim, é o quanto esse povo daqui está doido da cabeça — afirmou, retesando os maxilares. — Nada justifica agir com violência contra uma mulher.

— Não quero metê-lo nessa confusão, sei que possui um forte vínculo com a comunidade e...

— Epa, epa, epa... — disse ele, erguendo a mão num gesto teatral a fim de fazê-la se calar. — O que a Milena fez é errado, e toda essa grosseria ao seu redor é injustificável, a não ser que você fosse a dona da TWA, aí eu mesmo chutaria o seu traseiro.

Não, o meu pai é o dono, pensou, engolindo em seco.

— Sou mera funcionária assalariada — rebateu automaticamente, impulsionada pela covardia. — Se eu não cumprir as determinações da diretoria, também serei demitida — mentiu mais uma vez.

— Eu sei, moça.

Viu-o apertar a boca num sorriso de pesar e, a seguir, endereçar a ela um olhar de cumplicidade que a fez pensar no quanto valia a pena mentir.

O garçom retornou com a cerveja, mas não trouxe o vinho. Mário então o olhou feio. O rapaz piscou-lhe o olho e saiu, voltando em seguida com uma taça de vinho branco à temperatura ambiente. Ela pensou em lhe dizer que preferia gelado. Mas evitou fazer qualquer observação. No entanto, considerou estranha a troca de olhares entre ele e Mário, e era a segunda em poucos minutos. Parecia um código entre nativos. Resolveu confrontá-lo.

— O que há entre você e o garçom?

Mário emborcou o seu copo de cerveja quase até a metade. Deitou-o novamente na mesa, e uma faixa de espuma acima do lábio superior foi absorvida pela língua. Foi nesse instante que Natália sentiu o efeito abrasador e sexual do sol do cerrado, ao ver a língua grande e grossa, rosada e úmida molhar a boca máscula, contornada pelos pontos de barba por fazer. Imaginou aquela língua trabalhando na sua boceta, as pernas bem abertas, os raios solares queimando a sua pele num quarto de hotel vagabundo como aquelas espeluncas mexicanas dos filmes de Hollywood. Suor, fuligem da poeira do deserto, cheiro do asfalto em brasa, sexo cru e pornô. Mário, vaqueiro rude, fodendo-a.

Entornou a taça de vinho na toalha.

— Ô, merda.

— Deve ser vertigem da fome — brincou ele, cobrindo a nódoa molhada com o guardanapo de pano. Em seguida, virou-se para trás e gritou: — Ô, Sérgio, traz outra taça para a minha amiga!

O silêncio recaiu sobre o estabelecimento, conversas cessaram, o gerente do restaurante entortou o lábio para baixo num esgar de contrariedade, e coube a Sérgio trazer nova taça de vinho morno à mesa da forasteira.

— A garrafa, por favor — ela ousou pedir.

Sentiu o olhar divertido de Mário sobre si. Precisava encher um pouco a cara, um pouquinho só, o suficiente para relaxar. Era pressão demais, cobrança da TWA, tijolos voando, um caubói gostoso pra diabo do outro lado da mesa...

— O que está esperando, *fio*? Vai buscar o que a cliente pediu — ordenou, agora sério. Voltou-se para ela e acrescentou: — Tem que ser durona com esses jacus, é tudo machista, e isso também está doendo nos cornos deles, terem que se sujeitar às determinações de uma mulher.

— Imagino.

— Eu também imagino — ele repetiu, olhando-a nos olhos.

Fosse o calor, a tal vertigem da fome, ou simplesmente o tesão, mas quando deu por si a boca já havia expulsado as palavras antes de a censura do cérebro interceder:

— O que você imagina? — a voz mole, arrastada, o olhar parado no dele, tão despudoramente sem-vergonha.

O garçom chegou com a garrafa de vinho dentro do balde de inox, uma fina camada de gelo a revestia tal qual a superfície de um lago congelado.

O vaqueiro continuou a encará-la enquanto o tal Sérgio depositava o balde e a taça vazia na mesa.

— Eu *imagino* o motivo de você me perguntar se eu tenho um lance com o garçom — disse ele, de um jeito simples e simpático.

— Pensei que a minha identidade heterossexual fosse óbvia — completou, sorrindo, bem-humorado.

Natália corou.

E não foi por causa da observação sobre a sexualidade dele, mas porque o imaginou nu, completamente nu, os pentelhos em torno do pau ereto, as coxas fortes e peludas, o tórax largo, o corpo grande e rusticamente viril.

Foi por isso que ela corou.

— Eu... bem... — perdeu o fio da meada, os pensamentos desapareceram. Meteu os olhos na taça de vinho e depois a deixou vazia, sorvendo a bebida num gole só.

Quando a comida chegou, ela já tinha esvaziado metade da garrafa. Enfrentava o calor e também a força dos olhos daquele homem tão macho, tão tesudo, tão selvagem. Como falar de negócios, como lhe pedir que a protegesse se ela queria se jogar numa cama ordinária e quebrar o estrado de tanto foder com ele?

Usou o guardanapo como leque quando sentiu que entraria em combustão espontânea, tamanho era o calor que sentia. Olhou para cima e viu meia dúzia de ventiladores de teto que espalhavam o ar morno pelo ambiente.

Ele então se reclinou para frente, os cotovelos escorados na mesa, os olhos sorridentes encimando um sorriso macio quando falou:

— O Centro-Oeste é a terra da montaria, Natália.

O modo como falou o seu nome, cada sílaba revirada dentro da boca, lambida por sua língua de macho e arrastada para fora, pareceu-lhe um convite para o sexo.

Como se ela precisasse de convite.

Respirou fundo, não podia perder a perspectiva, precisava do apoio de Lancaster, do pau, do apoio, da segurança, do pau...

— Você monta? — ela perguntou, numa voz sumida e meio grogue.

— Monto.

— Monta bem?

— Monto duro e forte.

Engoliu a saliva, engasgou-se, bebeu mais uma taça de vinho.

Capítulo doze

Sérgio lhe lançou mais um de seus olhares de cumplicidade, uma vez que havia participado da reunião na paróquia. Para o garçom, cada gesto que Mário fazia, o tom imperativo para trazer o vinho à forasteira e até o modo como se portava com ela, com charme e simpatia, era parte do plano de seduzi-la. Ainda estava preso à inocente ideia de que bastaria a moça se apaixonar para que mudasse os seus planos quanto ao destino dos funcionários da fábrica.

Mário não sabia se ria ou chorava diante de tamanha bestialidade.

Como aquela brincadeira infantil do telefone sem fio, a impressão que teve era de que o garçom passou a informação adiante, entre os clientes do restaurante. Aos poucos, cada um resolveu se meter com a sua própria comida e o seu acompanhante de mesa, liberando a executiva dos olhares hostis.

Então ela marcou o almoço para lhe pedir proteção. Uma mulher fisicamente frágil, dona de uma personalidade forte, pisou no próprio orgulho admitindo que precisava do apoio de alguém como ele, da família mais importante de Santo Cristo. A decisão dela mexeu com seus brios de caubói protetor de donzelas indefesas e, acomodado ao intenso desejo sexual que sentia por ela, começou a afetá-lo sobremaneira. Cada tijolo do muro que erguera para se esconder do amor parecia poroso, esfarelando-se cada vez que Natália o olhava com olhos de desconfiança e provocação sexual; a danada se sentia atraída por ele, isso era evidente.

A comida chegou, e o garçom depositou as tigelas de cerâmica na mesa, saindo em seguida depois de lhe lançar mais um rápido olhar significativo.

Notou que a moça estava num estado de embriaguez que lhe dificultava os movimentos. Ao se servir do caldo grosso, ela deixou escapar a concha longa de metal que bateu no pirex e caiu na toalha. Antecipou-se a ela e tomou o talher para si.

— Me deixe ser um perfeito cavalheiro e servi-la — disse, percebendo a beleza do sorriso em meio à vermelhidão das bochechas. Não era rubor de vergonha ou timidez; era a cor da bebedeira na sua pele nívea e maquiada. — Tem algumas coisas que a moça precisa saber sobre os caubóis... — começou, piscando o olho para ela. — A nossa cultura é meio que restrita às coisas da terra, tomamos banho de rio, vivemos ao ar livre como se a natureza fosse a extensão do nosso corpo. Somos xucros no trato social e arredios no amor. Fugimos do laço como o diabo da cruz. Somos conquistadores, vivemos para o amor, embora nos esquivemos do compromisso. — Nesse ponto, ele parou e riu baixinho. — É que a gente sabe que todo vaqueiro tem a sua cara-metade, a sua bruta, a mulher que vai fazer ele passar pelo inferno antes de ganhar o céu. E, por mais que sejamos corajosos e cascudos, não queremos ficar de joelhos para o inevitável.

Ele mexeu com a colher no ensopado, partiu um pedaço da carne branca do peixe e a levou aos lábios da mulher. Ela os abriu, degustando a comida.

— Maravilhosa.

— Isso que você fez, de vir me pedir para cuidar da sua segurança, é o que a sua intuição já sabe sobre mim, que vou cuidar, proteger e defender você — afirmou, sério, dando-lhe de comer.

Ela sorriu.

— Obrigada. — Baixou a cabeça, mastigando devagar o peixe, depois o encarou, o olhar doce, a língua arrastando o que falou a seguir: — Me diga apenas o valor do seu serviço de proteção para eu solicitar verba da TWA.

— Que merda é essa?

Ela fez cara de inocente ao responder:

— Falei que era um encontro de negócios. Vou pagar por seu serviço de proteção.

— Não quero o seu dinheiro.

— O pagamento será feito pela TWA — insistiu ela serenamente.

— Madame, não me confunda com os seus subalternos — foi seco, largando a colher na mesa. — E vê se come essa porcaria antes que esfrie — acrescentou, mal-humorado.

Viu-a fitar o próprio prato e depois a taça novamente vazia. Fez sinal para o garçom, pediu mais vinho, encolheu os ombros e voltou a comer. Por duas vezes ela sujou a blusa, o molho escorreu da boca que ele estava louco para beijar.

— Por favor, não se sinta ofendido — pediu, um pedaço de tempero verde entre os dentes. — Quero que tenhamos uma boa relação... Profissional.

Ele franziu o cenho ao ouvi-la fazer uma pausa sutil depois de "relação". Por que diabos a mulher o provocava se não queria nada com ele?

— Vou ser franco e direto: se eu andar com a senhorita por aí, *protegendo* como falou, vou comprar briga com o meu povo, com todo mundo que conhece os Lancaster desde a fundação da cidade. Sabe qual vai ser o custo disso pra mim? Para os negócios da minha fazenda? Vai ter gente comprando briga com a minha mãe e os meus irmãos. Então, dê valor a quem põe tudo isso de lado e se dispõe a cuidar de você...

— Cuidar de mim, não, da minha segurança. Sei cuidar de mim, ora bolas — disse ela, a voz grogue, os olhos pequenos, as pálpebras caídas e inchadas.

— Bem se vê que sabe se cuidar, está chumbada feito um gambá — foi sarcástico.

— Só estou relaxando após uma longa manhã de trabalho na porra de uma caverna, só isso.

— Aham, sei. Mal tocou na comida, mas o vinho está indo que é uma beleza. — Ele pegou a colher dela e a encheu com o molho, levando-a à boca da forasteira: — Vê se come, precisa forrar o estômago se quiser continuar se embebedando.

— Não estou me embebedando nada, jacu pintado! — xingou-o, antes de engolir a comida da colher.

— Ô mulher danada! — disse ele, rindo e vendo-a apertar a boca para não deixar a colher entrar. — Parece criança, diacho! — Desandou a rir, vendo-a erguer o dedo médio para ele. — Que coisa bonita, dona TWA! — debochou, recostando-se na cadeira sem deixar de rir.

— Ninguém cuida de mim! — ela elevou a voz, parecendo irritada, além de muito bêbada. — Minha mãe nunca cuidou de mim, a gente tinha empregadas para isso. Sabe o que estou dizendo? Que cuidar e controlar são sinônimos, o meu pai diz, e ele sempre fala isso para não ter que fazer nada por ninguém e continuar vivendo na sua bolha bem articulada e higiênica. — Ela ficou de pé, o corpo pendeu para frente, segurou-se na mesa e continuou: — Agora eu bebo, ontem não bebi, mas amanhã a gente não sabe. — Depois, empurrou a cadeira com o corpo, preparando-se para se afastar da mesa, perdeu o equilíbrio, ergueu os braços como se fossem as asas de um planador: — Os pássaros voam, mas sempre voltam.

Dito isso, ela empertigou a coluna, ergueu o queixo e, trocando as pernas, encaminhou-se para a saída do restaurante. A bolsa sobre a mesa junto com o celular e as chaves do carro.

Para onde a executiva embriagada pretendia ir?

Achou por bem segui-la, ainda mais quando pressentia que ela acabaria por se estabacar na calçada. Pagou a conta e se levantou, pegando os pertences da madame.

Antes que chegasse à porta, alguém o pegou pelo antebraço. Voltou-se e deu de cara com o dono do restaurante.

— Continue assim que o seu plano está excelente — disse, num tom de elogio.

— Que plano?

— Você sabe.

Mário o ignorou, sabendo a que ele se referia, só não queria lhe dar trela. Então todos pensariam que ele seduziu a forasteira como um mau caráter enganando uma mulher. Interessante! Pessoas que aceitavam esse tipo de comportamento eram tão cretinas quanto o enganador. O que se podia dizer de uma comunidade inteira que, temendo perder sua fonte de renda, aceitava que uma pessoa honesta fosse enganada só porque trabalhava na empresa errada?

Retesou os maxilares, disposto a assegurar a integridade física de Natália enquanto ela estivesse em meio a uma comunidade de caráter duvidoso.

Ao chegar à calçada, viu-a sentada no meio-fio, a cabeça abaixada entre os joelhos, parecia que vomitava. Achegou-se e foi então que percebeu que ela chorava.

* * *

Quando telefonou para o pai, ele não perguntou se ela estava bem, se existia algum risco real de ser ferida, se precisava da sua ajuda ou conselho. Natália não queria chorar, mas estava bêbada e simplesmente perdeu o controle dos seus sentimentos. Tinha um pai, mas se sentia órfã. A vida inteira quase sem afeto, alimentando-se da sombra de um sorriso e de um meio elogio, tentando compreender o seu modo de pensar e se expressar, aceitando o que ele poderia lhe dar. Mas a verdade era que ela não aceitava. Queria mais! Queria tudo dele! O abrigo, o colo, a voz afável, o conselho, a bronca sincera, o iodo nos joelhos machucados, o olhar carinhoso, orgulhoso, cheio de amor pela própria filha.

Afundou na água da sua carência emocional, e o gatilho para isso foi a rejeição. Sempre rejeitada pelos pais, agora por uma cidade inteira. Era um ímã ambulante de rejeição, um coração despedaçado com braços e pernas que tropeçava pelas ruas da vida batendo contra as paredes, as portas e janelas fechadas. Sentia-se tão pequena que era capaz de se afogar na gota de suas lágrimas.

Deitou a cabeça entre os joelhos e vomitou a dor que a acompanhava como uma doença crônica, manifestando-se nos momentos menos oportunos.

Então notou a presença ao seu lado, sentada no chão, as pernas encolhidas, o cheiro da colônia masculina.

— Minha mãe me ensinou a chorar — ele começou a falar numa voz baixa e gostosa de ouvir. Ela não queria encará-lo com a face deformada pelo choro, apenas continuou a prestar atenção na voz dele: — Eu não chorava quando era moleque, segurava a coisa, sei lá o motivo. Um dia minha mãe me disse: "Garoto idiota, se não chorar, a água do seu choro fica represada dentro de você e um dia vai te arrebentar todo". Imaginei, então, aquelas represas inundadas destruindo diques avançando pelas cidades... — Parou de falar, rindo baixinho de si mesmo. — É bom que chore, Natália, assim não vai explodir por dentro.

Ela o fitou, as lágrimas lhe turvando a visão, os espasmos sacudindo-lhe os ombros, mas havia o alívio, a sensação de suave esperança que vinha depois do pranto.

— Nunca bebo e acabei me excedendo no vinho — tentou se justificar, envergonhada. Limpou com a ponta dos dedos debaixo dos olhos, tendo o cuidado de não borrar a maquiagem. Baixou a cabeça, respirou fundo, preparou a armadura para seguir em frente. Havia anos fazia a mesma coisa, colava cada pedaço do revestimento de aço e pluma que encobria sua alma devastada.

Ele se pôs de pé, estendeu-lhe a mão e a esperou.

— Vamos tomar um café forte e amargo que só os Lancaster sabem preparar.

Aceitou a mão estendida, tocou-a com a sua, sentindo a aspereza dos calos e o calor da palma. Os dedos se entrelaçaram, a firmeza do gesto lhe deu apoio para se erguer. Parecia uma metáfora, mas talvez não fosse, era possível que ela precisasse de Mário para se manter de pé em Santo Cristo.

— Obrigada.

Evitou encará-lo, temia revelar outros traços de sua fraqueza, além do choro da bebedeira.

— Porre de vinho dá dor de cabeça — disse ele, num tom divertido. — Sugiro uma boa xícara de café e um paracetamol.

— Certo, aceitarei a sua prescrição, doutor.

Ela se deu conta de que ainda estavam de mãos dadas. Voltou seu rosto para ele e viu um leve sorriso no canto dos lábios sedutores, o superior ligeiramente mais grosso que o inferior, os pontos da barba em torno, o queixo másculo, as covinhas nas laterais da face, o cabelo castanho bagunçado pelo vento.

Puxou suavemente sua mão do entrelace dos dedos, desviou os olhos dos dele, concentrando a atenção num ponto vazio para além da esquina quase sem movimento, embora fosse o centro da cidade.

— Vamos?

— Sim — respondeu ela, abrindo a porta do próprio automóvel. — Vou segui-lo.

— Acha que está em condições de dirigir? — indagou, desconfiado.

— Estou bem.

Ele não parecia convencido.

— Deixa o carro aí, depois um compadre meu vem buscá-lo — determinou, pegando-a novamente pela mão. — Você vai comigo na picape, dona madame.

— Tenho alternativa?

— Hum, interessante, acho que você já me conhece — brincou.

Acomodou-se no banco do carona e afivelou o cinto. Escorou a cabeça para trás e suspirou profundamente. Sentia os efeitos da bebedeira, a sensação de flutuar acima do banco, o calor nas maçãs do rosto, a anestesia da boca e a língua grossa e pesada. Observou de esguelha o motorista dar marcha a ré e depois seguir pela avenida principal dirigindo com autoconfiança.

O vidro da janela estava abaixado, o vento entrava e soprava os cabelos dele. Era bom ficar observando-o, quietinha, sentindo as ondas mornas da embriaguez levando-a de um lugar ao outro bem devagar. Queria estender a mão e tocar no maxilar, a barba por fazer, desenhar com a ponta do dedo o contorno dos ossos proeminentes e depois deslizar pela curva do pescoço masculino, encontrando a gola da camisa. O cheiro dele, ali, no cangote, devia ser maravilhoso e narcotizante.

Viu-o esticar a mão, os dedos longos e as unhas curtas, a fim de mexer no som do painel à procura de uma estação de rádio.

"Coração sertanejo" ganhou a cabine na voz aguda de Xororó, seguida pela segunda voz de Chitãozinho. A melodia combinava com a paisagem que ela via passar pela janela lateral, as planícies verdejantes e rasteiras salpicadas pela erosão da terra vermelha, que se perdia de vista. Ao fundo, o horizonte branco e melancólico descia recortado pela suave elevação dos planaltos.

— Essa parte de Santo Cristo é linda — comentou ela, apontando para fora, a campina que recobria o solo arenoso.

— A parte que tem poucos humanos, você quer dizer.

Voltou-se para ele e viu um sorriso simpático.

— De certo modo, sim. — admitiu ela. Depois, sentindo-se à vontade com ele, continuou: — Mas a verdade é que não estou acostumada aos ares do campo. — Virou a cabeça para a janela, vendo um e outro cavalo pastar indiferente ao tráfego na rodovia.

— Não está acostumada à pasmaceira — brincou Mário.

Ela sorriu e baixou a cabeça, tomada por uma emoção diferente que não sabia como definir.

— Às vezes, sinto saudade do que nunca vivi — admitiu para ele, corando.

Era fácil se abrir para um homem simples, que não tinha jogos ou esquemas de conquista, que se colocava inteiro, aberto, mostrando o jeito rude e também o cavalheiresco sem vergonha de se expor. Mário era autêntico, simples e confiável. Sentia isso, sentia que podia confiar nele.

— O povo tem um nome pra isso, mas eu acho que quando a gente se sente assim é coisa da alma, sabe?

Ela se voltou para ele, sorrindo.

— Como assim? Não entendi.

Ele deu de ombros, num gesto de descaso, e respondeu:

— Quando a alma sente saudade, é isso. O cérebro não entende, não é da alçada dele, aí não sabe interpretar. A gente sente falta do que gostaríamos de viver e ainda não vivemos, é como se amássemos o desconhecido.

— Que coisa complicada — comentou ela, rindo.

Ele a encarou com um esboço de sorriso, os olhos numa expressão divertida.

— Pra falar a verdade, não faço ideia de metade das coisas que falei — admitiu, rindo também e voltando a se concentrar na estrada. — Como já disse, não sou um cabra sofisticado com as palavras...

— Mas é nobre de coração — ela o interrompeu, sem deixar de fitá-lo.

— Acho que também não — confessou, às gargalhadas. — Mas acredito que posso consertá-lo... — Ele a encarou fixamente ao continuar: — Só tenho que encontrar a pessoa certa para isso.

Ela não lhe deu chance para mais uma cantada e disparou, sem deixar de sorrir:

— Torço para que encontre logo essa mulher, você me parece um cara bom.

Viu-o entortar o canto do lábio inferior para baixo, num sinal de amargor. Em seguida, ele acionou o pisca, reduzindo a velocidade até parar diante da porteira de madeira, alta e imponente.

— É a segunda mulher que me roga praga em menos de uma semana, acho que está na hora de eu me benzer — comentou, espirituoso.

Antes que ela reagisse à provocação, viu um vaqueiro moreno e encorpado soltar a corrente que unia os dois lados da cancela, desobstruindo a passagem da camionete pela via de chão batido debaixo do tapete de cascalhos.

A estradinha era ladeada pelo campo aberto e uma ou outra árvore de médio porte, além das mangueiras e dos eucaliptos que por ali se concentravam, formando um humilde bosque. Ao longe, viu o curral com as vacas pastando calmamente, indiferentes ao movimento dos peões trabalhando pela fazenda.

A picape parou diante do casarão principal, de alvenaria, contornado pelo amplo avarandado. Natália esperou que Mário saísse do veículo para lhe abrir a porta.

— Um cavalheiro à moda antiga — comentou, apreciando o gesto dele.

— Não, dona, apenas um caubói — rebateu, sorrindo com charme.

Ela desviou os olhos dos dele, prometendo a si mesma não lhe dar brecha para pensar que havia algo entre eles, química sexual, por exemplo. A última coisa de que precisava era se envolver com a única pessoa da cidade que a tratava com gentileza.

Capítulo treze

Mário não pôde deixar de notar o brilho nos olhos de Natália quando Thomas e Santiago surgiram no alpendre. Os irmãos estavam sem camisa, transpirando feito porcos debaixo do chapéu gasto.

Segurou dentro da boca um "vão pôr uma camisa decente!" a tempo de não receber uma resposta atravessada, certamente num tom de deboche. Os anos passavam, e aqueles dois não mudavam no comportamento exibicionista. Culpa da mulherada que os apoiava nisso, dando corda para se enforcarem.

Resolveu ser curto e grosso nas apresentações:

— Esses aqui são os Lancaster que faltavam — disse apenas e, vendo-a fitá-lo com ar interrogativo, completou: — Eles estavam nos Estados Unidos, mas agora vão tocar a fazenda comigo.

O mais jovem tomou a dianteira e esticou o braço, cumprimentando-a com educação e também com um largo sorriso.

— Sou Santiago.

— Como vai? — ela indagou e, a seguir, apresentou-se: — Meu nome é Natália Esteves, e eu sou a megera da TWA — disse, espirituosa.

Thomas achou graça e, meio que rindo, estendeu a mão para também se apresentar:

— E eu sou Thomas, o mais sensato da família. Se quiser ajuda para lidar com os jacus de Santo Cristo, pode contar comigo.

— Ela já tem quem a defenda — interveio Mário secamente, levando a mão ao antebraço de Natália, de modo possessivo, era verdade, pois queria marcar território, mas também conduzi-la para o interior da casa. — Vem conhecer a matriarca da família — resmungou.

Tinha certeza de que seus irmãos se entreolhavam sarcásticos, mas ele não lhes daria margem para gracinhas.

Dona Albertina polia a prataria de suas joias, sentada à mesa, tendo à sua mercê uma taça de vinho tinto. Assim que entraram na sala, ela ergueu os olhos por trás dos óculos imensos e franziu as sobrancelhas, dizendo:

— Essa moça é de fora, toda chique. — Não era um elogio, e sim mera constatação.

Mário antecipou-se a Natália e a apresentou:

— É a forasteira da TWA.

Quando a mãe lhe ofereceu um de seus olhares hostis, ele arqueou as sobrancelhas de modo significativo, como se tentasse lembrá-la de que havia um plano ali, mesmo que ele não pretendesse levá-lo a cabo, e a questão era que a executiva precisava se sentir acolhida entre os Lancaster.

— Então é você quem vai foder com a vida de todos?

Puta merda!

Instintivamente, voltou-se para Santiago, que segurou uma risada, escondendo a boca atrás da mão. Ao passo que Thomas balançou a cabeça, resignado.

— Não, senhora, acho que vou foder apenas com a vida de trinta funcionários — respondeu Natália, aparentando tranquilidade e, de certo modo, bom humor, aquele tipo de atitude simpática para com os idosos bocas sujas.

— Trinta? — indagou ela, incrédula, e, voltando-se para Mário, acrescentou: — Só trinta? Mas isso não vai mudar nada!

— Viu só, trinta desempregados apenas — repetiu ele, sem saber ao certo o motivo de se importar.

— Trinta entre quantos?

A pergunta veio de Santiago, a testa franzida como se fizesse um cálculo mental.

— Entre todos os demais que permanecerão na fábrica até ela ser vendida novamente — respondeu Natália, mais uma vez impassível.

Nada como chorar para se livrar de um belo porre, pensou ele, vendo-a impecável na sua saia justa e na camisa de babado.

— Na verdade, são trinta famílias, então mais pessoas vão ser atingidas e...

— Chega disso, Santiago — ralhou com o irmão. — Esse assunto não nos diz respeito.

— Eu só estava tentando compreender a extensão do drama todo, mas me parece que há muito exagero nisso.

— Exagero da sua bunda — disse dona Albertina, ajeitando os óculos no nariz. — Trinta é só o começo...

— Mãe, não estamos numa conferência de negócios, a Natália veio aqui a meu convite para provar o nosso café.

A velhota deu uma boa olhada na forasteira e depois no filho. Esboçou um sorriso malandro como se tivesse captado a sua intenção de sedução no ar, o maldito plano de conquista.

— Certo. — Voltou-se para a visita e, numa mudança sutil de humor, afirmou: — Vou preparar um cafezinho forte e gostoso bem igualzinho ao meu primogênito.

Mário nunca ficava ruborizado. Mas várias vezes sentiu vontade de se jogar num buraco fundo. Dona Albertina lhe causava tal desejo, o de desaparecimento.

Apertou a boca com amargor, sentindo o olhar divertido da loira para o seu lado. O melhor a fazer era mostrar que, sim, ele era forte e gostoso, então a paquerou descaradamente ao ponto de vê-la sorrir sem graça antes de baixar os olhos.

Aham, nem vem que sou PhD no enlaçamento de potranca!

* * *

Natália agradeceu a caneca de café, e realmente era uma bebida encorpada e fumegante, gostosa demais. Porém, não diminuiu a sonolência causada pelo excesso de vinho consumido no almoço.

Agora, ela estava sentada numa cadeira de balanço feita de vime e com assento estofado, no alpendre, ladeada por outras duas cadeiras, onde estavam dona Albertina e Mário. Santiago empoleirou-se na tábua mais alta da amurada enquanto Thomas havia se atirado no sofá, o braço sobre os olhos, provavelmente estava tirando uma soneca.

O vento soprava com suavidade para debaixo do ambiente de telhado rebaixado. E a visão que ela tinha era a de um gramado verde, o celeiro de madeira, alto e imponente, tendo ao fundo o arvoredo. Podia-se ouvir o som da cachoeira caindo no rio. Vez ou outra, um mugido de vaca ou o relincho de um cavalo seguido pelos latidos dos enormes cães que circulavam livremente pela fazenda.

— É sempre assim tão calmo? — perguntou a Mário, que se voltou para ela já com um sorriso nos lábios.

— Na maior parte das vezes, sim. Mas agora começaremos a construir a arena e a arquibancada, então teremos bastante barulho — falou, entortando o lábio para baixo.

— E por que vão fazer isso?

— Pra levantar dinheiro — atalhou dona Albertina. — A fazenda está mal das pernas, o banco quer tomá-la de nós.

Viu quando Mário fechou a cara.

— A fazenda precisa de recursos, sim, mas os meus irmãos são peões de rodeio e eles precisam de um lugar para treinar.

— Gosta de rodeio, Natália? — foi Santiago quem perguntou.

Antes que ela pudesse dizer que torcia pelo touro, para que o animal derrubasse o quanto antes o humano, notou que Thomas afastou o braço dos olhos para fitá-la, e agora ela tinha seis olhos de peões de rodeio aguardando a sua resposta.

— Nunca fui a um rodeio — respondeu com sinceridade.

— Então não vai faltar oportunidade. Aqui pela região há excelentes competições, posso levá-la a todas.

Natália endereçou um sorriso charmoso a Thomas, sentindo o olhar pesado de Mário sobre si. Os irmãos Lancaster pareciam se divertir provocando um ao outro, pelo menos foi o que lhe pareceu.

— Ela veio a trabalho — cortou-o Mário.

— Isso não a impede de se divertir.

— Vão brigar na frente da visita, é? — reclamou dona Albertina, ajeitando o cabelo para atrás da orelha. — Não eduquei vocês assim, não me façam passar vergonha.

Achou graça do jeito bruto e, de certo modo, engraçado da matriarca de ralhar com os seus filhos crescidos, marmanjos musculosos de barba na cara. Era nítido que ela ainda os via como crianças.

— Vou guardar suas coisas no meu quarto.

Ao ouvir as palavras de Mário, sentiu as bochechas ferverem, era como se todo o sangue do seu corpo se acumulasse no rosto. O que ele queria dizer com aquilo? Que iam dormir juntos?

— Eu... eu...

— Fico no sofá-cama do escritório — esclareceu ele, demonstrando empatia por sua confusão.

— Não quero atrapalhar a sua rotina.

— Faço questão de lhe ceder a melhor cama da casa.

Ela imaginou que fosse, sim, a melhor cama da casa e, talvez, da cidade. E era isso que os olhos dele lhe diziam. Achou por bem fingir que não notou a indireta.

— Obrigada, será apenas por sete dias, no máximo — disse, meio atrapalhada e também louca de sono. — Vai ser complicado passar o resto da tarde lendo e-mails — comentou, entre um bocejo e outro.

— Por que não tira um cochilo antes de sair? — sugeriu dona Albertina. — Nada como dormir por meia hora, a gente acorda totalmente desperta.

— Preciso mesmo trabalhar — lamentou.

Tentou levantar, mas notou que estava tonta. Voltou a se sentar, suspirando longamente. Fechou os olhos deixando-se envolver pelo delicioso torpor, era como se fosse embalada por um sem-número de ondas tépidas que a levavam de um lado para o outro, bem devagar, empurrando-a sem qualquer controle enquanto o seu corpo, cada vez mais leve, simplesmente caía, caía e caía.

Acordou sentindo o sopro do vento refrescante na face, sorriu antes de abrir os olhos. Era bom. O cheiro agradável, de comida caseira e aconchego, de algo que ela devia ter vivido em algum momento, mas esqueceu quando.

A primeira coisa que viu foi a viga do telhado, iluminada pela suavidade da lâmpada do lustre de cordas. A escuridão avançou para o alpendre quando a noite chegou. Apoiou-se nos cotovelos, percebendo que fora deitada no sofá antes ocupado por Thomas. Havia também uma manta de algodão cobrindo-a.

Sentou-se, um pouco atordoada de sono, e olhou em torno. Ninguém no avarandado, embora fosse possível ouvir as vozes masculinas ao longe, talvez no estábulo ou no celeiro. Consultou o relógio de pulso, eram sete horas. Não valia a pena voltar à fábrica, o expediente já havia encerrado e, além disso, ela ainda estava cansada.

Pôs-se de pé e resolveu entrar no casarão, procurar dona Albertina para lhe oferecer ajuda com o jantar. Não sabia cozinhar, era verdade, e jamais lavara uma louça ou arrumara o próprio quarto. Mas tinha cabeça para pensar e olhos para observar as empregadas de casa, portanto, sabia como fazer.

Entretanto, encontrou outra senhora no lugar da mãe de Mário. Quem estava diante do fogão aparentava ser mais jovem, mais gorda e loira, o cabelo todo puxado num coque baixo. Usava avental ao redor da cintura rechonchuda e um vestido até os joelhos, que combinava com as botas de vaqueira.

Por um momento, Natália se manteve à soleira da porta, em dúvida sobre o que fazer. Até que sentiu a presença imponente atrás de si, o calor dessa presença e a fragrância gostosa que se desprendia dela.

— Dona Leonora faz o nosso jantar — disse Mário, parecendo ler os seus pensamentos. Contudo, ela não pensava mais em quem preparava o jantar, mas nele, no efeito que a sua aproximação lhe causava, na atração que sentia.

Voltou-se e o encontrou muito mais perto do que imaginava, quase esbarrou o nariz no tórax dele.

— Dormi demais.

Não sabia realmente o que dizer.

— Fez bem, a tensão da chegada à cidade a esgotou.

— Eu devia ter ido trabalhar.

Ele a encarava fixamente, sério, concentrado nos seus olhos e lábios, a mão espalmada na parede atrás dela, o corpo grande quase a tocando. Usava uma camisa preta, de botões, arremangada. O cabelo úmido do banho recente, o odor de alecrim e limão. O jeans escuro e justo, o cinto de couro, a fivela preta e prata em que estava escrito *Bull Rider* com a figura do caubói montado no touro corcoveando no ar.

Ela assimilou cada detalhe dele, cada nuance no tom de sua voz e também no modo como a olhava, toda, por inteiro.

— Tudo tem o seu tempo — ele falou baixinho, a voz rouca.

— Você tem razão.

O cérebro travado, a boca despachando as palavras como se as jogasse de um trampolim. Absorta na ostentação de virilidade que o caubói exalava, mal conseguia articular frases coerentes. O que acontecia ali? O que estava acontecendo com ela? Sentia-se atraída por homens fortes e autoconfiantes, mas a intensidade do fascínio por Mário era o que a perturbava.

— Vamos cavalgar antes do jantar — disse ele num tom de ordem.

Antes que ela pudesse distorcer a intenção do convite, ele lhe deu as costas sem, no entanto, deixar de pegá-la pela mão e arrastá-la consigo para fora do casarão.

Capítulo catorze

Ele puxou Rebeca pelas rédeas, retirando-a do estábulo. A égua manga-larga sacudiu o rabo e o pescoço, demonstrando satisfação. Era mansa, criada e domada na fazenda, até mesmo as crianças a montavam, então não ofereceria risco algum à jovem urbana.

— Nossa, esse cavalo é muito grande.

— Grande? A Rebeca tem a altura de uma égua normal. — Achou estranha a observação da moça. Por mais que viesse de uma metrópole, por Deus!, já devia ter visto um cavalo de perto.

Ela recuou dois passos, parecendo amedrontada.

— Ah, não, esse bicho é... É assustador. Não vou subir aí de jeito nenhum.

— Montar, você quis dizer, né? — indagou, olhando-a feio.

— Isso, montar. Nada disso — determinou, resoluta, sem deixar de balançar a cabeça em sinal negativo, veemente. — Imagina se ele dispara por aí, todo doido!

Mário se voltou para ela, pôs as mãos na cintura e, didaticamente, explicou:

— Primeiro, não é "ele". A garota aqui se chama Rebeca, é calminha, uma dama. E, segundo, os cavalos não "disparam por aí" sem mais nem menos. Você está segura com a nossa égua, mais do que no hotel da Milena — disse ele, fazendo troça.

Ela não parecia convencida pelos seus argumentos.

— Prefiro dar uma boa caminhada.

— Tem bosta pelo pasto, vai sujar seus sapatos de Cinderela.

— Não me importo, pelo menos não vou precisar de uma cadeira de rodas.

— Dona executiva, quem disse que você vai cair do cavalo?

— A vida. Em especial, a minha — respondeu, bem séria, levando a mão aos quadris. — Tenho a sorte de um bêbado com o fígado fraco.

Mário gargalhou, deitando a cabeça para trás. Depois, num gesto brusco, pegou-a no colo e a pôs sentada na sela sobre o animal.

— Pelo amor de Deus… — ela gemeu baixinho, totalmente paralisada de medo.

— A Rebeca sabe que você está apavorada e não vai se mexer enquanto eu não ordenar — disse ele serenamente. — Vamos cavalgar juntos, confia em mim, ninguém vai cair de lugar algum.

Ele montou no manga-larga, posicionando-se atrás da mulher, mantendo o controle das rédeas. Podia senti-la tremer. Envolveu-lhe a cintura com um de seus braços, que imediatamente foi agarrado pelas mãos dela.

— Vai devagar, ok? Não pisa fundo.

— E isso é um carro, dona? — riu, fazendo a égua cavalgar no trote manso de passeio. — Relaxa e aproveita. Solta esse corpo todo duro, mulher. Pode se recostar em mim, eu deixo — brincou.

Ela continuava imóvel feito um boneco de cera, e ele a apertou contra si, trazendo-a para o seu peito. Por um momento, teve vontade de beijá-la no cabelo, um beijo terno de consolo, mas também achou engraçado o medo dela. Para ele era tão natural montar e desmontar, enfrentava tantos touros ferozes, loucos para matá-lo, que achava difícil assimilar o receio que algumas pessoas tinham em relação aos animais.

A égua seguiu pelo prado iluminado pelos postes de luz, a calmaria da noite refletida em torno das lâmpadas na dança frenética das mariposas e no brilho eventual dos vagalumes escondidos nos arbustos. Aspirou o cheiro do cabelo loiro e do couro cabeludo da forasteira, que lembrava flores e frutas cítricas.

Aos poucos, pareceu que ela começou a relaxar, as costas penderam para trás, ao encontro do seu tórax. Ajustou o braço em torno da cintura da moça, tão estreita como se ela comesse apenas algodão, e lhe ofereceu o apoio do seu corpo. Baixou a cabeça para aspirar o cheiro do cangote dela, cuidou para que ela não o percebesse, pois pareceria o gesto de um tarado. Contudo, não era um camarada muito controlado, ainda mais quando se referia a uma mulher tão bonita, e acabou beijando-a na curva do pescoço, um beijo de boca fechada, bem demorado.

Ela pulou da sela e quase escorregou pelos flancos do animal. Foi o tempo de ele a segurar pelo antebraço e firmá-la novamente na montaria. Antes que se recuperasse do susto, juntou seus lábios aos dela, entreabrindo-os com sensualidade, a língua sugando a outra língua, movendo-se com experiência e perícia como se a chupasse entre as pernas.

Foi um beijo longo e profundo, como uma expedição a um lugar desconhecido e maravilhoso, familiar e erótico, uma mistura de sensações e sentimentos que ele não estava acostumado a vivenciar justamente porque se precavia contra isso.

Deslizou a mão pelas costas da mulher, a palma tocando o tecido macio e fino da blusa, sentindo a rudeza do fecho do sutiã. Segurou-a por detrás do pescoço, acariciando-lhe a nuca enquanto aprofundava o beijo, arrancando-lhe gemidos numa respiração arfante. Debaixo dos dois, a égua cavalgava calmamente envolvida pela atmosfera noturna ao som da sinfonia dos grilos.

Quando se afastaram, notou que ela arfava, fitando a boca dele.

— Você avançou o sinal comigo — ela o acusou.

— Pretendo avançar ainda mais — respondeu, sério.

— Mesmo que eu não queira?

— Você quer.

Ela suspirou, parecia perdida, confusa ou simplesmente excitada, ao rebater:

— Entenda que não costumo me envolver com...

— Subalternos? — interrompeu-a, arqueando uma sobrancelha num ar de zombaria.

— Eu ia dizer caubói. Prefiro executivos focados no trabalho e não gente simples que já pensa em casar e ter filhos.

Ele riu alto.

— Dona madame, sou um caubói focado no trabalho — garantiu e, enganchando a mão na nuca feminina, trouxe a boca bonita para perto da sua. — E vou me manter focado em você pelos próximos sete dias, esse tal período de transição.

— Obrigada.

— Não precisa agradecer — sussurrou, roçando seus lábios nos dela. — Só me aceita.

— Para um caso de uma semana?

Ele a encarou demoradamente, tentando interpretar o tom da sua voz e o significado da pergunta. Por algum motivo, não gostou do que ouviu.

— Eu sei que vai voltar para São Paulo.

— Você é gostoso, Mário, e não seria nada ruim tê-lo na minha cama, mas nada de compromisso sério nem um futuro romântico.

— Está querendo dizer que só quer me usar? — indagou, irônico.

— Viu, você é muito conservador, é melhor nos mantermos apenas como amigos — sugeriu ela, agora bastante decidida.

— Pergunta pra mulherada de Santo Cristo se sou conservador.

Mas quem era ela para analisar o seu perfil e descartá-lo como amante? Mulher metida.

— Ah, essas roceiras com baixa autoestima? Não, obrigada.

— Agora você vai descer da Rebeca e voltar a pé — determinou ele, apeando.

Esticou a mão a fim de ajudá-la a descer da montaria, mas a moça parecia paralisada, surpresa com a mudança dos seus modos.

— O quê?

— O que você ouviu com suas duas orelhas de mulher metida a besta. As donzelas daqui são grudentas e loucas, mas não têm baixa autoestima, não. Não sei por que desfazer das diabas — respondeu, irritado.

— Todo machão tem o seu público, que normalmente é constituído por mulheres com problemas psicológicos, isso é fato.

— Sabe o que também é fato? Você voltar para o casarão, se despedir da minha família e voltar para São Paulo. Se eu sou um *machão*, não sirvo para pôr em risco a minha fazenda a fim de proteger a princesinha.

— Imaturo!

Ela aceitou a mão estendida e pulou para o chão. O medo parecia ter evaporado, e ele só via a raiva brilhando nos olhos dela. Raiva e indignação.

— Posso aceitar ser o seu amante eventual, o seu casinho de bosta, não vou morrer quando você voltar para a sua terra. Sou conservador, mas já fiz até ménage com duas donas, uma mais tarada que a outra. Acha que vou me apaixonar por você e forçá-la a ficar? Tenho vergonha na cara, *fia* — disse ele, batendo a mão no próprio rosto.

— Não sei, não.

Ele olhou para o céu estrelado e depois para ela.

— Tenho também pavio curto — admitiu. — Isso assusta o povo da cidade, porque lá tem muito doido que persegue a mulherada. A gente vê isso no telejornal local, a mãe até diz: "essas picas assassinas".

Natália tentou não rir, mas ele viu um esboço de sorriso no rosto dela. Puta que pariu! Que mulher linda, e ele estava a um passo de tê-la na sua cama. Só precisava controlar a porra do seu gênio desgraçado.

— Você é conservador e de humor instável. Uma péssima combinação.

— Verdade. Acho que eu mesmo não teria um relacionamento comigo — falou, a cabeça baixa, contrariado.

Ouviu-a rir.

— Vamos dar tempo ao tempo, como se diz. E, se rolar tesão demais, a gente vai pra cama, nem que seja às vésperas da minha viagem de volta. Quero experimentar um caubói antes de retornar ao mundo dos engravatados — falou, com bom humor.

Ele a puxou para um abraço, baixou a cabeça e cravou seus olhos nos dela ao afirmar:

— Depois de *me* experimentar, nunca mais vai nem sequer olhar para uma gravata.

— Não duvido — falou baixinho, quase gemendo.

E ele sentiu o pau doer, uma fisgada dos infernos o alertou para o perigo que corria. Era evidente que estava diante de uma predadora da selva de pedra acostumada a se divertir e depois a descartar os cabras. Já se imaginava atirado no asfalto sem juízo, uivando para a lua, agonizando de desejo e saudade da danada que o abandonaria. Mas que fosse tudo à puta que pariu, ele a queria e ponto final.

Beijou-a como se já estivessem se despedindo.

Capítulo quinze

O diretor da Fagundes Parafusos e Rebites se manteve à sua disposição quando ela retornou no outro dia.

Agora, sentada atrás da escrivaninha, Natália leu o nome do primeiro funcionário da lista. Ele se chamava Cristiano, tinha trinta anos, era casado. Deitou a ficha na mesa, respirou fundo e endereçou um rápido olhar para o diretor, postado à mesa do outro lado da sala ao computador, fechando mais um pedido grande com um cliente de Goiás.

— Pode mandar o sr. Cristiano entrar — comunicou à secretária do diretor, que agora também a assessorava.

O homem que entrou não denotava rastro algum de humildade. A cabeça erguida, os olhos escuros e desafiadores, a pele clara e a barba rala. Ficou parado no meio da sala, as pernas afastadas, os braços cruzados diante do corpo. Parecia aguardar o pelotão de fuzilamento.

— Por favor, sente-se. — Ela indicou a cadeira à sua frente e, em seguida, resolveu tomar uma atitude que contrariava a sugestão do diretor. — Mauro, eu gostaria de conversar a sós com o Cristiano.

O outro saiu de trás do computador parecendo meio atrapalhado, afinal, ela acabava de improvisar. Porém, não fez qualquer pergunta. Antes de sair, deu uma batidinha de leve no ombro do funcionário, um gesto que indicava cumplicidade e, de certa forma, oferecia-lhe conforto.

Natália esperou o rapaz se ajeitar na cadeira.

— O nosso plano de enxugamento da máquina começou a ser posto em prática. Não podemos manter todos os funcionários devido às regras da TWA.

— Que regras?

— Não estou autorizada a entrar em detalhes sobre isso — foi firme. — Você receberá a sua rescisão e um bônus no valor de duzentos reais.

— Duzentos reais?

— Sim, é um bônus...

— O que vou fazer com duzentos reais a mais na minha conta se estou desempregado?

— Essa decisão cabe a você.

— Por que fui escolhido para ser demitido? Por que não a Josefa, que falta ao trabalho por causa dos filhos pequenos, ou o Gilberto, que estuda à noite e não rende nada durante o dia?

— Vamos nos restringir ao seu caso. Agora você assina a sua rescisão e já pode descontar o seu cheque. Caso queira, o seu supervisor fará uma carta de recomendação para que leve ao seu próximo empregador.

— Cretina.

— Não me insulte, senão chamarei o segurança.

— Claro que sim. Dei o meu sangue por essa empresa.

— O seu cargo é o de auxiliar de produção.

— E acha que não dei o meu sangue, é?

— Só se machucou o pé.

— O que é isso? Está tirando onda com a minha cara?

— Apenas constatando uma realidade. Não quero que sinta que está perdendo a grande chance da sua vida. Essa fábrica é uma bosta.

— Hã?

— Caia fora dessa cidade de merda, refaça a sua vida, tenha planos mais ambiciosos, tire da gaveta os sonhos da adolescência, monte uma banda de rock, cante nos bares da vida, sei lá. Dê um sentido maior à sua existência!

— Não tenho sonhos de adolescência, moça. Eu capino a terra dos outros desde os meus nove anos. A única chance que tive de deixar de ser trabalhador rural foi nessa fábrica aqui, a do Fagundes.

— Bom, essa é a vida que você já conhece, a das fazendas. Por que então não tenta descobrir um modo diferente de viver?

— Por que a senhora não toma no seu cu?

— SEGURANÇA!

O segurança entrou e deu uma boa olhada nela, de cima a baixo, enganchando os polegares no cós da calça.

— Qual é o problema, Cris-ti-a-no? — indagou, de modo soberbo.

Antes que o outro respondesse, ela se pôs de pé e declarou:

— Conduza o ex-funcionário para fora da empresa. E, caso você também queira acompanhá-lo para depois do portão, sinta-se à vontade. O seu nome não está na lista de demissões, mas tenho total liberdade de incluí-lo.

O segurança rosnou e depois fez um sinal com a mão para o companheiro de infortúnio levantar a bunda da cadeira.

Natália tremia dos pés à cabeça.

Pensou em telefonar para Mário; afinal, o tal Cristiano e mais os outros dez que seriam demitidos um atrás do outro naquele dia poderiam esperá-la para uma troca de farpas ou de socos.

Ok, ela estava exagerando um pouquinho. E, mesmo que não fosse exagero, ainda teria o segurança ao seu lado, uma vez que agora ele sabia que não perderia o emprego.

A verdade era que não se sentiu mal por demitir o rapaz. Não sentiu nada, tampouco que cumpria o seu dever como funcionária da empresa do seu pai. Vazia e aliviada, apenas isso.

E com uma vontade doida de beijar o Lancaster.
Puta merda!

* * *

O touro percorreu todo o curral com acesso ao brete. Do alto da cerca, Mário o aguardava. Puxou a aba do chapéu para baixo, evitando o olhar dos irmãos.

— Você nasceu pra isso, cinco anos fora do lombo de um touro não são nada — incentivou-o Thomas.

Ele fez que sim com a cabeça, de olho no animal encorpado, fruto do cruzamento do nelore com o charolês. Dois metros de altura da corcova até o casco. A cabeça pequena, os chifres escuros, a pelagem manchada de cinza.

O bicho mal coube no brete.

Mário ajustou as luvas. A ansiedade que antecedia a montaria estava toda ali, no suor que porejava na sua testa e na súbita calmaria que parecia reduzir os seus batimentos cardíacos. Era como se saísse do corpo e, do alto, visse a si mesmo e o touro, somente os dois, preparando-se para o confronto. Antes não havia o medo nem a consideração de uma derrota. Agora, ele tentava não ceder à tentação de pular para fora do brete em vez de montar em Furor.

Respirou fundo e limpou a testa com o dorso da mão enluvada. Ajeitou-se no touro com cuidado, sentindo a tensão no ar. O que antes era uma rotina para ele havia muito se transformara apenas numa sucessão de ações dentro da sua mente. Ensaiava na imaginação o que estava prestes a realizar outra vez.

Santiago se aproximou para apertar a corda que Mário segurava com a mão esquerda, bem ao estilo de Adriano Moraes. Sabia que havia meia dúzia de vaqueiros na arena, aguardando a abertura do brete. O retorno do patrão aos rodeios era o assunto tabu na Majestade do Cerrado, mas isso antes de Thomas e Santiago voltarem dos Estados Unidos.

A porteira do brete foi aberta.

Furor ganhou a arena, tentando expulsá-lo do lombo. Pulou e corcoveou. Mário manteve o braço erguido, sentindo o ritmo do animal, inclinando-se para frente e para trás, acompanhando-o nos movimentos que sugeriam uma dança agressiva.

Caiu antes de pensar em cair.

Thomas correu para ele, enquanto os demais cercavam o touro para levá-lo de volta ao curral.

Ficou sentado no chão, olhando para Furor, admirando-o. O coração só agora disparava.

— Nasceu para isso, não falei? Agora é só uma questão de treino.

— Vou pegar o Killer — prometeu.

— A gente sabe que sim — disse Santiago, fumando ao seu lado. — Mas o enfrentamento vai ser no tempo certo, que não é agora.

Mário ficou de pé e, assim que deu o primeiro passo, sentiu a dor aguda na perna. O suor assomou-se à testa e pareceu que ele perderia os sentidos, uma fraqueza nauseante o fez estender a mão para se apoiar na cerca.

— O que foi, cabra?

Antes que pudesse responder a Santiago, baixou a cabeça e vomitou.

O corpo inteiro tremia.

Era tudo besteira. A tentativa de voltar a montar, uma besteira. Bancou o peão de rodeio novamente porque estava apaixonado pela forasteira e acreditava que essa nova energia também o colocaria montado num touro.

Idiota fracassado.

Não aceitou a mão estendida de um dos irmãos, nem se deu ao trabalho de ver qual deles lhe ofereceu amparo moral. Deu-lhes as costas, ignorando os olhares amistosos. Os vaqueiros pareciam querer se aproximar dele para lhe falar o que ele não gostaria de ouvir. Odiava frases motivacionais. Odiava palavras de força e incentivo. Odiava olhares bondosos e gentis.

Quando chegou ao casarão, saiu da picape, contornou-a sem dar atenção a quem o esperava no avarandado. Não queria ver ninguém, o isolamento era o melhor remédio para os momentos de frustração e ódio de si mesmo.

Notou subitamente que voltou a mancar.

Capítulo dezesseis

Natália dividiria o teto com os Lancaster por uma semana. No início, pareceu uma ideia absurda. Agora, no entanto, dava graças a Deus por ter sido expulsa do hotelzinho de quinta.

A verdade era que se sentia atraída pelo caubói brutão desde que o vira pela primeira vez. Eles teriam um caso, sim. Ela queria aquele homem na sua cama e o teria. E, quando tudo estivesse resolvido em Santo Cristo, iria se despedir do amante como fizera com todos os outros, sem permitir que deixassem vestígios importantes na sua vida de CEO em busca de uma eterna promoção.

Vestia uma roupa leve, um vestido até os joelhos, quando se pôs no avarandado à espera de Mário.

Assim que ele chegou, entrou na casa sem olhar para os lados. Cabisbaixo, a aba do chapéu lhe encobrindo os olhos e parte do nariz. Os irmãos mais novos chegaram em seguida. Thomas demonstrava melancolia, e Santiago mantinha um sorriso tranquilo nos lábios bonitos.

— Ainda bem que você está aqui — disse o irmão do meio, recostando-se na amurada. — O Mário encarou o Furor e acho que foi como ter beijado o demônio na boca.

— Não entendi.

Santiago fumava, sentado em um dos sofás, as pernas espichadas sobre uma das tábuas da amurada. E foi ele quem esclareceu a situação.

— Cinco anos atrás o Mário se machucou feio durante uma das montarias e foi na mesma época que o nosso pai morreu num acidente de automóvel. Ele nunca mais quis montar num touro. Mas hoje encarou um deles, foi lindo, tinha que ver.

— Achei triste — completou Thomas. — Não vi alegria nenhuma naquela montaria, só tensão e medo.

— O mano vai superar essa merda toda, é só uma questão de tempo.

— Então ele é mesmo um peão de rodeio? Pensei que fosse uma cantada — admitiu ela, sorrindo sem graça.

— Um dos melhores, moça — disse o caçula, demonstrando orgulho do irmão.

— Como posso ajudá-lo? — perguntou ela, sentando-se numa das confortáveis cadeiras. — O Mário foi a única pessoa que se ofereceu para me proteger desses nativos raivosos. Tentei pagar pelo serviço dele, mas o teimoso não aceitou. Penso então em ajudá-lo de outra forma.

Notou quando os irmãos trocaram olhares safados. Pelo amor de Deus, aqueles caubóis só pensavam em sexo?

— Bem... — começou Thomas, entortando o lábio para baixo como quem analisa seriamente uma questão. — Ele agora precisa de muito carinho, sabe? De uma boa mulher que aguente o tranco do seu mau humor também. O cabra não é do tipo que se abre, desabafa e o cacete, é mais como uma mula tinhosa que distribui coice e depois se fecha em concha.

— Não tenho tato nem paciência para homem grosso.

Viu quando Santiago gargalhou alto.

— Eita porra, que essa é a maldita que vai colocar o nosso irmão de quatro! — falou, parecendo feliz da vida.

Céus, esses caras são estranhos.

— Vocês já fizeram algum tipo de avaliação psicológica? — indagou, olhando-os com cautela.

— Sim — Thomas disse, um esboço de sorriso desenhado nos lábios cheios. — Todo mundo reprovou. Principalmente a dona Albertina. A loucura está nos nossos genes, *fia*, vai se acostumando.

— Acho que não terei tempo para me acostumar, voltarei para casa na próxima semana.

— Já fuzilou todos da sua lista macabra?

A pergunta sarcástica veio de Santiago, que a encarava com ar sacana.

— Faltam vinte ainda, mas quero ir mais devagar com a coisa. É como uma extração dentária, não dá para arrancar todos os dentes numa tacada só.

— Ai, diacho, doeu até nos meus bagos — reclamou o mais jovem.

— Isso significa também que vai ter tempo para o Mário.

Foi o que ouviu de Thomas, que a fitava com ar provocador.

— O tempo que terei será usado para as minhas necessidades e não as dele. Caso coincidam, ótimo — retrucou ela com frieza, sem deixar de sorrir.

— Dá para ver que é forasteira.

— Dispenso o elogio, Lancaster-número-dois.

— Tinhosa que só! — exclamou ele, demonstrando euforia ao bater a mão na própria coxa enquanto abria um sorrisão daqueles. — É a cavala perfeita para o Mário.

Natália se pôs de pé, assustada com o termo usado pelo outro. Antes que pudesse lhe tirar satisfações, ouviu a voz da matriarca à porta:

— *Cavala* é elogio. Os meus filhos não falam mentiras floridas para agradar à mulherada. Tudo que sai da boca desses moços vem direto do coração... E também do pinto deles, é verdade.

— Ô, mãe, não entrega o ouro! — foi Santiago, em tom de brincadeira, quem falou.

— Se quer saber, Natália... — começou Thomas, olhando-a agora com seriedade. — Todo mundo aqui amava o pai, mas o

Mário era o mais próximo dele, comprou até a fazenda para não vê-lo se humilhando nos bancos. Ele dizia que se um dia a vaca fosse para o brejo, seria ele, o próprio Mário, quem a desatolaria e não um doutor importante como o nosso velho.

Natália viu as lágrimas no canto dos olhos daquele homem feito e isso a emocionou, assemelhava-se ao sentimento de amor, tão solitário, que ela nutria pelo próprio pai.

— Bem, agora você já sabe que a gente não é doutor — brincou Santiago.

— Não é doutor, filho, porque nasceram com formiga na bunda, não aguentam ficar sentados numa sala de aula. E se tivessem que aguentar mais de oito segundos em cima de um touro, certamente também não seriam peões.

Viu quando Mário surgiu à porta, o semblante ainda sério, porém agora parecia menos tenso. Segurava um copo na mão, com um líquido incolor que não parecia ser água.

— A mesa está posta, mãe — anunciou ele e, em seguida, voltou-se para Natália, os olhos quase ternos. — Vamos jantar?

Um meio sorriso enfeitava o rosto másculo, os olhos azuis lembravam duas gotas de um oceano profundo e tranquilo. Na maior parte das vezes, quando Mário a olhava, ela sentia desejo, vontade de levá-lo para cama. No entanto, agora, aquele olhar tão demorado e meigo a fez se sentir apreciada.

— Como foi o seu dia, dona madame? — Havia um rastro de carinho na voz mansa e também um sorriso suave no canto da boca.

— Tenso, mas sobrevivi.

— Se alguém se passar com você, me chama que acabo com o safado — prometeu, olhando-a nos olhos.

— Ainda consigo cuidar sozinha de algumas coisas.

— Sei que sim.

— Olha só, não quero atrapalhar os pombinhos, mas não estou ficando mais jovem aqui nesse alpendre — reclamou dona Albertina.

Thomas aportou por trás da mãe e, num gesto ágil, pegou-a no colo, carregando-a para o interior do casarão. Dava para ouvir os xingamentos misturados às gargalhadas.

Santiago gemeu alto ao se levantar do sofá.

— Que tal enchermos a pança, meu povo?

Realmente eles não têm classe nem sofisticação, considerou Natália. Não eram eruditos nem possuíam bons modos. Mas tinham tanto amor e admiração uns pelos outros que mais uma vez ela notou a fragilidade dos alicerces da sua própria família.

Thomas quase atropelou o irmão mais velho ao fazer questão de afastar a cadeira para ela sentar.

— Obrigada — disse a moça, acrescentando um sorriso.

— Não quero que pense que sou apenas uma carinha bonita — comentou ele, sem falsa modéstia.

Mário sentou ao seu lado e manteve sua mão presa à dela. Abaixou a cabeça e cochichou:

— Viu por que tenho que cuidar de você? Gavião por toda parte.

Ela o fitou sorrindo, acreditando que ele estivesse brincando. Mas tudo que encontrou foi um olhar parado no dela, preguiçosamente malicioso.

Num impulso fez um carinho no rosto dele.

— Eu podia me repetir dizendo que sei me cuidar sozinha — começou ela, sorrindo. — Mas, como sei que posso me cuidar sozinha, não me importo que você também cuide de mim.

Ele lhe tomou a mão e a beijou no dorso.

O silêncio tomou o ambiente depois que todos começaram a comer a deliciosa refeição. Ela notou que Thomas e Santiago usavam colheres de sopa no lugar dos garfos. Enchiam-nas de comida e enfiavam tudo na boca como bons operários de fábrica. Já a matriarca separava cada porção do prato em montinhos que não podiam se tocar entre si, como se houvesse uma divisória invisível entre eles.

— Sim, compreendo o que está pensando sobre a minha família — disse Mário e depois completou com bom humor: — Quem não é porco, é doido.

— Pra falar a verdade, estou apaixonada por vocês — confessou, olhando para todos, pois não queria que ele pensasse besteira.

Dona Albertina parou de mastigar e a olhou demoradamente. Em seguida, engoliu a comida e comentou como se falasse consigo mesma:

— Que se foda Santo Cristo.

Natália não entendeu o comentário nem teve tempo para interpelar a senhora, já que Mário tomou a dianteira e afirmou:

— A mãe quis dizer que todos os Lancaster agora a protegerão dos nativos raivosos.

Mãe e filho trocaram olharem sugestivos que escaparam à interpretação dela.

— Você precisa saber que antes da TWA chegar para fazer as demissões, um grupo de moradores se reuniu na paróquia para organizar uma ofensiva contra a empresa — disse Mário.

Ela parou o garfo a meio caminho da boca.

— Como assim?

— Que pediram a ajuda da minha família para impedir as tais demissões.

— O que a mãe quer dizer é... — Ele parecia constrangido e, de certo modo, incomodado. Por fim, expeliu o ar com força como se tentasse se livrar de um problema e disse: — Eu me ofereci para sondar os executivos da sua empresa.

— Aquela sondagem que fez no hotel? — perguntou ela, com ar divertido.

Ele entortou o canto do lábio para baixo num gesto de embaraço.

— Mais do que aquilo... Caso, obviamente, fosse mulher.

— Ah.

Ela deitou o garfo ao lado do prato e ajeitou-se contra o encosto da cadeira. Digeria bem devagar a informação.

— Os toscos de Santo Cristo acreditam que o Mário está seduzindo você. Não é hilário? — comentou Santiago, numa aparente inocência.

Ela voltou o olhar para dona Albertina, que continuava a comer despreocupadamente, enquanto Thomas a encarava sem desviar, por certo tentando ler os seus pensamentos e juntando pistas na expressão de seu rosto. Natália não iria facilitar a empreitada dele e decidiu mostrar que estava no controle da situação.

— Você está de fato me seduzindo, sr. Lancaster — admitiu, voltando-se para o homem ao seu lado. — Mas isso não me impedirá de seguir o processo de transição da melhor forma possível para a TWA.

— Faça o seu trabalho — rebateu ele, dando de ombros, demonstrando indiferença. — Minha função é protegê-la, a parte da sedução é um bônus. — Sorriu de leve.

* * *

"É minha cara, eu mudei, minha cara/ Mas por dentro eu não mudo/ O sentimento não para/ A doença não sara/ Seu amor ainda é tudo, tudo."
A música sertaneja, de Moacyr Franco, vinha do corredor. A melodia romântica atravessou a madeira da porta do quarto de Mário, onde ele não estava, já que dormia no antigo escritório do pai. E alcançou a sensibilidade de Natália, deitada na cama fitando o teto.

Aguardava-o havia mais de quarenta minutos. Vestia uma camisola sexy, branca e transparente. A lingerie nada mais era que um fio dental de renda. Era a sua roupa padrão para os encontros sexuais, e ela a trouxera porque talvez esbarrasse em um homem interessante. E foi o que aconteceu.

O único problema era que o homem interessante em questão parecia ter escolhido dormir em vez de procurá-la.

Para chegar ao escritório, teria que atravessar a sala de estar e cruzar o longo corredor. Foi isso que ela considerou ao abrir a porta e sair em busca da noite perfeita com o seu caubói.

Vestiu o robe, mas permaneceu descalça. Debaixo da claridade que vinha dos spots de luz em torno do alpendre, ela caminhou praticamente na ponta dos pés.

João Mineiro e Marciano ainda cantavam para um Santiago que fumava, sentado de costas na amurada, parecendo imerso em seus pensamentos. Se levasse em consideração a letra da música, era certo então que ele se arrependia de ter deixado um amor para trás. De sua parte, Natália dava graças a Deus por nunca ter amado, um tipo de prisão bastante perigosa, uma vez que o controle passava para as mãos de um adorável e romantizado carcereiro.

Deu duas batidinhas à porta.

— Se não for a dona madame, pode se mandar.

Ouviu o resmungo e sorriu.

— É a *dona madame* — rebateu, baixinho, mas de modo que ele a ouvisse.

Entrou sem avançar para o interior do quarto, mantendo-se na soleira da porta.

Viu-o deitado no sofá-cama de casal. O lençol muito branco contrastava com o tom dourado da sua pele bronzeada. Estava escorado em dois travesseiros, o jornal nas mãos, a lâmpada do abajur incidindo sobre as páginas impressas. Usava uma cueca boxer escura que destacava as coxas ligeiramente musculosas e o volume avantajado entre elas. As pernas longas esticadas numa posição de displicência.

Ele se voltou para ela depois de se apoiar nos cotovelos.

— Quero deixar claro que não compactuo com os jecas que estão infernizando a sua vida — disse ele, num tom firme.

— A troca de olhares entre você e o garçom...

— Sim, foi por causa disso. O idiota achou que eu a estava seduzindo para fazê-la mudar de ideia quanto às demissões. — Ele respirou fundo, arou o cabelo com os dedos, bagunçando as mechas irregulares, e continuou: — Quando o povo pede pra ser besta, parece que Deus capricha no pedido! Nunca vi tanto jacu burro numa mesma cidade — reclamou, balançando a cabeça com pesar.

— Talvez a sua fama de mulherengo os tenha incentivado a considerar um plano de sedução. Imagino que um caubói como você enlouqueça as mulheres — falou assim, a voz bem rouca, arrastando as palavras como se já estivesse nua na cama com ele.

Notou o brilho de ardor nos olhos sérios que deslizaram pelo seu corpo fazendo o escrutínio lascivo de reconhecimento.

— A bem da verdade, elas já são loucas antes de pularem na minha cama — comentou no mesmo tom de voz que o dela.

Natália avançou até o meio do quarto e parou. Deixou o robe cair ao longo do corpo e depois puxou a camisola pela cabeça, jogando-a no rosto dele.

— Loucas... Como eu? — perguntou, com falso ar de inocência.

Oferecia-lhe a visão dos seios pequenos, os bicos rosados, a firmeza da pele jovem e também a delicadeza do abdômen magro sem vestígio de exercícios físicos.

Ele saiu da cama e foi até ela. Não a tocou nem sequer a beijou, apenas se pôs forte e viril diante de sua feminilidade. Foi assim que ela se sentiu, extremamente feminina.

— Você não é louca. — A voz saiu baixa e arrastada, os olhos fixos nos dela. — Aqui, quem está louco sou eu — confessou, num gemido que saiu junto com um suspiro de lamento.

Ainda assim, parecendo lamentar o péssimo estado de sua sanidade, Mário baixou a cabeça e a beijou na boca.

Capítulo dezessete

A boca do amante deslizou pelo maxilar de Natália até parar na dobra do seu pescoço e, entreaberta, beijou a pele macia imprimindo suave pressão enquanto a mão se enganchava detrás da nuca feminina.

Ela soltou o ar aos pouquinhos, sentindo o calor subir para o rosto parecendo inchá-lo de tesão. A aspereza dos pontos de barba a excitava, arranhando a sua pele e provocando uma ardência prazerosa. Ele ficou ali por um tempo, sorvendo a pele ao mordiscá-la sensualmente com a ponta dos dentes frontais.

Levou as mãos ao tórax de Mário, espalmando-as para depois descer até os antebraços, os bíceps trabalhados e, mais abaixo, a saliência das veias na parte interna dos braços. Excursionou pela rigidez sensual do abdômen e um pouco abaixo do cós da boxer, tocando no volume duro latejando debaixo do tecido delicado. Avaliou mentalmente que era um pênis que ultrapassava os vinte centímetros num diâmetro considerável para a elite dos bem-dotados.

Ele se afastou e a fitou com os olhos congestionados de desejo, as pálpebras semicerradas, as narinas arreganhadas numa respiração pesada.

— Antes de começarmos, quero que saiba uma coisa sobre mim.

A voz era suave e baixa num tom de confidência. E, enquanto ele a fitava como se ponderasse sobre o que diria a seguir, a ponta do seu dedo indicador contornou o desenho do mamilo teso, um movimento lânguido, um vagar erótico que aniquilou as suas forças, os joelhos amoleceram, o ar faltou, era apenas um toque, sutil, por sinal, mas, combinado com a impetuosidade do olhar do caubói e a sua beleza rústica, a fez cogitar entregar-se a ele sem reservas, sem pudores, sem nada além da busca e do encontro do prazer.

— Diga o que quiser — sussurrou ela, arfando.

Ele então baixou a cabeça e gemeu as palavras para dentro dos lábios femininos entreabertos.

— Sou um bruto das antigas e isso significa que, enquanto você estiver comigo, vou ser inteiramente seu como se fosse para sempre. É possível viver uma história de amor que dure sete dias.

— Não fala em amor — pediu ela, tocando-o nos lábios. — Não estraga o nosso arranjo — disse, quase implorando.

— A gente vai viver uma história de amor, sim. Ninguém manda nos sentimentos — argumentou ele, parecendo resoluto.

Pegou-a no colo em seguida e a levou para o sofá-cama de casal. À cabeceira, havia três travesseiros com as fronhas floridas que combinavam com os lençóis. E foi ali que a deitou de costas, pondo-se ao seu lado, encurvado sobre ela de modo a permanecer olhando-a nos olhos, expressando ardor no fogo azul e um esboço de sorriso nos lábios entalhados com paixão.

Beijou-a novamente na boca e depois peregrinou por cada palmo de pele do seu corpo, agora trêmulo de desejo. Abocanhou o bico duro, a língua o contornou para depois o sugar enquanto a mão agarrava o seio no seu bojo, apertando sem machucar. Ela então sentiu a aspereza rude dos calos da palma contra a maciez do seio, e, mais uma vez, era uma delícia ser possuída por um macho tão explicitamente viril, um vaqueiro com defeitos que se transformavam em qualidades quando usados por alguém sexualmente experiente como aquele Lancaster.

Suspirou alto, esticou os braços para cima, arqueando a coluna. E, quando ele lambeu o contorno do seu umbigo e depois penetrou sensualmente a língua na delicada cavidade, ela afastou as pernas como que o convidando para conhecê-la na sua intimidade.

Ele aceitou o convite.

Lançou-lhe um olhar penetrante ao mesmo tempo que dois dedos brincavam com seu sexo protegido pela renda da calcinha. Desciam e subiam de modo voluptuoso, apenas a ponta do indicador e a do dedo médio sobre as dobras da vagina, e, a seguir, tornando a bolinar o relevo do clitóris saliente, que pulsou e doeu de prazer.

Teve a calcinha abaixada até o início das coxas, o ar da atmosfera das janelas abertas lhe arrepiou a pele. Num segundo, Mário cravou de forma lasciva os dentes no monte de vênus depilado, mordiscando-o, as mãos firmes na cintura feminina. Parecia então que ele se servia dela, sorvia o seu sexo ou, em outras palavras, comia a sua boceta.

Ela embaralhou os dedos nos cabelos dele, necessitando com urgência do pau que lhe aplacaria a ânsia sexual. Sentia-se tomada por uma eletricidade agressiva, uma fome abrasadora de pertencer a ele, de ser tomada e devorada por ele. Era algo primitivo, inédito e sem definição.

Ouviu o barulho da calcinha sendo rasgada, e tal gesto mostrou-lhe que o homem também acabava de atingir o seu limite. Teve a seguir a boceta encharcada por uma língua morna e larga que a lambeu de cima a baixo, com vontade, como se tirasse da seiva do sexo o alimento que o mantivesse vivo. Ele mordiscou os lábios vaginais enquanto o indicador a penetrou fundo, arrancando-lhe um gritinho rouco. Ela fechou as pernas prensando-o entre suas coxas. E, ao se pôr nos cotovelos, viu o cabelo castanho bagunçado se mexer no movimento de chupá-la no botão inchado, contornando-o antes de tomá-lo todo na boca, sugando-o sem deixar de, agora, penetrá-la com dois dedos.

Natália sentiu seus fluidos escorrerem pelas coxas, o gozo acenava numa dobra de esquina onde estavam o amante e o que ele sabia fazer com a língua e os dedos.

— Me fode gostoso... Me fode agora — suplicou, a voz custando a sair, o rosto febril.

Ele subiu o rosto até o dela, tinha os lábios úmidos do sumo da vagina, olhou-a bem fundo nos olhos e perguntou:

— Você me quer bem fundo, Natália?

Antes que ela pudesse responder, teve a nádega apertada pela mão grande enquanto a outra se embrenhou debaixo de um dos travesseiros. Trouxe à sua vista um preservativo. Ele o colocou com perícia, sem perda de tempo. Ela considerou que era nesse momento, quando os caras paravam tudo para colocar a proteção, que o ritmo de sua excitação despencava das alturas e, na maior parte das vezes, não era retomado pelos amantes, que apenas seguiam em frente, penetrando-a para gozarem logo após.

Mas ele fez o inesperado.

Tomou-lhe o rosto entre as mãos e endereçou-lhe um sorriso charmoso pouco antes de beijá-la demoradamente, sorvendo cada parte da sua boca, brincando com a sua língua, mordendo de leve o seu lábio inferior, sugando-o para, em seguida, tomá-la numa carícia íntima e apaixonada.

Abriu os olhos e o viu dedicado ao beijo, as pálpebras fechadas, um sulco profundo no meio da testa. Teve vontade de abraçá-lo para senti-lo todo. Uma sensação estranha a fez aceitar que deveria se entregar. Duraria apenas sete dias. Não havia como Mário atrapalhar os seus planos de volta à sua vida de executiva. Tinham estilos de vida irreconciliáveis e não havia sentimento entre eles, além da cumplicidade entre protetor e protegida.

Sucumbiu à vontade e o abraçou com força, puxando-o para si, como se o amasse e o quisesse prendê-lo para sempre no arco dos seus braços.

Notou o movimento entre os corpos, e era ele pegando o pesado pau e o conduzindo para a sua entrada já molhada e clamando por ele. Abriu ainda mais as pernas e arqueou a coluna para recebê-lo todo. E, assim que ele a penetrou, sentiu-se completamente preenchida, centímetro por centímetro, avançando para o seu fundo, devagar, deslizando com sutileza e ao mesmo tempo domínio. As mãos dele a seguraram com força nas nádegas enquanto ele a fodia deslocando languidamente os quadris, encarando-a sem desviar, a fim de vê-la expressar o prazer que parecia devorá-la por inteiro.

Cruzou as pernas por cima da cintura de Mário, as unhas o arranharam nos ombros salpicados por sardas, o corpo inteiro à disposição do prazer que ele lhe dava, cavalgando-a com dureza, agora que ela parecia ter perdido o controle.

Ela sorriu, enlouquecida, molhada de suor. E sorria porque estava prestes a morrer. Quando o orgasmo a atingiu feito um raio fulminante, ela gritou o nome do caubói.

* * *

Ele estava escorado contra os travesseiros, sentado na cama, com ela no colo.

— Esse momento pede uma bebida fina — disse Mário, numa voz arrastada, grave, que soava gostosa aos ouvidos.

— Pinga, por exemplo.

Natália sentia cada parte do corpo pulsar como se tivesse recebido uma descarga elétrica, contudo havia também a sensação de bem-estar e plenitude após o sexo. Abraçou-se um pouco mais a ele, gostava do seu cheiro e da sensação de segurança que sentia quando tinha o corpo rodeado pelos seus braços. Era certo que a qualquer momento o desejo explodiria numa onda selvagem.

— Hum, pinga não é chique — comentou ele, rindo. — A não ser a do José Henrique, um fazendeiro amigo meu. O camarada faz a melhor pinga de alambique, aí põe numas embalagens finas que parecem perfume e vende por uma nota preta.

— Adoro esse seu jeitinho de falar.

— Errei alguma palavra?

Ela se voltou para encará-lo e o viu de cenho franzido, parecendo realmente preocupado por ter cometido alguma gafe linguística.

— Não, me refiro a esse seu jeito simples de contar histórias, é tão natural.

— Mas não é história, é verdade mesmo, ele tem um alambique e vende cachaça para os ricaços.

Ela riu.

— Eu sei que você não está inventando.

— Acho melhor eu ficar quieto — resmungou.

— De jeito nenhum. Quero saber por que não monta mais.

— Como não monto mais? Acabei de montar, a dona madame não notou? — perguntou, num tom divertido. — Meu Deus, um dia já fui bom de cama.

— Sabe muito bem que não quis dizer isso, mas também não vou elogiar o seu desempenho sexual.

— E por que não?

— Ego.

— Ah, entendo, o ego inflado da moça não permite considerar que o *seu* homem seja tão bom de cama quanto você mesma — zombou.

Ela sentou ao seu lado e o fitou diretamente.

— Primeiro, você não é o meu homem, e, segundo...

Não teve chance de mencionar que ele estava certo e que o seu ego às vezes a deixava em maus lençóis, uma vez que a única pessoa que fodia a sua cabeça era o cara que a pusera no mundo. Mas não pôde falar nada disso, pois teve a boca coberta por outra.

* * *

Natália acordou ao sentir um movimento na cama, virou-se para o lado e viu as costas de Mário, sentado na beirada do móvel. Notou que estava vestido com uma camiseta de algodão, branca e sem estampas, e com jeans.

Bocejou discretamente e se espreguiçou, relaxada, satisfeita, o corpo descansado como se tivesse tirado férias do estresse que era a sua vida em São Paulo. Durante a madrugada, um pouco antes de adormecer abraçada ao amante, ouviu um ou outro mugido de vaca, o relincho de um cavalo e uma sinfonia de grilos e demais insetos. Sons que embalaram o seu sono, e, após o sexo, nada melhor do que dormir profundamente.

— Já amanheceu? — perguntou ela, voltando-se para a janela encoberta pela grossa cortina.

Ele se virou para ela, tinha uma das botas na mão e a outra, já calçada. Presenteou-a com um sorriso charmoso que acentuou as linhas de expressão em torno dos olhos.

— Ainda não. Mas aqui na fazenda a gente começa a lida antes do sol raiar.

— Fico feliz por trabalhar num escritório — brincou, puxando o lençol a fim de cobrir os seios.

— Eu morreria se tivesse que ficar preso numa jaula.

— Não consigo imaginá-lo num ambiente que não seja rústico e selvagem, você é um espírito livre, caubói.

— E você é a mulher mais linda que já conheci — rebateu ele, mantendo um sorriso preguiçoso no canto dos lábios e o olhar parado que demonstrava genuína admiração. — Já vou avisando que a dona madame vai se cansar de ouvir isso — completou, com ar divertido.

— Mulher não se cansa de receber elogios desde que sejam sinceros.

— Os Lancaster não falam mentiras floridas para agradar à mulherada. Não foi o que a dona Albertina disse? — retrucou ele, o ar brincalhão, a sobrancelha arqueada, o charme à prova de bala.

— Sim, e deu para notar também que você é diferente de todos —comentou ela, sem deixar de sentar na cama e olhar em torno à procura de suas roupas.

Sentiu duas mãos a pegarem nos ombros.

— Diferente ou melhor?

— Melhor.

— Gostei da sua sinceridade — disse ele, rindo. E, sem perda de tempo, puxou-a para si, abraçando-a por trás. — Por que não fica dormindo, e daqui a duas horas eu trago o seu café da manhã na cama?

— Porque não sou uma dondoca, *fio* — respondeu, com bom humor.

Ele riu alto e beijou-a no pescoço. As mãos a pegaram nos seios, tomando-os em cheio, apalpando-os com força. Ela expeliu o ar pelo nariz, sentindo o clitóris pulsar em meio ao sumo que lhe encharcou o sexo. Deitou a cabeça para trás enquanto era bolinada nos seios e beijada por toda a extensão do pescoço, alcançando a nuca sem ignorar o ombro e retornar para trás da orelha. Tudo bem devagar, os lábios entreabertos, a aspereza da barba por fazer arranhando-a eroticamente.

— Tudo em você me deixa louco — ele gemeu, deitando-a de lado, afastando-lhe as pernas, pegando-a debaixo da coxa e a penetrando até o fundo.

— Deus... — ela arfou, a bochecha contra o travesseiro, os dedos rudes apertando-a na coxa enquanto sentia o vaivém preguiçoso do pau entrando e saindo, entrando e saindo, entrando e saindo, bem devagar, a grossura bruta revestida pela pele de seda, quente, gostoso, entrando e saindo, as mãos do homem agora a agarrando pelos ombros, entrando e saindo, entrando e saindo, os gemidos roucos dele, os palavrões, entrando e saindo, o barulho úmido de sucção da vagina engolindo o pau grande que entrava e saía cada vez mais forte, maior, mais duro, mais rápido, mais intenso, batendo fundo até levá-la ao grito contra a fronha, ao fogo que pareceu queimá-la inteira, ao orgasmo molhado e espesso que manchou mais uma vez o lençol.

Ele deitou de costas na cama e a puxou para o seu peito, abraçando-a. Ainda estava vestido, parte da calça abaixada, o pênis ereto deitado para trás contra a camiseta.

Era um pau magnífico.

Ela o pegou com a mão em garra, deslizou-a como se o ordenhasse, embora o estivesse apenas acariciando gentilmente.

— Gozei feito uma puta — disse ela, ofegante.

Ele riu alto e a apertou mais contra si.

— Uau.

— O problema de tanto gozar é que abre o apetite — reclamou ela de modo teatral, fazendo uma careta engraçada para ele.

— Então vamos comer, madame linda.

Depois que ele lhe preparou ovos mexidos com queijo e bacon, veio com a seguinte ideia:

— Quer conhecer o Killer?

— É o moço famoso que te derrubou no rodeio?

— Exatamente.

— Vou trocar de roupa para te acompanhar.

* * *

Amanhecia, e Natália caminhava de mãos dadas com Mário debaixo do céu dourado. O frescor da noite em seguida se despediria e os raios solares praticamente os fulminariam bem antes das sete da manhã.

Deu uma olhada discreta no homem ao seu lado, tão alto e poderoso debaixo do seu chapéu preto, o queixo altivo, o porte digno, as passadas um tanto arrastadas como se tivesse preguiça de caminhar, mas a verdade — como já havia notado nos outros irmãos — era que aquele jeito de deslocar os quadris de modo displicente, meio que um andar marrento, era peculiar aos caubóis.

Ele segurava a sua mão. Mais do que isso, tinha os seus dedos entrelaçados aos dela, palma com palma. Não era uma pegada frouxa, mas um gesto de posse.

Ela estava começando a gostar do jeito dele.

— Caí da montaria num rodeio no interior de São Paulo, numa cidadezinha do tamanho de um alfinete.

— Tipo Santo Cristo? — provocou-o.

— Aham — admitiu ele, sorrindo com charme.

Um pouco antes de alcançarem a cerca do curral, ela viu os imensos animais. Um deles sobressaía, maior do que todos, o corpanzil era de meter medo e o olhar parecia carregado de desconfiança.

— Meu Deus, nunca vi um touro pessoalmente... — começou, tentando articular palavra diante de tamanha beleza. — Eles são assustadores e muito bonitos. Como tem coragem de montar num bicho tão grande e feroz?

— Nunca pensei nisso — disse ele com simplicidade. — Aquele lá, ó, que está me encarando, é o Killer. Toda vez que me aproximo do curral, ele se posiciona como se me esperasse para montá-lo. Um dia isso vai acontecer, vou subir no lombo desse maldito e depois, sim, voltar aos rodeios.

— E por que ainda não o montou? Faz cinco anos que se acidentou, não é?

— Está me desafiando, mulher? — perguntou, sorrindo.

— Olha, para falar a verdade, estou sim. Acho que metade dos seus problemas despareceria se você e o Killer tivessem uma boa conversa.

Ele franziu o cenho, ajeitou a aba do Stetson para cima e para baixo, parecendo confuso.

— Como sabe que eu converso com ele? — a pergunta foi feita num tom baixo, como se fosse um segredo que ninguém pudesse saber.

— Que amor, você está corado!

— Até parece — resmungou.

— Não precisa se envergonhar de conversar com os bichos, sei que peão e touro possuem certa conexão...

— É, temos certa conexão — interrompeu-a, contrariado. — Mas só peão doido ameaça verbalmente um touro que já devia ter vendido faz tempo.

— Você só o venderá depois de montá-lo. Tenho certeza de que está juntando coragem para o acerto de contas.

— A madame é metida a espertinha, não é?

— E isso o irrita? — sondou-o, sorrindo como uma garota safada.

Mário a puxou para um abraço apertado.

— Acho que você quer me curar de algo.

— Quero ajudá-lo como você está me ajudando — foi sincera.

Ele a olhou no fundo dos olhos ao dizer:

— Manda o seu emprego à merda e vem morar em Santo Cristo.

— O quê? — perguntou, pasma.

— Que se dane a TWA, não te enviaram seguranças nem advogados, essa empresa pouco se importa com os seus funcionários. Hoje é você quem faz as demissões, mas amanhã ou depois você mesma poderá ser demitida. Ninguém mais é trouxa de vestir a camisa da empresa.

— Está me chamando de trouxa?

— Se voltar a São Paulo e me deixar para trás, sim, você é bem trouxa — afirmou, exibindo um sorriso adorável.

Deus, o que estava acontecendo? Ele sorria, e ela sentia o estômago formigar. Ele sorria, ela quase suspirava. Ele a tocava, ela beirava a combustão espontânea. Ele falava "madame", e ela atendia, sorrindo por dentro como uma garotinha deslumbrada.

— Se você ia ao Sudeste para competir nos rodeios, também pode visitar a sua amiga aqui — comentou, sem jeito.

— Amiga? — perguntou ele, arqueando uma sobrancelha. — Não sou amigo de mulher bonita e gostosa.

— Na minha terra isso é machismo.

— É mesmo? Pois na minha é um elogio mesmo — rebateu ele, erguendo o queixo dela para beijá-la. Antes de tocar nos seus lábios, acrescentou: — O maior erro de quem não quer se apaixonar é minimizar a importância da paixão.

Antes que ela pudesse rebater, ele a calou com um beijo.

Capítulo dezoito

Final de tarde, e a principal avenida do centro da cidade foi fechada ao trânsito de veículos. Ao longo da calçada, as barraquinhas coloridas exibiam os artigos à venda, quase todos comestíveis. Doces artesanais basicamente feitos por donas de casa e aposentados. O Festival da Torta de Caju era um espaço para exposição e comércio aberto ao público. A rua estava enfeitada de bandeirinhas coloridas, e a atração musical era um grupo que tocava música country num tablado improvisado ao final da avenida. Diante da banda, casais dançavam e crianças os imitavam. O locutor, ao microfone, anunciava cada atração e também a programação do festival, que tinha duração de um dia.

Mário ajeitou no balcão da barraca dos Lancaster a última embalagem com a torta da sua mãe. Pensou em sugerir que baixasse o preço da coisa; afinal, era uma torta e não um tijolo de ouro. Contudo, conhecia aquela velhota o suficiente para saber que ela não lhe daria ouvidos.

Deu uma olhada na executiva vestida no jeans e na regata. Ela usava um chapéu de vaqueira que provavelmente comprou na barraca da Ofélia, que não vendia tortas, mas artigos de umbanda e chapéus de caubói. Bem, ela era a esposa do tio caolho do

Teófilo, o cara que se achava lindo mesmo sendo feio. Pelo menos não iria competir contra dona Albertina, o que significava menos incômodo para Mário.

— Como se sente participando do maior evento da cidade?

— Por que o tom irônico? — Natália perguntou, sorrindo e cobrindo os olhos com a mão, já que havia esquecido os óculos na cama de onde ambos tinham vindo. — Se quer saber, estou me divertindo muito.

— Você ainda não viu nada. Quando os jurados anunciarem a vencedora da melhor torta de caju, vai começar o show extra, que é o das velhinhas descendo o sarrafo umas nas outras — disse ele, rindo. — Essa competição já acabou com muitas amizades.

— É verdade, pode crer — reafirmou dona Albertina, detrás dos seus imensos óculos de sol.

Santiago aportou com seus cabelos negros revoltos, a camisa xadrez por cima do jeans, e um olhar debochado descansando no rosto da mãe.

— Vamos vender todas as tortas e usar o dinheiro num belo jantar.

— É isso aí.

— Nada disso — interveio Mário. — Usaremos a grana para fazer os panfletos anunciando as montarias na fazenda.

— Que saco — reclamou o mais novo.

— O Mário tem razão — ponderou Thomas, pulando o balcão que dividia a barraquinha ao meio. — Depois que nos enchermos de dinheiro com as competições, jantaremos no restaurante mais caro da cidade.

— Que é uma churrascaria vagabunda — completou a mãe, num tom rabugento. — Quero jantar no Rio de Janeiro, naquela avenida de frente para o mar, sabem?

— Então vai ter que comprar um maiô bem bacana — disse Santiago, apertando as bochechas de dona Albertina.

Mário lançou um olhar para Natália e a pegou olhando demoradamente para mãe e filho. Já não era a primeira vez que notava o quanto lhe chamava atenção a relação que a matriarca tinha com os seus marmanjões. O que ele achava estranho, no entanto, era a tristeza que lhe sombreava o olhar, como se ela não tivesse isso, esse tipo de relacionamento que parecia querer muito ter.

Aproximou-se dela e a abraçou.

Foi então que notou o tratamento que os frequentadores do festival haviam decidido dispensar àqueles que abertamente apoiavam a "maldita da TWA".

Duas horas de festival e nenhuma torta Lancaster fora vendida. Antes que ele comentasse a respeito, ouviu a mãe dizer:

— Se a Gemma e a Clotilde não estivessem vendendo tanto, eu diria que a crise fechou o bolso do povo.

— As pessoas não estão nem vindo até a nossa barraca — constatou Santiago, emburrado.

Mário pôs as mãos na cintura, avaliando o vaivém de gente na avenida. Não era preciso ser um gênio farejador de conspiração para assimilar que a comunidade decidira boicotá-los por terem oferecido um teto a Natália. Aquilo o irritou sobremaneira. Aliás, somou-se a tudo que ele sentia a respeito do fato de tratarem mal a funcionária de uma empresa que, como eles próprios, também corria o risco de ser demitida.

— É por minha causa — ouviu-a dizer ao seu lado. — Eles me viram com vocês. Vou dar uma volta por aí até o festival terminar e então voltaremos juntos para a fazenda.

— Nada disso — ele determinou. — Esses jacus têm que aprender a respeitar as pessoas, mesmo que tenham pontos de vista diferentes.

— O negócio é a gente começar a descer a porrada — sugeriu Thomas, terminando de fumar o seu cigarro.

— Não criei brutamontes que não sabem argumentar — reclamou dona Albertina, pondo-se entre os filhos. No instante seguinte, ela gritou para uma senhora que passava com o filho adolescente: — Ô, Jurema! Jurema! Não banca a surda, estou chamando você, sim, senhora! — A mulher se virou, um sorriso de constrangimento no rosto. — Todo ano você compra minhas tortas e distribui para as suas cunhadas e irmãs, mas hoje não quis nem chegar perto da minha barraca. — Então ela se voltou para todos e elevou ainda mais a voz: — Vocês, por acaso, estão sabotando os Lancaster? Os Lan-cas-ter? Esqueceram o quanto o meu marido ajudou a comunidade e, muitas vezes, de graça? Você mesma, Jurema, não tinha dinheiro para contestar uma cobrança indevida e, se não fosse o meu marido a ajudá-la com o processo sem cobrar nadica, até hoje estaria pagando um mundaréu de juros. E você, Carlos Castro, teve o filho livre do xilindró porque um Lancaster se levantou no meio da madrugada para atender o seu pedido. E ele te cobrou? Não. Você estava desempregado. E, mesmo quando voltou a trabalhar, você não o ressarciu. Quantas vezes o meu velho tirou dinheiro do bolso dele para cuidar dos interesses de vocês? Mas agora os Lancaster não prestam, porque ofereceram hospitalidade a uma forasteira que veio fazer o trabalho dela. Ela é gente como vocês, paga conta, tem dor de dente, é assalariada e explorada e, provavelmente, será demitida e substituída por outra assim que voltar das férias ou da licença-maternidade, como acontece com muitas mulheres. Sim, o meu velho me dizia isso, preocupado que era com o bem-estar de todos. Bando de cretinos, vou rogar praga para cada um! — terminou feio o que era para ser um belo discurso.

A velhinha tremia de raiva e mágoa. Mário apertou a boca com força, controlando o impulso de distribuir uns socos, como Thomas havia sugerido.

Santiago pôs o braço em torno dos ombros da mãe.

— Vamos recolher tudo e voltar para casa.

— Uma porra que vamos! — rosnou Mário, olhando feio para o povo que se aglomerou diante da barraca. — O medo cegou vocês todos. O medo os tornou medíocres e mesquinhos, fez uma lavagem cerebral, deixando-os burros também. Aquele lugar é onde vocês trabalham, mas não é a vida inteira de vocês. E se o merda do Fagundes vendeu a fábrica sem pensar nos funcionários, por que uma empresa de outro estado teria essa obrigação? Empresa não é pai nem mãe. Governo não é pai nem mãe. Nós somos os donos do nosso destino, e essa experiência toda me mostrou que cada um merece de verdade as coisas boas e ruins que lhes acontecem na vida. Essa mulher, ó — ele puxou Natália para debaixo do arco do seu braço, num gesto de proteção, e continuou: — é uma pessoa digna que merece ser respeitada e, enquanto ela estiver aqui fazendo o trabalho dela, os Lancaster vão garantir que nada de mal lhe aconteça.

Thomas e Santiago deram um passo à frente, aportando ao lado de Natália e Mário, fazendo uma barreira de músculos e força. A cara de poucos amigos também ajudou na tática de intimidação.

Deu para notar um leve movimento de aproximação por parte de Jurema. O problema era que ninguém a acompanhou no gesto, e a mulher no meio do caminho perdeu a coragem e seguiu pela avenida sem olhar para os lados, segurando a mão do filho.

Eles decidiram não recolher a barraca, ficaram por ali até o anúncio da torta vencedora. Mário manteve Natália por perto, não queria vê-la solta por aí correndo o risco de ser agredida. E o único jeito de mantê-la ao seu lado foi segurando firme a mãozinha suada, um suor frio, de nervosismo.

— Até parece que vão me dar o troféu. Agora sou *persona non grata* na comunidade — resmungou a matriarca.

— Sinto muito — disse Natália.

Mário viu os olhos dela marejados e aquilo partiu seu coração.

— Sou eu quem sente muito, dona madame, não sabia que a minha cidade era tão cretina assim.

Beijou-a na testa e depois na boca. Abraçou o corpo que se moldou ao seu, escancarando para Santo Cristo a verdadeira natureza de sua relação com a forasteira.

Ele a amava.

E dona Albertina, mais uma vez, não ganhou a competição.

* * *

Mário a convenceu de que ela se divertiria na roda-gigante do parque de diversões, a poucas quadras da avenida onde acontecia o encerramento do Festival da Torta de Caju.

O lugar ficava no meio do pequeno bosque. Por ali também havia barracas de pipoca, maçã do amor e sorvete, que dividiam espaço com as bebidas comercializadas e os diversos pontos onde se vendia algodão-doce. Natália segurava um desses, era cor-de-rosa, grande e fofo. Um presente do caubói sentado ao seu lado, na cadeira para duas pessoas que, em breve, se elevaria a vinte e seis metros do chão.

Ele puxou e trancou a barra de segurança.

— Você não vai acreditar — disse ela, os olhos muito arregalados. — Mas estou tremendo da cabeça aos pés.

— É só se agarrar em mim que nada vai te acontecer.

Quando ela se voltou para fitá-lo, viu um sorrisinho travesso e um olhar cheio de ternura. Uma pontada no peito a lembrou de que estava proibida de se apegar a ele.

— Preciso vencer sozinha alguns medos — disse, tentando ser pragmática.

—Você não está sozinha quando tem alguém disposto a ajudá-la — rebateu, resoluto.

— Eu realmente estou me referindo à roda-gigante.

— Ah, pensei que era sobre nós.

— Não existe *nós*, Mário — tentou amenizar o tom de voz que acabou saindo com certa rispidez.

— Existe, sim, *nós* dois — falou ele com teimosia. — Eu e você. Um mais um são dois.

— Certo, não vou discutir, ainda mais quando sinto cada músculo do meu corpo endurecer. Diabos, o que aconteceria se essa cadeira despencasse daqui? — indagou, apreensiva, vendo a paisagem ao redor por cima da copa das árvores.

— Depende de como cairmos — disse ele, de modo crítico, parecendo avaliar uma melhor resposta à questão. — Se despencarmos ainda sentados, podemos fraturar a coluna e o crânio.

— Foi uma pergunta retórica, Lancaster — replicou ela, num tom de desânimo. — Não consigo me divertir correndo risco de vida.

Ele riu alto.

— É incrível como você está sempre tensa.

— Não estou *sempre* tensa.

— Outro dia você não podia curtir uma soneca depois do almoço, porque tinha que trabalhar, mas estava chapada na bebedeira. Podia ter aproveitado para relaxar e acabou apagando de exaustão. A sua mente precisa relaxar um pouco, mulher linda, senão vai acabar sofrendo um AVC.

— Tem razão.

— Claro que tenho razão — brincou ele, beijando-a no topo da cabeça. Depois, apontou para longe e falou: — Vê aquela torre ali?

— O que tem ela?

— Nada, é só uma torre.

Ela se virou para ler a expressão do seu rosto e viu um sorriso preguiçoso e provocador nos lábios cheios.

— Você é uma peste, Mário Lancaster — afirmou, sorrindo.

— Considero um elogio em vista das coisas horríveis pelas quais já me chamaram — reagiu ele com bom humor.

— Preciso me preocupar com alguém em especial?

— Ué, quem foi que falou sobre não existir um *nós*? — zombou.

A roda girou, tornando a descer, e as cadeiras balançaram. Natália segurou-se no braço do vaqueiro.

— Acho que o vento aumentou.

— Sempre venta forte a essa hora da tarde, mas não o suficiente para interferir na roda-gigante — ele a confortou, embora houvesse uma nuance divertida no tom de sua voz.

E, para variar, bastou ele lhe falar algumas palavras para ela aquietar a alma e sossegar, baixando o nível da ansiedade.

— Imagino que você tenha sido um moleque hiperativo — disse ela, sentindo o vento na face, agora que voltavam a subir.

— Quebrei todos os ossos do corpo. Subia nas árvores e não descia, simplesmente pulava do alto. E aí me quebrava — contou ele, rindo. Depois se voltou para ela e, demonstrando interesse, perguntou: — Acho que você usava rolhas de vinho em almofadas de carimbo no seu faz de conta de escritório, não é mesmo?

— Tenho cara de quem nasceu com vocação para trabalhar numa empresa?

— Você tem cara de quem nasceu para ser amada e posta num pedestal, adorada todos os dias — falou, sério.

— Queria que o meu pai ouvisse isso — resmungou ela.

— Por quê? Ele é um idiota?

— Mais ou menos.

— E a sua mãe?

— Vivendo a vida dela.

Mário gargalhou, abraçando-a ainda mais.

— Pobre diaba, cresceu em meio a uma família disfuncional.

— A palavra *disfuncional* foi criada pelos Esteves.

— E os seus irmãos?

— Sou filha única.

— Que sorte. Não tem que aguentar os trastes à sua volta.

— Notei muito bem o quanto vocês três se dão bem, esses trastes aos quais se refere devem morar no seu coração, não é mesmo?

Ele fez que sim, sorrindo e olhando adiante no horizonte.

— Eles e mais a minha mãe, coração de bruto é generoso, mas apertado, não cabe uma multidão. — Em seguida, virou-se para ela e a encarou demoradamente: — Você também está dentro dele.

— Fico feliz, nossa amizade é muito importante pra mim — enfatizou.

— Amizade o cacete, sou mais do que seu amigo.

— Convencido. Só porque tem um harém numa cidade de seis mil habitantes não significa que seja a última bolacha do pacote. — retrucou ela, rindo sem jeito e procurando não o encarar.

— Não sou o último em nada, sou a primeira bolacha do pacote, aquela que é comida com mais prazer.

Ela o fitou e notou que ele estava sério.

— Ok, Mário, tudo bem. Você é realmente muito gostoso — admitiu, sorrindo.

Chegaram ao chão depois da última volta. O funcionário do parque aproximou-se e puxou a barra para livrá-los da cadeira.

Mário tomou a dianteira e estendeu-lhe a mão para se levantar.

— Só quero deixar uma coisa bem clara: vim a Santo Cristo para executar um processo de transição de compra e venda de uma empresa e não para arranjar problemas nem para mudar a minha vida. — Agora, sim, foi direta.

— Tudo bem, eu entendi — respondeu ele serenamente, sem vestígio algum de raiva ou mágoa.

— Então para de me pressionar.

— Claro que não vou parar — rebateu ele, certo de si mesmo. — Estou apaixonado por você e vou lutar até o fim.

— Luta por si mesmo! — elevou a voz, aproximando-se dele de modo ameaçador. — Vai até o curral e pega o Killer pelos chifres. Mostra àquele touro que você caiu, mas já está de pé, pronto para uma revanche.

— Me diz uma coisa: a sua vida lá na cidade grande, como é? Gosta de como as coisas estão indo? Tem um cara de coração aberto esperando por você? Você dorme bem, a noite inteira, roncando alto como fez com a cabeça no meu peito? Ou acorda no meio da madrugada sentindo que não vai aguentar mais um dia de pé? Resumindo — ele a pegou debaixo do queixo e indagou: — você tem paz interior? Se sente plena, mulher? Se responder sim a todas essas perguntas, por Santo Onofre, eu tiro meu time de campo e deixo que a porra da vida se encarregue de nos separar de vez, não sou um perseguidor. Sou apenas um bruto ignorante pego de surpresa pelo amor — completou, sério, retesando os maxilares.

Ela engoliu em seco, suportando com coragem a força daquele olhar que lhe exigia a verdade.

— Vou responder de outra forma. — Respirou fundo, mal acreditando no passo que daria a seguir: — Posso visitá-lo em fins de semana alternados.

Viu um esboço de sorriso contornar os lábios dele.

— Eu também posso visitá-la em São Paulo.

— Gostaria muito, embora eu não ponha fé em relacionamentos a distância.

— Mas temos que começar de algum lugar, não é mesmo? — Piscou o olho com charme para ela.

— Será bem complicado, Mário.

— Então me deixa facilitar essa decisão para você — falou, quase num sussurro, baixando a cabeça para beijá-la com paixão.

Capítulo Dezenove

Mário se sentia como naquela música do Leandro e Leonardo, com "o coração no céu e o sol no coração". Mas não era por ser uma sexta-feira, e sim porque estava tonto de paixão. Pegava-se sorrindo feito um lesado da cabeça, olhando para o nada, pensando em Natália. A chance que tinha com ela, antes, era a de um sexo casual por sete dias. Agora, tinham um relacionamento.

Como ele era um caubói das antigas, embora tivesse apenas trinta e cinco anos, precisava dar um sentido de pertencimento àquela mulher linda. Não podia soltá-la numa metrópole sem pelo menos um anel no dedo.

E foi isso que disse a Santiago, assim que entraram na joalheria do Godofredo, o cara mais chique da cidade.

— Pelo amor de Deus, não me diga que vai pedir a mulher em casamento!

— Pensei nisso, mas acho que poderia assustar a coitada.

— É mesmo? — zombou o irmão. — Cara, você a conhece há pouco tempo e vai comprar joia pra ela? O que está acontecendo, hein? É a doença do boi louco?

Godofredo aportou com seu sorriso agradável, o terno escuro e um mundaréu de caspa nos ombros. Tinha setenta anos, sessenta quilos e era encurvado feito um bambu. Parecia um velhinho de outro século, do tipo hipocondríaco e ligeiramente dramático. Herdara a joalheria da esposa, uma ricaça dona de metade dos imóveis do centro de Santo Cristo.

— Cuida da sua vidinha de peão galinha e deixa comigo, que eu sei o que faço — afirmou, voltando-se para o dono do estabelecimento: — Fredo, meu velho, antes de tudo: o que pensa sobre a executiva da TWA?

Notou a cabeça do irmão se virar na sua direção.

— O que eu tenho a ver com isso? — foi o que o velho todo alinhadinho no seu terno com caspa perguntou, curioso.

— Boa resposta. Se tivesse falado mal da mulher, eu não deixaria meu dinheiro aqui.

— Nem o juízo — resmungou Santiago.

Mário bufou, resolvendo de vez ignorar o irmão.

— Quero um anel bem bonito, daqueles que mostram que a mulher tem dono, sabe?

— Dono pobre ou dono rico?

— Agora se fodeu, irmão.

O caubói pigarreou, sentindo-se encurralado.

— Um dono que ama a sua mulher como nunca amou outra na porra dessa vida — disse ele, sentindo as lágrimas na garganta.

— Isso é sério?

— Claro que é, jacu.

Santiago tirou o chapéu, o mesmo gesto que usava quando ia dar os pêsames ao parente de um defunto.

— Por que não desviou da bala, mano?

— O tiro me pegou de surpresa com as calças na mão — respondeu simplesmente. — Acredita que me apaixonei por uma fotografia?

— Seu tonto — disse o outro, rindo.

— E agora ela vai voltar para o mundo dos engravatados.

— Mas você já deixou a marca do bruto na rapariga — comentou o mais novo, com ar malicioso. — Ela vai voltar, é certo que sim, ninguém resiste aos cabras de fivela, e as dos Lancaster são legítimos fivelões.

Ele se voltou para o estojo onde brilhava um anel de esmeralda.

— Quero uma joia delicada, pois vou pedi-la em namoro. Aliás — ele se voltou para Santiago e falou: — arruma o celeiro de um jeito bem fresco que vou levá-la para comer lá. Coisa fina, viu? Compra bebida cara, estoura o cartão de crédito, paga fiado, dá um jeito.

— Hum, um jantar romântico, você quer dizer.

— É, fresco.

— Ok, entendi.

À saída da joalheria, Mário encontrou sua ex-amante, que, por sua vez, era a ex-namorada de Santiago. Carolina chegou a tropeçar na calçada ao ver o Lancaster mais jovem.

Santiago deu um passo adiante, o semblante fechado, os olhos escuros brilhando.

— Pelo visto o tempo só passou para mim — ele gracejou.

— Você lembra quem eu sou? — O tom de ironia estava todo ali.

Mas o moreno apenas sorriu antes de responder:

— A gente nunca esquece um amor do passado.

— *Alguém* do passado, melhor dizendo — corrigiu-o, num tom ligeiramente amargo. — Trouxe a fivela de ouro?

— Não. Perdi no aeroporto.

Mário o fitou, a sobrancelha erguida num ar desconfiado. Por que o idiota mentiu?

— Como vai, Carolina? — perguntou ele.

— Estou bem, Mário. Pelo visto a sua família comprou uma briga feia contra Santo Cristo — comentou, bem-humorada.

— Na verdade, foi a cidade quem comprou briga conosco — disse ele, incomodado. — Se cada um cuidasse da sua vida, o mundo seria um lugar melhor para viver.

— Ainda está solteira? — intrometeu-se Santiago.

Mário olhou feio para o irmão, o diabo do homem tinha se metido na conversa com uma pergunta indiscreta.

— Não... é do seu interesse — respondeu Carolina de modo afetado.

— Parece que está com raiva de mim — resmungou ele.

— Impressão errada.

— Fiquei dez anos longe, mas não a perdi de vista. E, mesmo que não tenha mais respondido os meus e-mails, nas últimas duas vezes que passei as férias aqui, eu a procurei para sairmos.

— Sou uma mulher comprometida, Santiago. Não deu para notar que não sou mais uma adolescente? O nosso namorico ficou para trás.

— Então casou?

— Não, ela namora um sonso que faz faculdade.

— Você é bem fuxiqueiro, hein, Mário — ela se irritou.

— Só quero tirar o meu irmão da ilusão, ora.

— Ilusão de quê? De que possa me reconquistar? — indagou, num tom maldoso. — Como disse antes, não sou mais uma garotinha deslumbrada pelo peão de rodeio.

— Então por que está me tratando mal? — perguntou Santiago, demonstrando exasperação. — Esse tom azedo de quem comeu pepino... Pra que tudo isso? Não fiz nada pra você.

— É claro que você não fez *nada* pra mim — repetiu com menosprezo. Em seguida, respirou fundo como se buscasse o autocontrole perdido e continuou: — Me perdoem, rapazes, não tive uma semana boa.

— Não precisa pedir desculpa — antecipou-se Santiago, voltando a sorrir.

— Precisa se desculpar, sim — Mário reclamou, contrariado. — Aquele banana da faculdade está acabando com o seu frescor, garota. Agora que os rapazes voltaram da terra dos gringos, quero que frequente a nossa fazenda. A dona Albertina gosta da companhia de gente culta como era o nosso pai.

— Obrigada. Preciso mesmo descansar a cabeça... — ela suspirou, olhando em torno, e continuou: — Talvez eu apareça por lá.

— Vou esperá-la com o meu melhor chapéu — prometeu Santiago, encarando-a sem desviar.

Capítulo vinte

Natália tinha o estranho hábito de perder os seus óculos de sol. Enquanto trafegava na estrada que a levava à fábrica de parafusos, pensava se esse hábito não era uma espécie de ato falho, algo a ver com o fato de ela se forçar a não ver as coisas direito, como realmente eram. O sol nos olhos lhe parecia a realidade, tão clara e óbvia, que a cegava. Tal fato não se restringia apenas à sua relação com o pai, a como ele a tratava desde que ela se entendia por gente. Tinha a ver também com o modo irresponsável como conduzia a sua estada em Santo Cristo, envolvendo-se com Mário e a família dele. Para além disso, colocando-os também numa péssima situação na cidade. Na próxima semana, ela voltaria a São Paulo, retomaria a sua vida e o seu cotidiano tão conhecido. Mas o povo continuaria guardando ressentimento da família mais importante da região. E por culpa dela.

Reduziu a velocidade ao ver um aglomerado de gente junto ao portão de entrada da fábrica.

Mas que porcaria é essa agora?

Viu pelo retrovisor um caminhão à sua cola, precisava sair da estrada, já que havia acionado o pisca. Mordeu o lábio inferior ao calcular mentalmente a quantidade de manifestantes que agitavam cartazes e bandeiras do Brasil. Eram em torno de cinquenta. Número suficiente para se organizar diante da entrada impedindo o seu acesso à fábrica.

As mulheres bradavam frases como "Fora, TWA! Fora, lixo capitalista" enquanto exibiam cartazes com o desenho de uma loira com caninos de vampiro. Reconheceu-se na imagem, e um princípio de azia se manifestou imediatamente.

Considerou engatar a ré e cair fora dali. O segurança estava ao celular, talvez chamando a polícia ou falando com Mauro, pedindo orientação; afinal, toda a segurança da empresa era feita apenas por um homem.

Subiu os vidros das janelas e ligou o ar-condicionado. Não podia fugir feito uma covarde, não fazia nada errado ali. *Cidade de gente dramática e louca*, pensou, começando a odiar o seu trabalho. Nada de promoção. Nada de escritório com vista panorâmica para a avenida Paulista. Nada de reconhecimento, gratidão e amor por parte do pai. Nada! E ela ainda tinha que enfrentar um bando de caipiras cuspindo fogo!

Eles então a viram e começaram a gritar: "Fora, TWA! Fora, TWA! Vocês não vão matar Santo Cristo!".

Os homens começaram a se aproximar do carro, em passadas lentas e ameaçadoras, os punhos cerrados davam socos no ar sem parar de bradar contra os forasteiros, e as mulheres se mantinham perto do portão, à espera de ele ser aberto para que invadissem o estacionamento privativo.

Considerou que não tinha como avançar para o interior da fábrica, a não ser que atropelasse as pessoas, o que jamais faria. Contudo, também agora era impossível dar ré e ganhar novamente a estrada federal. O seu carro acabava de ser cercado pelos manifestantes.

Ligou para a portaria.

— Chamou a polícia? — perguntou ao segurança.

— *Sim, senhora, mas eles não podem fazer nada por enquanto. As viaturas estão numa diligência.*

O suor porejou na sua testa, era frio e pegajoso. Precisava confrontá-los, tinha um trabalho a realizar e não conseguia se imaginar telefonando para o pai e admitindo sua derrota. Caso Jean estivesse aqui, o que ele faria?

Antes que tivesse tempo para ponderar a respeito, o vidro frontal do automóvel foi atingido. Abaixou-se no banco e levou as mãos à cabeça, presumindo que fosse um tiro. Eles gritavam ainda mais, berravam, pareciam querer enlouquecê-la, mas a verdade era que queriam chispá-la de Santo Cristo. Só que Natália não podia voltar, não com o rabo entre as pernas, não como uma incompetente cuja única tarefa era comunicar a demissão de trinta desconhecidos.

Ergueu-se lentamente do banco. O vidro não quebrou, nem sequer rachou. Não era mesmo um projétil, mas um amontoado de esterco de animal.

Assombrada, viu que vários homens juntavam o mesmo material do mato que margeava a estrada e retornavam dispostos a repetir o ataque.

A raiva a fez perder o juízo, o medo e a compostura. Aquilo já estava indo longe demais!

Baixou o vidro e gritou com todas as forças dos seus pulmões:

— GRANDE COISA, ESSE CARRO É ALUGA...

Não teve como continuar. O golpe a atingiu empurrando sua cabeça para trás. A dor que sentiu no nariz foi como se tivesse levado um soco. Mas o pior de tudo foi o cheiro. De bosta! Tinha um punhado dela no meio do rosto, parte entrou nas narinas que a aspiraram como se não houvesse amanhã. A boca bem aberta, já que ela gritava, absorveu a merda toda. Cuspiu-a em seguida, sentindo uma forte ânsia de vômito. Olhou para a camisa de seda e estava cagada. O cheiro era insuportável e, com isso, ela percebeu que a bosta não estava seca, mas fresquinha, feita na hora, direto da bunda de um cavalo.

Foi como uma explosão, um dique rompendo a barreira, a última, liberando a represa de lágrimas. Chorou do jeito que não o fizera aos cinco anos de idade quando viu o pai esbofetear a mãe. Chorou como devia ter se permitido chorar quando aceitou viver com ele e não acompanhar a mãe, que, por sua vez, não desejava a sua companhia. Chorou o choro que não vingou todas as vezes que ela aceitou que a vida era assim, do jeito que a encontrávamos ao nascer, determinada e definida, uma bolha de ar em torno dos corpos, densa, uma suave prisão sem chance de escapatória.

Deitou a cabeça no volante e se deixou levar pelas ondas de um pranto convulso que a tornava refém de violentos espasmos nos ombros. Era como se exorcizasse os seus demônios. Era como? Podia senti-los sair do seu corpo e vê-los sob uma névoa escura, batendo suas enormes asas negras. Atingiu o fundo do poço, de cara na merda, solitária como sempre, perdida, um rascunho de mulher.

O segundo estrondo a fez instintivamente proteger a cabeça com as mãos, ela temia que o vidro se quebrasse e os fragmentos a machucassem no rosto (sujo de esterco).

Menos de um minuto depois, assimilou o ocorrido. O estouro seco nada mais era que quatro pneus freando na estradinha de terra que levava à guarita da fábrica. Deu uma olhada para trás e reconheceu a picape de Mário.

As portas da Silverado se abriram num rompante que imediatamente revelou o motivo. Os irmãos Lancaster acabavam de chegar e pareciam cuspir fogo pelas ventas. Mário tinha a aba do chapéu abaixada, escondendo o olhar que devia combinar com a boca apertada e os maxilares retesados, marcados debaixo da pele com barba por fazer. Ele caminhava duro, resoluto, como um animal à beira do descontrole. Ao seu lado, Thomas parecia avaliar com o olhar a situação. A cara de poucos amigos não convidava ninguém a se aproximar dele. Tinha um cigarro no canto da boca enquanto estalava os dedos, um a um, o punho fechado numa nítida alusão ao aquecimento das mãos antes de uma briga. Santiago também cercava o primogênito da família, analisando tudo em torno com seus olhos desconfiados. A impressão que se tinha era de que ele estava ali para conter uma possível explosão de Mário e nada mais do que isso.

E foi ele quem bateu no vidro da janela. Natália o baixou, consciente de que devia ter um pouco de excremento na cara, além de estar exalando um cheiro bem desagradável.

— Está chorando.

Mário ignorou o seu estado lastimável e se concentrou no rosto devastado pelas lágrimas, a maquiagem borrada e as pálpebras inchadas. Ela leu no rosto dele todos os sentimentos que o fulminavam, a triste constatação de que ela fora ferida e a empatia por sua dor.

— Admito que não sei lidar com isso.

Ele a tocou na bochecha, limpou a nódoa de excremento, ajeitou-lhe uma mecha de cabelo detrás da orelha. O rosto se fechou então numa carranca de alguém possuído pela fúria.

— Isso aí é selvageria, e você é uma dama, não tem que se acostumar a nada disso — rosnou, baixinho.

— Só quero ir para casa — pediu, sentindo uma nova onda de choro se aproximar. Agora era a autopiedade. Mário a tratara bem, estava ao seu lado, e tal constatação amoleceu o coração dela.

— Vou telefonar para os merdas da sua empresa mandarem mais gente para continuar com as demissões...

— Mário... Quero ir embora para a sua fazenda — pediu, olhando-o como se agora ele fosse todo o seu mundo.

Ele fez que sim com a cabeça e, num gesto típico dos caubóis, ajeitou a aba para cima e para baixo, numa reverência a ela antes de se afastar.

— Quem está à frente dessa porra? — gritou ele, as mãos na cintura, as pernas afastadas, encarando a multidão e expressando menosprezo no olhar.

Um rapaz alto e loiro levantou a mão como se estivesse na sala de aula.

— Ah, é você, Teófilo? O que faz aqui, já que não trabalha na fábrica?

— Vim organizar o povo. A gente esperou que você fizesse alguma coisa, mas decidiu proteger o inimigo.

Mário olhou por cima da cabeça do outro, ignorando-o, para em seguida gritar outra pergunta.

— E quem jogou cocô na dona Natália?

— Não fui eu, sou contra a violência, isso aqui é protesto inofensivo, de boa — defendeu-se Teófilo, recuando ao notar o modo como Mário olhava para todos, à espera da resposta.

— Os covardes não vão assumir o que fizeram? — provocou-os Thomas. — Eu só queria saber o que vocês fariam se no lugar de uma mulher, a TWA tivesse mandado um bando de machos com seguranças armados. Onde seria o protesto, hein? No bar, enchendo a cara e falando mal dos forasteiros?

— Se querem saber... — começou Santiago, os polegares enganchados no cós do jeans, o peito inflado de altivez e escárnio: — Quem os deixou na mão foi o Fagundes. Ele vendeu a fábrica, encheu os bolsos de dinheiro e se mandou de Santo Cristo.

Por um momento, os irmãos encararam os líderes do protesto. Parecia que o confronto ia ficar por isso mesmo, cada um defendendo o seu ponto de vista, e ela, no carro, toda suja de bosta de cavalo.

Até que um cara imenso surgiu do nada e esbravejou com a fúria de sete pit bulls e um pinscher:

— A gente vai expulsar essa vagabunda da TWA e qualquer outro desgraçado que mandarem para cá! Ninguém é palhaço para ter a vida destruída e assistir a tudo sem se rebelar!

—Hum, interessante — disse Mário, cruzando os braços diante do peito e analisando o sujeito com a serenidade de um monge. — Você pretende liderar isso com ou sem os seus dentes?

O outro fez uma ameaça velada usando o corpanzil fora de forma. Contudo, eram quase dois metros de meter medo.

— Acha mesmo que vocês três dão conta de cinquenta? — escarneceu.

— Vinte e um, o resto é mulher.

— Elas têm mãos para socar.

— Claro que sim, nenhuma é aleijada. Mas são mãos de fada, não dói a cara, só o ego. Acontece, ô, Clodoaldo, que vocês mexeram com a *minha* mulher e, nesse caso, nem o meu ego dói. — Ele se voltou para o grupo e, elevando a voz, falou: — Vou mostrar o que se faz com gente mal-educada como vocês. Agora, ouçam bem, se alguma de vocês, senhoritas manifestantes, vier pra cima de mim, vai tomar uma bifa também.

Clodoaldo abriu um sorriso mau.

— Eu não acredito que o filho do sr. Breno Lancaster está traçando a forasteira que veio destruir os lares da nossa comunidade!

— *Traçando* a sua mãe, seu filho da puta!

Natália não viu quando o braço de Mário foi para trás e depois para frente, o punho fechado arrebentando o maxilar do grandalhão, que tombou em seguida.

Thomas aproveitou a agitação dos outros e acertou um golpe em Teófilo, que ouviu um assobio e se virou para saber o que se passava. E o que se passava foi um soco na cara.

De repente tudo virou um tumulto só. Ela se agarrou ao volante e inclinou o corpo para frente, atenta aos rapazes. Não queria que eles se machucassem, embora o que presenciava fosse um barraco só. As mulheres partiram para cima dos Lancaster. Mário pegou duas delas e as levou de arrasto, presas pela cintura, para o mato e as jogou onde havia o monte de estrume. Voltou dobrando as mangas da camisa, aparentando disposição para continuar o perrengue.

Santiago brigava com dois caras. Mário foi ajudar, e o caçula o xingou, mandando procurar outros para surrar. Ao passo que

Thomas levou duas bofetadas de uma senhora roliça. E foi obrigado a sacudi-la pelos ombros até bagunçar o seu cabelo alisado na chapinha. O segurança assistia à cena da guarita, e Mauro tomava o seu cafezinho no copo descartável, impassível.

A porta do carona foi aberta, e Mário sentou ao seu lado.

— Bando de jacus — resmungou, irritado. Depois se voltou para ela, e o tipo de olhar era outro. — Você não está em condições psicológicas para trabalhar. Essa maldita empresa não se importa com a sua segurança, então vou levá-la para minha casa.

Ela olhou para si mesma, envergonhada de cheirar mal e também de demonstrar sua fragilidade em público.

— É tudo que eu quero — admitiu, agora sem a mínima disposição para lutar contra essa vontade.

Ele se inclinou para beijá-la, mas ela se afastou, constrangida com o odor horrível que impregnava o ambiente.

— Ei, nem tente fugir de mim — ameaçou-a com ar divertido, enganchando a mão detrás do pescoço dela. — Sou um peão de fazenda, mulher, cheiro de bosta e colônia francesa são a mesma coisa. Pode crer — completou, piscando o olho para ela.

E a beijou.

Capítulo vinte e um

Mário fez a barba.

Thomas deu uma olhada no seu rosto escanhoado e disse:

— Porra, que cara de bunda.

— Pois é, também achei — Mário resmungou baixinho, avaliando-se criticamente. — Perdi metade da minha macheza.

— Mas pelo menos não vai arranhar a pele da donzela.

— Arranhar onde?

— Onde elas não gostam, uai, nem pensei em sem-vergonhice — confessou o mais novo, rindo. Depois deu uma olhada ao redor e perguntou: — Usou a colônia chique do pai? Não está vencida, não?

— Foda-se, só tenho sabão de glicerina.

— Para de mentir — provocou-o Thomas.

Santiago enfiou-se no banheiro cuja porta estava escancarada.

— A menina está se arrumando para o encontro?

— Mais um besta pra me incomodar — reclamou o Lancaster mais velho.

— Nossa, você está a cara da tia Hilda. Lembra, Thomas, da tia Hilda?

— Chega! Saiam os dois daqui! — chispou-os, empurrando-os para fora do banheiro.

— Espera, Mário! — pediu Thomas, virando-se para segurar a porta antes de dizer: — Realmente você está sexy e lindo como a falecida tia Hilda!

— Idiota — reagiu Mário.

Ajeitou a camisa preta, dobrando as mangas até os cotovelos e soltando dois botões junto à gola. O jeans e as botas de vaqueiro também eram escuros e combinavam com a fivela de prata, no centro dela a cabeça de um touro em dourado. Passou a mão pelo cabelo, decidido a cortá-lo assim que tivesse tempo para ir ao barbeiro.

Bem, agora tudo que ele tinha a fazer era seguir o que fora combinado com os irmãos. Ambos tinham se comprometido a comprar a comida no restaurante caseiro perto da joalheria de Godofredo. E Thomas sugeriu que levassem uma mesa e duas cadeiras para o celeiro, pois eles não iriam comer no chão, sentados na palha.

Encontrou a mãe na cozinha, jogando paciência, aparentando muita irritação.

— Maldito cassino interditado pela polícia — ouviu-a resmungar.

— Eu sabia que a senhora frequentava um lugar desses — acusou-a.

— Por acaso você pôs uma meia na cueca, filho? — a voz da velhota o pegou de surpresa. — Isso aí, ó, o que está escondendo?

— É o estojo do anel de noivado — disse Santiago, num tom de deboche, servindo-se de macarrão caseiro.

Mário o fuzilou com o olhar.

— E o seu namorado, mãe? Onde está o pilantra para eu socar bem a cara dele? — resolveu contra-atacar.

— O meu eterno namorado é o seu pai.

— Sei, então você se enfeitava era para visitar o cassino, não é mesmo?

— Sim, admito que jogava um pouquinho — falou, expressando desânimo. — Mas a maldita polícia acabou com tudo.

— Porque é ilegal.

— Ah, Mário, me deixa, vai! — exclamou, entristecida.

Ele ficou com pena dela e a abraçou, beijando-a no cabelo.

— Traga as suas amigas aqui e faça apostas a dinheiro, eu cubro a sua parte — sugeriu.

— Eu também — ofereceu-se Santiago, erguendo a mão.

— Estou dentro, mãe. Vamos limpar as velhotas — foi Thomas, empoleirado na banqueta, quem falou.

— Cacete, só tenho filho lindo e de bom coração.

* * *

Natália saiu do quarto com um sorriso nos lábios, demonstrando aprovar o seu novo visual de rosto limpo. Ele também notou algo nela, que não havia antes pela manhã, um ar descansado, sereno e até alegre. Agora parecia que ele estava diante de uma mulher bem mais jovial no seu vestidinho curto, de flores miúdas e alcinhas, um modelo romântico e sedutor.

— Você está lindo, sr. Lancaster.

— A moça está começando a roubar as palavras da minha boca — disse ele, sorrindo antes de beijá-la levemente nos lábios.

— Como pode ser tão encantador?

Ele notou o olhar sonhador que ela lhe dirigiu, não era a primeira vez que uma mulher o admirava assim, mas era a primeira vez que ele se importava com isso.

— Quero te mostrar como um homem bruto também é romântico — declarou, solene.

Romântico uma porra, pensou consigo mesmo. Acontecia apenas que conquistar uma mulher e mantê-la ao seu lado, mesmo à distância, exigiria esforço extra de sua parte.

Torceu intimamente para encontrar tudo arrumado no celeiro, pelo menos que Santiago tivesse levado a comida e a bebida para lá, tornado o lugar decente e arejado para receber Natália.

Abriu as portas duplas, a madeira rangeu e, em seguida, mostrou a escuridão do lugar.

— Pensei que fôssemos jantar no centro.

— Pois é, acho que o meu plano deu merda e teremos que bancar o casal comum — resmungou, contrafeito.

— Como assim? — ouviu-a perguntar atrás de si, expressando curiosidade.

— Planejei um troço fres... romântico para nós dois, mas acho que os caras da limpeza do celeiro não puderam vir — mentiu, apertando os punhos com uma vontade enorme de esganar Santiago.

Ao acender a lâmpada, teve a certeza de que o irmão havia esquecido o combinado. O celeiro estava bagunçado como sempre, sem sinal algum de mesa e cadeiras para um jantar a dois. Imediatamente considerou qual punição daria ao sem-vergonha.

— Esse lugar é lindo.

Ele se voltou para ela, a testa franzida, o olhar crítico.

— Sinto muito, mas tenho que lhe dizer que você está apaixonada por mim — falou, bem sério e de modo analítico. — Tudo que fala inclui a palavra *lindo*. Tirei a barba, não nasci de novo, e quase se derreteu ao meu ver. E, agora, diante de um monte de feno e sacos de ração e fertilizante, fica deslumbrada com os olhos brilhando. *Fia*, isso aí é a febre da paixão.

— Nossa, você é bem sutil — zombou, corada.

— Falo o que penso, não fico medindo com régua o que tenho para dizer. Só espero que não fuja de mim por algum motivo besta, não quero bancar o louco e ter que ir atrás de você. — Havia um ar divertido no modo como ele falava, mas também vestígios de obstinação.

— Tudo que posso dizer é que você é bastante sedutor. — Parou de falar e esboçou um sorriso antes de prosseguir: — Mas também sei que uma hora o amor baterá à minha porta e então terei que tomar uma atitude.

— Pois bem, o amor acabou de chutar a sua porta e a pôs abaixo, e ele usa uma bota de vaqueiro daquelas que duram uma vida inteira — afirmou ele, pegando o rosto dela entre as suas mãos. — Tudo que tem a fazer é deixar que as coisas aconteçam, ok? Não luta contra mim, porque só penso em te fazer o bem — acrescentou com sinceridade.

Ela ficou na ponta dos pés e o beijou na boca.

— Não vou lutar contra você, tenha a certeza disso — prometeu, com um doce sorriso.

Ao se afastarem, Mário a pegou pela mão, conduzindo-a para fora do celeiro.

— Esses caras vão se ver comigo — reclamou.

— O que é aquilo?

Ouviu-a falar num tom de admiração e surpresa. A curiosidade o fez se virar para trás e, assim, viu a claridade detrás do celeiro.

Contornaram a construção, e Mário segurou firme na mão de Natália, que calçava uma sandália de salto fino no terreno com gravetos miúdos e secos que despencavam das árvores.

O que ele viu a seguir foi digno de um filme de Hollywood. Não era um cara romântico nem nada, mas tinha de convir que Santiago havia superado todas as suas expectativas. A Silverado tinha os faróis voltados para o fundo do celeiro e, dos seus alto-falantes, Roberto Carlos cantava "120... 150... 200 km por hora".

"A vida passa/ O tempo passa."

Cacete!, foi tudo que pensou ao ver o cenário preparado debaixo das figueiras de copas largas. Luzinhas coloridas serpenteavam os galhos, piscando, iluminando a mesa coberta pela toalha branca, a louça de cerâmica, as travessas tampadas, o castiçal com duas velas no centro e as pétalas de rosas vermelhas espalhadas em torno dos cálices e da garrafa de vinho tinto.

— Meu Deus, que coisa mais… linda. — Natália contemplava tudo com seus imensos olhos incrédulos.

A caçamba da picape havia se transformado numa cama com acolchoado e várias almofadas de patchwork, a manta de verão atirada displicentemente, ladeando o balde de gelo, de inox, onde uma garrafa de champanhe os aguardava.

Levou a mão à boca, pasmo. Aquilo tudo não era obra apenas de Santiago, tinha dedo de Thomas também, que sabia como ninguém seduzir uma mulher. Embora, naquele momento, até mesmo ele, bruto raiz, se sentisse totalmente seduzido pelo ambiente intimista e poético.

Ela o abraçou na cintura.

— Você é um príncipe, Mário.

Ficou sem graça, doido para aceitar o elogio, mas não o merecia.

— Se você gosta de cabra romântico, vai ter que pegar outro Lancaster — disse, sem jeito.

— Você não sabia de nada disso, não é? — perguntou Natália, com ar divertido, encarando-o.

— Pedi para o Santiago dar uma ajeitada no celeiro... Só isso — respondeu, olhando em torno, ainda sob o efeito da surpresa.

— Mas aqueles brutamontes me surpreenderam. Você gostou?

"Estou fugindo de mim mesmo/ Fugindo do passado, do meu mundo assombrado/ de tristeza, de incerteza."

— Não sei o que dizer.

Ele notou as lágrimas nos olhos dela.

— Ei, o que foi?

Ela baixou a cabeça, como se quisesse esconder a emoção, mas depois novamente o fitou.

— Sabe o que é? — Ele fez que não com a cabeça e esperou que ela completasse a sentença. — A hostilidade do povo de Santo Cristo é bem parecida com a que vivo em São Paulo, só que lá é uma hostilidade mais silenciosa e de indiferença. Mas quando estou com você, principalmente aqui, na fazenda, com a sua família, vivo uma vida de amor e segurança, me sinto... inteira e feliz.

Ela o abraçou e deitou a cabeça na camisa cheirosa dele.

"Vivo fugindo, sem destino algum/ Sigo caminhos que me levam a lugar nenhum."

— Acho então que não se arrependeu do meu pedido de sete dias.

— De jeito nenhum — respondeu a moça, voltando-se para ele com um sorriso. — Por quê?

— Queria te propor algo.

— Então me proponha, sou uma mulher de negócios.

O sorriso dela, ainda molhado pelas lágrimas de emoção, fez o seu coração galopar pelo peito todo enlouquecido de amor.

— Que tal ser a minha namorada?

Mário se abaixou, ajoelhado na perna esquerda, e, do bolso traseiro do jeans, puxou a delicada caixa retangular. Abriu-a diante da mulher, oferecendo-lhe o anel.

"Tudo passa ainda mais depressa/ O amor, a felicidade/ O vento afasta uma lágrima/ Que começa a rolar no meu rosto."

Por um momento, pensou que fosse ter uma câimbra ou virar pedra para sempre, caso ela rejeitasse o seu pedido.

Natália levou a mão ao rosto, pega de surpresa, sem ação. Ficou por um tempo olhando para ele e para o anel, sem expressar sentimentos, até que por fim declarou num tom de pesar:

— Acho que ainda é cedo.

— Cedo em relação a quê?

Ela também se ajoelhou e lhe tomou o rosto entre as mãos, um gesto que ele costumava lhe fazer.

— Sou uma executiva, e você um peão de rodeio. Temos vidas irreconciliáveis e, para complicar ainda mais, moramos longe um do outro. Para que alimentar um relacionamento fadado ao fracasso?

— Porque o alimento dele é o amor, só por isso — respondeu Mário, sério.

Ela suspirou profundamente.

— Vamos nos machucar.

— Compramos iodo.

— Vamos acabar brigando.

— Faremos as pazes.

— Vamos morrer de ciúme.

— Ressuscitamos.

— Você é bem teimoso — comentou ela, com um sorriso.

— Pior que mula empacada — admitiu.

— Sei o que pretende ao me dar esse anel, mas não posso me comprometer agora, não com alguém especial, muito especial, mas que eu mal conheço.

— Que tal usarmos os fins de semana para nos conhecermos melhor?

Ela aquiesceu com um meneio de cabeça.

— Podemos tentar.

— Bem, vou guardar o anel — decidiu ele. Pôs-se de pé e estendeu a mão para ajudá-la a também se erguer. — O Santiago me avisou que eu estava indo rápido demais... Mas, sabe como é, peão de rodeio tem uma ligação bastante particular com o tempo — acrescentou, piscando o olho de modo significativo para ela.

Capítulo vinte e dois

Se dias antes alguém lhe dissesse que ela estaria nua, deitada numa caçamba de picape, debaixo de um céu coroado de estrelas, não acreditaria.

A manta cobria os corpos, a mão de Natália acariciava os pelos em torno do pênis semiereto enquanto tinha o braço do vaqueiro ao redor dos ombros.

A pele estava molhada de suor, as mechas do cabelo coladas no pescoço, a musculatura trêmula.

— Eu trabalho muito, Mário, talvez consiga visitá-lo apenas uma vez por mês.

— Posso ir a São Paulo, não se preocupe com isso.

— Todos os fins de semana?

Ele ergueu o queixo dela para fitá-la.

— Como preferir.

— Até quando?

— Até eu montar no Killer e depois voltar às arenas. Aí vou ter dinheiro para lhe dar uma boa vida, e você vem morar comigo e o resto dos Lancaster.

— Fala sério?

— Muito sério, não gasto o português à toa, *fia*.

Ela achou graça da sua determinação.

— Acha mesmo que abrirei mão da minha carreira?

— Sim, a sua carreira é uma merda.

— O meu emprego é que não presta, mas tenho toda uma vida relacionada a esse trabalho. Além disso, é o meu sustento.

— Vou ajudá-la com a grana, depois você me paga de volta.

— Com juros?

Ele riu alto e a abraçou.

— Desculpa, pareceu até coisa de banco, Deus me livre. Só fiquei com medo de que você fosse moderninha e não aceitasse o meu dinheiro. Não precisa pagar de volta, não.

Ela deitou o braço sobre os olhos e os fechou.

— *Carpe diem.*

— O quê?

Afastou o braço para encará-lo e viu a ruga no meio da testa num ricto que demonstrava o sincero interesse em saber o que se passava com ela.

— Você tem razão, vamos deixar as coisas rolarem, sem drama nem pressão. — Ela estendeu a mão para afagar o maxilar másculo, contornando-o na linha do queixo. — Agora, me diz, por que ainda não enfrentou o Killer?

Ele deu de ombros, expressando indiferença, o cigarro no canto da boca.

— Acho que estou evitando uma mudança radical na minha vida, adiando, sabe? — Ela fez que sim com a cabeça, inclinando-a para vê-lo melhor quando continuou: — Depois do meu acidente no rodeio e da morte do meu pai, concentrei toda minha energia na fazenda a fim de não perdê-la para o banco. A bem da verdade, não me sentia motivado a ter que encarar o que havia deixado para trás, embora o maldito touro não me deixasse esquecer.

— Você o comprou para esse fim, por mais que adiasse a sua volta aos rodeios. Como disse, o seu coração quer esse retorno.

— O coração quer, mas a cabeça não está boa, Natália — confessou. — Consigo fazer todos os movimentos da montaria na minha mente, entende? Tudo certinho como antes. Mas outra noite, quando montei no Furor quase entrei em pânico. Não comentei nada com os meus irmãos, isso é problema meu, da minha cuca pifada, mas, se quer saber, tremi nas bases.

— É normal se sentir inseguro. — Ela se pôs nos cotovelos para continuar: — Mas você consegue se imaginar longe dos rodeios?

O semblante bonito expressou melancolia e um pouco de amargura também. Ele desviou os olhos como se não quisesse se expor para ela, mostrar que sofria.

— Minha vida era a montaria — começou, balançando a cabeça devagar num gesto de desânimo. — E o meu pai era o meu ídolo. Perdi os dois ao mesmo tempo, e não sei como resolver isso na minha cabeça. Não sou inteligente como o Thomas nem otimista como o Santiago, sei que tenho um problema, e dos grandes, e tudo que faço é me deixar afundar.

— Você não vai afundar, tem mais uma mãozinha aqui para ajudá-lo — disse ela com carinho e, depois, suspirando, acrescentou: — Também tenho um touro para enfrentar e acho que já passou da hora de montá-lo.

Ele a olhou longamente e depois a beijou, as mãos entre as mechas dos seus cabelos. Que, em seguida, desceram para as suas costas. A boca acompanhou o movimento, os lábios entreabertos deslizando por cada palmo de pele.

— Preciso de mais do que a sua mãozinha... — falou ele, numa voz baixa e rouca, junto à sua orelha que, a seguir, teve o lóbulo lambido e mordiscado.

— Pega o que quiser — gemeu as palavras, a respiração ofegante, o sangue parecendo queimar nas veias.

Ele deslizou a palma aberta da mão no bico rosado, esfregando-a com suave pressão, estimulando-o. Baixou a cabeça e o tomou entre os lábios, a ponta da língua o pincelou com a saliva morna.

Natália instintivamente arqueou a coluna para cima, oferecendo-se toda. Os dedos se embaralharam nos cabelos lisos dele, puxando-o ao encontro dos seios pequenos e empinados. Arfou alto e teve o outro bico sugado pela boca que o mamava com vontade enquanto a mão apertava o seio livre.

Sentiu o sumo da vagina escorrer por entre a parte interna das coxas. No instante seguinte, ele a penetrou com o indicador, foi fundo nela e depois torceu o dedo e o retirou, esfregando-o no clitóris intumescido. Chupou o dedo molhado do líquido dela e tornou a introduzi-lo até o fundo. Ficou nisso, metendo e tirando sem deixar de roçar o maxilar com pontos de barba no bico arrepiado, em seguida no outro, revezando-se na carícia áspera extremamente erótica.

— Não sei o quanto vou aguentar... — ela gemeu as palavras em meio à respiração alta e entrecortada.

Ele então desceu a cabeça para chupá-la na boceta. Sentiu quando abriu os lábios da vagina para tomar o botão inchado entre o céu da boca e a língua, sugando-o como se o devorasse. As mãos a apertavam nas nádegas, a ponta de dois dedos contornava o aro de músculos do ânus, bolinava-o com atrevimento.

— Seu gosto é uma loucura — falou ele, baixinho e rouco, enfiando a cara mais uma vez entre as suas pernas. — Abre essa boceta pra mim — pediu, numa voz grossa. — Põe os dedos aí, isso... Agora separa bem para eu te lamber bem gostoso.

Ela separou as dobras, oferecendo-lhe a carne rosada e brilhante. E, ao sentir a língua grossa e larga se fartar na fenda entre os lábios vaginais, contorceu-se debaixo dele, recebendo uma longa lambida do monte de Vênus à entrada do ânus. Ele repetiu mais duas vezes, encharcando-a com sua saliva e com os fluidos que lhe saíam do corpo em brasa.

Num movimento ágil, Mário a pôs de bruços e abriu suas coxas com as mãos, apertando-a com força na carne macia. Natália gritou com o rosto colado na almofada quando sentiu a maciez molhada lhe açoitando o cu, masturbando-o.

— Encharca o meu rabo... — ela implorou, arranhando as unhas na lataria interna da caçamba.

— Vou me fartar nesse cu gostoso...

Ele lhe abriu as nádegas, e ela sentiu o frescor da atmosfera bater contra o ânus arreganhado. Sentiu em seguida a língua de Mário trabalhar em torno dos músculos, lambendo-os, forçando a entrada, os barulhos de sucção na carne molhada incendiando o seu corpo.

Deu-lhe pequenas mordidas nas nádegas, os dedos entrando e saindo do ânus, bolinando-o. Ela corcoveou na sua boca, soltando o ar com força como se expulsasse o excesso de prazer.

Mário a puxou para o lado e lhe ergueu a coxa, expondo a boceta inchada e úmida, pegou o pau com a mão e meteu a cabeça, parando à entrada, cutucando-a apenas. No movimento seguinte, pegou a mulher pela cintura e a golpeou com o mastro grande e rígido que a atingiu no ponto agudo do gozo, bem no fundo, bem duro e forte, socando e socando e socando enquanto a segurava agora por trás, pelos ombros, fazendo-a balançar a cabeça selvagemente enquanto era comida na boceta.

A caçamba sacudiu ao ritmo da foda selvagem. Natália gritava numa voz rouca misturada à respiração ofegante. O suor lhe encharcou o corpo e era um líquido grosso e quente.

Ele a puxou para si, pondo-a de joelhos, inclinando-a para frente, e continuou a penetrá-la, sacudindo-a, os peitos balançavam no ritmo da foda violenta.

— Você gosta de dar essa bocetinha pra mim, não gosta, minha gostosa?

— Quero o teu pau enterrado fundo na minha boceta, caubói.

— Vou meter tudo, até as bolas!

— Me arrebenta, acaba comigo!

Sentiu o chupão na parte de trás do pescoço.

— É uma delícia montar numa égua tesuda — disse ele, entredentes, parecendo à beira do orgasmo.

Ela rebolou em torno do pênis, e ele lhe desferiu uma palmada na nádega.

— Mais! Mais! — gritou, enlouquecida, e levou mais três sonoros tapas no traseiro.

Apertou os olhos com força ao sentir a aproximação do orgasmo. Era como uma onda gigante que ameaçava a engolir inteira levando-a à parte mais funda do gozo. A musculatura estremeceu, a carne latejou e um grito rouco lhe escapou da garganta. Em seguida, Mário atravessou o braço entre os seios dela, como se lhe desse uma "gravata", e estocou o pênis até gozar, enfiando o nariz na dobra do seu pescoço, exalando a respiração com força.

Ainda trêmulo, ele a abraçou por trás, deitando contra o acolchoado. Ficaram em silêncio contemplando as estrelas e, sem notar, ambos sorriam.

Capítulo vinte e três

O nome do ex-diretor da fábrica era o último da lista de demissões. E era ele quem estava sentado na cadeira diante de sua mesa. À espera do comunicado oficial, o executivo a olhava nos olhos não expressando rancor ou raiva, nenhum sentimento negativo que Natália pudesse captar, a não ser a resignação.

— Notei que o diretor da TWA, responsável pelo processo de transição, analisou criteriosamente os funcionários que seriam demitidos... — começou ela, desviando o olhar do homem para os papéis que segurava. — O seu desempenho dirigindo a fábrica foi impecável, vejo inclusive que todas as mudanças tornando o ambiente mais moderno partiram de suas determinações. Conversei com um ou outro funcionário mais antigo, e o que me disseram foi que o Fagundes parou no tempo e, se não fossem as suas ideias, Mauro, a empresa teria falido anos atrás.

— Só fiz o meu trabalho — falou ele, mexendo-se na cadeira um tanto encabulado.

— A bem da verdade, você fez muito bem o seu trabalho — afirmou Natália, tão séria quanto crítica. — Os funcionários demitidos, como bem sabe, tinham algum tipo de "mancha" em suas fichas, advertências verbais, faltas em excesso, e um deles inclusive tinha passagem pela polícia. Não eram colaboradores confiáveis. — Ela parou de falar e o fitou novamente ao acrescentar: — O que não é o seu caso. O pedido pelo seu afastamento se refere à imposição de uma nova diretoria pela TWA e, com isso, provavelmente, teremos uma espécie de desmonte da fábrica até ela ficar de acordo para o seu próximo proprietário. E acredito que você não aceitaria vê-la talvez vendida aos pedaços ou transformada num estacionamento.

— Isso é possível?

— Vou ser sincera com você — disse ela, recostando-se na cadeira para continuar: — Não tenho acesso a todas as informações que circulam em São Paulo e eu não via muito sentido no interesse da empresa por uma fábrica do interior...

— Até que percebeu que a TWA comprou várias empresas de médio porte no Centro-Oeste, não é mesmo? — interrompeu-a, esboçando um frágil sorriso de cumplicidade.

— Exatamente.

— Bem, a região passa por uma seca terrível já faz alguns anos. A crise econômica acentuou o problema. Alguns empresários se desesperaram e começaram a se desfazer de seus negócios vendendo-os por um valor abaixo do mercado, algo extremamente indecente. Os diretores da TWA, como legítimos tubarões farejando sangue na água, aproveitaram para se fartar no banquete dos covardes.

— Os oportunistas da crise — constatou ela, com frieza.

— Uma crise propicia o fim de um negócio ou de uma carreira, mas também enriquece muita gente.

— Eu sei — admitiu, contrafeita. — Mauro, me diga, o que pretende fazer caso eu leve a cabo a decisão de demiti-lo?

— Não entendi. Existe a possibilidade de eu manter o meu emprego?

— Os funcionários que restaram precisam de você, não vejo motivo para afastá-lo da sua função e não o farei. Contudo, minha decisão pode lhe dar apenas mais alguns meses de salário até a fábrica ser vendida e a nova diretoria assumir a administração.

— É o tempo de que preciso para organizar a minha vida e a da minha família para um recomeço fora de Santo Cristo — disse ele, sem disfarçar a ansiedade.

— Pensei que gostasse daqui.

— Gosto demais. Acontece apenas que em uma cidadezinha como essa, você tem três opções de trabalho: no funcionalismo público, em uma empresa como a do Fagundes ou em um negócio próprio.

— Sua família está adaptada aqui, não é mesmo? — perguntou e, quando ele fez que sim com a cabeça, ela continuou: — Deve ter a sua casa própria e uma rotina que faz bem à sua filhinha. Portanto, talvez seja melhor pegar a grana da rescisão e abrir o seu negócio. Será que não tem nenhum sonho engavetado, não?

Foi então que viu — no semblante iluminado por um sorriso quase juvenil — que sim, ele tinha um pássaro na gaveta disposto a voar.

* * *

Dona Albertina experimentou um batom vermelho-escuro diante do espelho de maquiagem. Sentada à mesa da cozinha, arrumava-se para receber as suas amigas de jogatina, que começaria às onze da noite. Ou seja, faltavam ainda cinco horas.

— Não gostei — resmungou, pegando outro da bolsinha de couro que se assemelhava a um estojo escolar de antigamente. — Quero que realce o contorno da minha boca linda, mas com discrição, ora. Sou toda discreta e não vai ser um vermelho-prostíbulo que vai estragar o meu visual.

Natália trocou olhares com Leonora, que terminava de preparar o jantar. Naquela noite eles comeriam uma boa comida italiana, canelone de espinafre ao molho branco, e também uma carne assada no forno.

Depois que voltou da fábrica, tomou um banho e vestiu uma camiseta folgada e um jeans escuro. Calçou um par de tênis e borrifou perfume no pescoço, para o caso de receber uma mordida no cangote, já que Mário gostava de abraçá-la por trás e enfiar o nariz entre os seus cabelos. E ela, bem, gostava muito quando ele fazia isso.

Ao chegar à cozinha, encontrou a matriarca no vestido indiano, longo, no tom azul com nuances em dégradé que formavam vários círculos. Usava também uma sandália rasteira, meia dúzia de pulseiras de prata em cada pulso, um brinco de penas verdes e um colar artesanal que era uma fita estreita de couro com dois dedos em V, ao estilo "Paz e Amor". O rosto não estava maquiado, mas ela insistia em escolher o batom adequado ao seu gosto e parecia irritada por não encontrar a cor que combinava com o seu astral naquela noite.

— Gosto de me maquiar, mas detesto batom — Natália comentou, provando o café preto feito por Thomas.

— Olha, filha, quando as pelancas começam a surgir por cima dos olhos e as bochechas ficam enrugadas, só nos resta enfeitar a boca.

— E já que não consegue enfeitar com palavras... — zombou Santiago, passando pela cozinha com uma maçã na mão. — É melhor usar batom mesmo.

— O que ainda está fazendo aqui? — indagou dona Albertina. — Devia estar arrumando o seu quarto como o Thomas está fazendo no dele. — E, voltando-se para Natália, falou: — O Mário foi dar uma volta pela fazenda, ver se tem cerca arrebentada ou bêbados atirados por aí. O povo enche a cara e, quando vê, acorda na propriedade dos outros. O meu finado marido levava os cachaceiros de volta para casa e ainda os medicava. Um santo homem. Pode crer.

De repente, Frederico, o homem que Mário lhe havia apresentado como o capataz da fazenda, entrou, esbaforido. O chapéu de vaqueiro todo para frente quase lhe escapando da cabeça. A camisa por cima da calça suja de quem vinha direto da lida. Mas o que mais chamou atenção foi o semblante de quem acabava de ver um fantasma ou a aproximação de um furacão. Faltava pouco para ter os globos oculares para fora das pálpebras.

— O Mário... — cuspiu num jato de respiração e, em seguida, dobrou o corpo para frente a fim de tomar fôlego e completar: — O Killer.

Mãe e filho se olharam aparentando surpresa e também assombro. Natália não precisou de mais informação para entender que Mário e Killer estavam se enfrentando. Sentiu o último gole de café queimar na língua e cair pesado no estômago. O medo a atingiu como um raio e a paralisou na cadeira. Ela se limitou a ouvir Santiago gritar, chamando Thomas, e dona Albertina pular da cadeira berrando como uma matrona italiana:

— O QUE AINDA ESTÃO FAZENDO DENTRO DE CASA? A ESSA HORA ELE JÁ ESTÁ NO CHÃO, SANGRANDO, PISOTEADO POR AQUELE TOURO ASSASSINO!

Derrubou a caneca de café, que se espatifou no chão. Leonora foi até ela com um copo de água.

— Está pálida! Será que sua pressão baixou?

Thomas surgiu feito um vendaval varrendo tudo consigo, o corpo grande derrubou uma cadeira, os ombros bateram contra a esquadria da porta.

— Que diabos o Mário está fazendo, porra?

— Tentando se matar — respondeu a matriarca, enfiando na cabeça o chapéu de vaqueiro. — Vamos tirar o teimoso do Mário do brete nem que seja na vassourada. Santiago, pega a minha vassoura de piaçava, vou quebrar na cabeça dele, ô, se vou!

— Mãe, calma, ele é um peão, cacete! — bradou Santiago, rindo, exagerado, como se estivesse à beira de um colapso nervoso. — Ele nasceu pra isso, gente, o cara resolveu pegar o touro pelos chifres! Vai vencer! Vai vencer! O nosso irmão vai vencer e voltar para as arenas da vida! — gritou, batendo o punho fechado no próprio peito.

— Cala boca, seu abestado, e me leva até essa maldita arena — ralhou dona Albertina, já à porta.

— Você não vem? — Era Thomas, ao seu lado, olhando-a curioso.

Pensou em lhe dizer que temia ver Mário no chão, ferido, e que a simples imagem dessa cena a machucava como se ela fosse apaixonada por ele. Mas não disse nada, apenas assentiu num gesto de cabeça e o seguiu para fora do casarão.

Leonora e o capataz fizeram o mesmo.

A arena se localizava atrás do celeiro, não era preciso que usassem um veículo, mas também gastariam de seis a sete minutos caminhando, ainda mais na velocidade da mãe dos rapazes.

— Vou ter um ataque cardíaco se tiver que acompanhar essas pernas imensas de vocês dois! Dá para correr mais devagar? — berrou dona Albertina, levando a mão ao peito.

Thomas a pegou no colo.

— A gente não estava correndo, ô, tartaruga hippie.

— Não sou uma inválida! Me põe no chão!

— Nada disso, a senhora é muito lerda!

— Vou mostrar pra você quem é lerda! — ameaçou e, em seguida, esperneando, gritou para o filho mais novo: — Busca a vara de marmelo que hoje o Thomas vai dormir de bunda ardendo!

— Mãe, por favor, a coisa é séria! — exclamou ele, perdendo o bom humor.

— Não precisa ser grosso, vou morrer logo — disse ela, ressentida.

— Desculpa, minha velhinha linda, vou bancar uma rodada inteira do seu pôquer. — A voz do grandalhão de Stetson soou doce.

Natália viu então o curral, recortado pelo anoitecer e pelas luzes dos postes de iluminação da Majestade do Cerrado, e também a estrutura de ferro do brete.

Do alto da última tábua do cercado, o caubói se virou para trás, o rosto fechado numa expressão severa, a curva dos lábios exibia paixão e o modo como a olhou fulminou-a de obstinação. E era como se ele lhe dissesse: "Eu tenho coragem de enfrentar os meus demônios. Agora faça a sua parte".

Engoliu em seco, desejando ter a mesma coragem para mudar radicalmente a sua vida. Precisava mudar, sentia que precisava mudar! Porque agora, mais do que nunca, temia que Mário se machucasse. E foi o medo, o medo de vê-lo ferido, que lhe mostrou que estava apaixonada por ele.

Capítulo vinte e quatro

A Silverado estava estacionada do outro lado do curral, os faróis mostravam os touros nos cercados fechados, menos o maior deles, que era conduzido para o brete.

Natália se acomodou na longa rampa de madeira da arquibancada recém-construída. Dona Albertina estava ao seu lado, amassando o chapéu nas mãos, de olho nos filhos reunidos em torno do capataz e de outro vaqueiro que auxiliava Mário. Em nenhum momento o caubói se voltou para ela, concentrado que estava no que faria a seguir. Como ela bem sabia, era o confronto aguardado havia cinco anos e era certo que aquele homem não admitiria um fracasso.

— O que eles estão fazendo? — perguntou ela a dona Albertina, o pescoço espichado tentando identificar o que o vaqueiro fazia arqueado por cima do touro que acabava de entrar no cercado.

— O vaqueiro de trás, o Otomano, segura o sedém. — Thomas e Santiago se juntaram ao vaqueiro, enquanto Mário esfregava algo numa corda espichada. Ela se voltou para a mãe dos Lancaster e nem precisou abrir a boca para que a velhinha esclarecesse o que acontecia: — Eles o estão ajudando com a luva de couro e a corda americana, tem que passar o breu, um tipo de cola, para a corda não deslizar, dá mais aderência, sabe, senão o cabra se solta da montaria e já era.

Essa mesma corda, como Natália pôde ver através do espaço entre as barras da porteira, era amarrada na parte da frente do touro, atrás das patas dianteiras.

O grupo de caubóis então tirou o chapéu, levando-o ao peito, e baixou a cabeça demonstrando que rezavam em silêncio.

— Sem Deus não somos nada, só poeira soprada pelo destino — filosofou a velhinha.

— Pois é, ainda mais sem capacete — constatou Natália, de olho no peão.

— O Mário nunca usou capacete, já briguei com esse moleque, mas não tem jeito.

— Uma lesão na coluna...

— Quem sabe a senhorita não vai tecer seus comentários pessimistas do outro lado da arena, hein?

— Desculpa.

— Tudo bem, depois te pago uma rodada no pôquer — disse dona Albertina, sorrindo e piscando o olho com ar maroto.

Por mais que estivesse nervosa e ansiosa diante da possibilidade de uma queda de Mário, ainda assim, teve vontade de abraçar a mãe dele.

O vento soprou forte, fazendo barulho nos galhos secos das árvores. Era como se anunciasse um temporal de verão ou a queda do peão. Natália não costumava rezar, mas se pegou pedindo aos céus que protegesse o Lancaster.

Foi então que tudo começou.

O touro se debatia cada vez mais no compartimento estreito, ouvia-se o barulho do ferro batendo contra o ferro na agitação nervosa do imenso animal. Natália viu quando Mário alinhou a mão enluvada junto ao lombo da sua montaria. Por uma fração de segundo, ele manteve a cabeça baixa, o chapéu preto lhe escondia parte dos olhos, talvez fosse naquele momento que ele e o animal se comunicavam, como lutadores se cumprimentando antes do confronto.

Thomas esperava o sinal do irmão para puxar o portão do brete. O nervosismo a levou a apertar a mão de dona Albertina.

— Fica tranquila, filha, ele é o melhor peão do país — disse, com a certeza de quem entendia de rodeios, mas também com o orgulho de ser a mãe do peão. — O pai dele o está protegendo. Pode crer — acrescentou, numa voz emocionada.

O touro corcoveou assim que foi solto do brete. As patas traseiras chutavam a areia vermelha, espalhando-a por tudo numa densa névoa. Sacudiu-se no seu próprio eixo, levantando do chão o corpanzil largo e soltando bufidos pelas ventas. Parecia furioso, pulando e girando para derrubar o peão da montaria. Mário mantinha o braço direito no alto, o corpo seguia os movimentos do animal, flexível e ao mesmo tempo firme. Num dado momento, o chapéu voou de sua cabeça e a coluna pareceu formar um arco para trás e para frente. Ele enfim se aprumou novamente em cima do lombo raivoso, as pernas ajustadas nos flancos do animal.

Thomas e Santiago exortavam a montaria do irmão, e o capataz parecia absorvido pela cena diante dos seus olhos, algo que talvez ele não acreditasse jamais rever. Deu uma rápida olhada para dona Albertina, e ela tinha os olhos vidrados no filho e os punhos fechados como se preparando para esmurrar o ar quando soassem os oito segundos.

A cabeça de Killer balançava com força a cada giro do corpo, como se estivesse possuído por uma entidade carregada de energia, a mesma que habitava o peão que o acompanhava no violento e também belo embate.

A campainha da arena soou e, em seguida, Mário soltou a corda e pulou do touro. Caiu de joelhos, mas logo se pôs de pé. Correu para a cerca do curral.

Natália pulou na arquibancada ao ver Killer enganar os vaqueiros e partir em direção ao peão. Gritou para avisá-lo. Mas o touro já o tinha atingido nas costas, empurrando-o para o chão.

Santiago pulou para a arena acenando para chamar atenção do bicho, enquanto Thomas ajudou o irmão a se levantar depressa. Ambos correram para a cerca e a subiram sem olhar para trás.

— Meu Deus do céu — murmurou Natália, sentindo o corpo inteiro trêmulo. Voltou a se sentar, não conseguiu se manter de pé. O coração acelerado e a garganta seca.

Do outro lado da arena, Mário bateu com dois dedos debaixo da aba do chapéu, ergueu-a mostrando os olhos azuis radiantes e um sorriso de futuro campeão.

Ele parecia iluminado, ela viu a felicidade no rosto mais lindo entre todos. Um punhado de lágrimas a fez engasgar. A mão de dona Albertina procurou a sua quando lhe falou:

— Agora o meu filho está curado.

Santiago aportou entre elas e pegou a mãe no colo, tirando-a da arquibancada e rodopiando pela arena, já que Killer havia voltado para o interior do curral.

— Ninguém seguuuuura os Lancaster! — exclamou o jovem peão.

Mário atravessou a arena correndo, sentindo a terra debaixo dos pés e o cheiro das árvores e do açude impregnado nas suas narinas. Aquele lugar era o paraíso, e o homem que pulava da cerca e abria os seus braços para aconchegá-la junto ao seu corpo era o seu verdadeiro lar.

— Você me inspirou a me superar, dona madame — disse ele, olhando-a no fundo dos olhos.

— Montou no Killer por minha causa?

— Eu tinha um encontro marcado com esse capiroto, mas já estava adiando fazia anos. Foi por você, sim, que o encarei antes do previsto. Testei minha coragem e os meus traumas, tudo ao mesmo tempo. Fiz porque quero ser uma pessoa melhor. — Ele tomou o rosto dela entre as mãos e completou: — Fiz porque amo você.

Beijou-a sem esperar a resposta, justamente porque não lhe havia feito uma pergunta. Era um homem impetuoso e passional, e ela jamais conhecera um tipo assim.

Capítulo vinte e cinco

Natália nunca havia se imaginado um dia na sala de jantar do casarão de uma fazenda, cercada por sexagenárias jogando pôquer a altas somas em dinheiro. A grana rolava solta, embora Mário e Thomas gemessem a cada rodada quando tinham que levar as mãos às carteiras e empilhar as cédulas na mesa. Sim, as velhinhas exigiam ver o dinheiro vivo e, obviamente, os Lancaster faziam a mesma exigência quanto à grana delas. Eram em torno de quatro viúvas maquiadas, perfumadas e bem-vestidas, fazendeiras e esposas de fazendeiros da região, donas de um vocabulário de deixar caminhoneiros e borracheiros corados.

Em um dos intervalos entre as partidas, encontrou Mário na cozinha sorvendo uma latinha de cerveja, olhando para fora através da janela aberta, possivelmente revivendo os momentos passados ao vencer o confronto com Killer.

— Pretende vender o touro?

A pergunta o fez se virar para ela, um sulco profundo lhe marcava o meio da testa, sinal de que ele pensava a fundo na questão.

— Ainda não.

— Sua mãe me falou que a propriedade está nas mãos do banco — começou Natália, não querendo ser intrometida, mas precisando dizer o que pensava a respeito: — Então acho que deve devolver aquele anel caríssimo e me permitir que dê um presente para a sua mãe.

— O anel que comprei pra você? — indagou ele, fechando a cara. — Não tem sentido.

— Claro que não. O presente é bancá-la no pôquer. Não sei se notou, mas ela já perdeu cinco mil reais, é muito dinheiro.

Mário suspirou, expressando desânimo.

— Não sei como fazer essa mulher feliz — admitiu. — Desde que o meu pai morreu, sinto que preciso distraí-la, deixar fazer o que quiser para não entrar em depressão e... — Ele parou de falar como se não quisesse pronunciar em voz alta o seu pior pensamento. Então arou o cabelo num gesto de desalento e continuou. — Sabe aquelas histórias de casais de longa data que não podem viver um sem o outro? Quando o velho Breno se foi, temi que a mãe se fosse meses depois. Já vi isso acontecer, e eu não queria perder a dona Albertina.

— Entendo. Mas já se passaram cinco anos, e ela está firme e forte — comentou Natália, com um terno sorriso.

— Não sei, a depressão é um bicho traiçoeiro.

— Acho que ela quer é a atenção dos três, talvez se sinta solitária e carente, mas não vejo vestígio de depressão no comportamento dela. É uma mulher forte como você e os seus irmãos, meu amor.

Ele arqueou a sobrancelha com desconfiança.

— Meu amor? Pelo visto estamos progredindo por aqui — comentou ele, com um sorriso sacana.

— Você me conquista a cada dia, peão — brincou Natália, dando-lhe um soquinho amistoso no ombro.

— Pena que agora terei menos de vinte e quatro horas.

— Ah, mas isso não será problema, pois pretendo voltar à sua fazenda no próximo sábado — tentou amenizar o tom dramático.

— Natália... — ele começou, pegando as mãos dela para beijá-las no dorso. — Montei no Killer para voltar aos rodeios e ganhar dinheiro o mais rápido possível. Quero que venha morar comigo o quanto antes. Eu também não ponho muita fé num relacionamento com quase mil e quatrocentos quilômetros de distância. Acredito que vai ser cansativo nos vermos nos fins de semana e, com o tempo, você vai mergulhar no trabalho, e eu nas montarias, e vamos nos perder um do outro — disse ele, sério.

Contrariando a vontade do seu coração, Natália viu-se dizendo, num tom frio:

— O certo é não alimentarmos ilusão de futuro. O sexo é bom e a sua companhia também. Vamos então deixar as coisas fluírem sem interferir muito.

— Que porra está falando? — grunhiu ele.

— De seguirmos com o combinado, sem grandes expectativas.

— Grandes expectativas? Minhas expectativas são do tamanho de uma montanha! Aliás, pensei que você estivesse acompanhando o meu raciocínio — comentou, impaciente. — É bem claro o que sugiro: larga tudo e vem viver comigo, ora.

Ela queria dizer sim.

Mas o que faria com a vida que tinha em São Paulo?

O que faria em Santo Cristo, além de ser a namorada de um caubói?

— Acho que estamos perdendo tempo com especulações sobre o futuro — afirmou Natália com cautela, pois não queria ser mal interpretada. — Vamos aproveitar o resto da noite, já que amanhã não vou à fábrica e assim ficarei na fazenda incomodando você — provocou-o.

Ele a fitou analisando-a de modo crítico.

— Entenda que você não vai escapar de mim.

— Nossa, isso parece frase de um *stalker* — comentou ela, rindo.

— Hum, pois é, esses cretinos foderam com uma frase bonita que só — rebateu ele, do jeito como a seduzia, sorrindo e piscando o olho como se a paquerasse. — Vou seguir as suas determinações, dona executiva, porque sou um cabra muito do intenso e costumo atropelar e achatar contra o asfalto quem eu mais amo.

Ela o abraçou e, pondo-se na ponta dos pés, beijou-o. Depois o encarou com um amplo sorriso ao declarar:

— Me passa as rédeas, caubói, que eu conduzo a nossa cavalgada.

Ele fez que sim com a cabeça e a puxou para um abraço longo e apertado como se já estivessem se despedindo.

A despedida real, no entanto, aconteceu no saguão do aeroporto, minutos antes de Natália se encaminhar para a salinha de embarque. Ela se obrigou a sorrir, contendo as lágrimas de emoção ao abraçar e beijar todos os Lancaster.

— Vai com Deus, minha filha, e vê se não demora a voltar — disse dona Albertina, dando-lhe um abraço caloroso, daqueles que as mães davam aos filhos. — O Mário me falou que você queria me bancar no pôquer... — Ela se afastou para encará-la e, com ar travesso, completou: — Da próxima vez não toca trombeta antes de fazer uma boa ação, sempre tem um filho da puta para impedir.

— Eu ouvi — elevou a voz o filho mais velho.

A velhinha lhe lançou um sorriso sem graça e a abraçou novamente. Por um momento, Natália considerou jogar tudo para o alto e voltar para casa, a Majestade do Cerrado, no colo da matriarca. Um sentimento estranho irrompeu violentamente do seu ser, a garotinha buscando eternamente a aprovação paterna ao ser ignorada pela mãe. Ela não tinha um lar em São Paulo, mas uma mansão arejada e fria, bem decorada e morta. O lar de verdade estava no meio do mato, no cheiro da comida caseira, no som gostoso da risada dos moradores da casa-sede, no barulho do açude e dos bichos soltos no curral; o lar estava nas partidas de pôquer, nas montarias na fazenda e no amor que um peão de rodeio estava disposto a lhe dar.

Sentiu a mão no ombro e, ao se voltar, viu um par de olhos azuis cravados no seu rosto.

— Tudo bem?

Ela fez que sim com a cabeça, tomada por uma vontade de chorar que jamais traduziria o que sentia naquele momento. Um dilema. Uma apreensão. Não sabia como denominar a sensação de ter a vida parada diante de uma encruzilhada.

Desvencilhou-se da matriarca e se jogou nos braços de Mário, deitou a cabeça contra o seu peito e respirou fundo, contendo o choro. Por mais que não quisesse retornar à vida que deixara para trás antes de Santo Cristo, talvez, ao chegar a São Paulo, tudo voltasse ao normal, e o sentimento de pertinência à família Lancaster desaparecesse em meio à rotina de executiva-solteira-em-busca-de-uma-promoção.

* * *

— ONDE ESTÁ A SUA CABEÇA?

O berro de Thomas, ao seu lado, tirou Mário da letargia. No instante seguinte, pisou no freio, jogando a Silverado para o acostamento, o mato baixo ao longo da rodovia.

Cacete, ele quase tinha acertado a traseira de um caminhão! Arou o cabelo com as mãos, considerando que não estava em condições de dirigir, a cabeça longe, mais precisamente dentro de um avião.

— Assume o volante.

Saiu da picape e a contornou, postando-se no lugar de Thomas. Tirou um cigarro da carteira, riscou o fósforo e ateou fogo na ponta, tragando-o fundo. Diante dos olhos, uma nuvem escura parecia lhe turvar a visão. Ao mesmo tempo, sentia o peito oprimido, pesado, uma angústia dos diabos o acompanhava desde que se despedira de Natália. Teria pela frente mais cinco dias disso, de saudade e desejo. Era certo que não aguentaria.

— Agora o foco é a sua volta aos rodeios — disse a mãe, sentada no banco de trás com Santiago. — Precisa voltar a treinar e a frequentar a academia para se exercitar.

— Não, mãe, o meu foco é essa mulher, é não a perder de vista mesmo estando longe — resmungou, contrariado.

— *Foca* onde quiser, o bicho é seu mesmo — concluiu ela, dando de ombros.

— Ele está apaixonado — interveio Santiago. — As montarias podem esperar.

— Nada vai esperar, voltarei ao rodeio e terei a Natália vivendo comigo na fazenda.

— Ô, mula teimosa, isso não depende só de você — ralhou Thomas, reduzindo a velocidade ao entrar na Majestade do Cerrado.

— Depende da força do meu laço.

Dona Albertina lhe deu um cascudo na cabeça. Ele gemeu alto, mas ela pouco se importou.

— Fica frio, ô, Lancaster. A garota está apaixonada por você.

— Ela te disse isso? — perguntou, voltando meio corpo para trás, a fim de encará-la. — Usou as três palavras: *eu amo ele*?

— Não, fez mais do que isso. Ficou pálida e nervosa, apertando a minha mão feito uma condenada quando viu você montando. Filho, aquilo que vi no rosto dela foi o medo e a preocupação de uma mulher que ama o cabra.

— Eu também notei isso — disse Santiago. — E não apenas na noite da montaria. O tempo todo que ela ficou com a gente, tinha os olhos grudados em você, mas disfarçava, claro.

— Pensa bem, povo, o Mário chegou com tudo pra cima dela, é normal que a tenha assustado — ponderou Thomas.

Mário saiu da picape e se jogou no sofá do alpendre. Tirou o chapéu e o deitou nos joelhos, lançando um olhar demorado para o horizonte, absorvendo a tristeza que devorava o seu coração.

— Vai ser foda sem ela — falou baixinho para si mesmo.

***

Assim que chegou a São Paulo, Natália foi para casa. Pretendia tomar um banho, trocar de roupa e seguir para a empresa. O melhor a fazer era voltar à sua rotina, uma vez que se sentia melancólica desde que se despedira de Mário.

Foi recebida por Veridiana, a governanta da mansão dos Esteves, com um esboço de sorriso no rosto preparado para a ocasião.

A mulher, baixa e maquiada com discrição, usava uma camisa clara e a saia azul-marinho comprida até abaixo dos joelhos. Alcançava os cinquenta anos ou um pouco mais. Era eficiente, distribuía as ordens aos demais funcionários num tom de voz quase inaudível, então todos prestavam bastante atenção nela. Caso contrário, não ouvindo as suas determinações, paravam no olho da rua. O sr. Esteves confiava plenamente na funcionária, que, em breve, completaria uma década de serviços prestados à família.

Natália notou de imediato que não havia sentido falta da pose de "dama inglesa" da governanta, tampouco do ambiente silencioso e sofisticado do lugar onde vivia.

— Deixe-me ajudá-la com as malas, srta. Esteves — disse Veridiana, sem se mover do lugar. — O Emiliano as carrega para o seu quarto — comunicou, numa voz neutra.

— Não, obrigada — dispensou-a com um sorriso. Havia zanzado com suas malas para lá e para cá, em Santo Cristo, e não seria dentro da sua própria casa que precisaria de ajuda com aquilo.

— Fez boa viagem?

— Sim, foi agradável — mentiu. A verdade era que a viagem havia sido incômoda e triste.

— Quer que eu lhe prepare algo para comer?

— Não, eu estou sem fome — respondeu, encaminhando-se para a escadaria. Antes de chegar, voltou-se para a mulher e perguntou: — Meu pai está na empresa?

Bom, era uma tarde de segunda-feira, onde mais ele estaria?

— Acredito que sim — respondeu a funcionária, olhando-a por baixo de sua franja lisa e escura.

Era estranho que sentisse certo alívio por saber que não esbarraria com o pai tão cedo. Queria um pouco de sossego antes de enfrentá-lo, pois todo encontro com ele era isso, um enfrentamento, uma queda de braço.

Deixou as malas no closet, sem considerar desfazê-las pelo menos até a noite. Foi para o banheiro e se despiu, pondo-se debaixo do jato forte de água quente. Ajustou o registro para uma temperatura mais agradável. Gostou da água morna vinda dos canos aquecidos pelo intenso sol de Santo Cristo.

Enrolou-se na toalha e voltou à suíte. Sentou na beirada da cama e olhou em torno. Parecia que estava de volta ao hotel Belo Pouso, a familiar sensação de deslocamento, de neutralidade e de não pertinência ao local.

Vestiu-se rapidamente sem se dar tempo para pensar em quem havia deixado para trás. Agora estava de volta à normalidade e seguiria o resto da semana afundada no trabalho. Afinal, havia deixado várias tarefas pendentes e alguns compromissos sociais que pretendia burlar.

Chegando ao estacionamento subterrâneo da TWA, pegou a pasta executiva do banco do carona e saiu. Suspirou profundamente, de pé ao lado do seu automóvel. As paredes de concreto da imponente construção de doze andares lembraram-lhe que tinha uma vida ali, uma vida inteira dentro da empresa. Os elevadores panorâmicos lhe mostraram, como numa viagem ao passado, os dias tenebrosos e os maravilhosos pelos quais passara até chegar à gerência da TWA. O quanto havia chorado em silêncio no banheiro ou vibrado internamente por uma vitória conquistada, no caso, quando conseguia fazer o seu trabalho sem a interferência crítica do pai.

Foi direto para a sua sala, evitando lançar o olhar para a porta que levava ao corredor da presidência. Não queria vê-lo nem ter de ouvir uma de suas sentenças sobre o seu desempenho em Santo Cristo. Comunicaria a Jean, o seu chefe imediato, a sua decisão de manter o diretor na empresa. Respeitaria, enfim, a hierarquia. E o presidente, no caso o seu próprio pai, teria de se reportar ao diretor e não mais diretamente à gerência.

Por mais que se sentisse desanimada ao voltar à sua conhecida rotina, também se sentia revigorada, disposta a se impor àquele que a subjugava havia anos.

Capítulo vinte e seis

De um lado da parede branca, os diplomas e certificados dos cursos que fizera no país e no exterior; do outro, a ampla janela, o vidro fechado mantendo o ar-condicionado nos vinte e dois graus.

Natália verificou sua agenda no celular, a única reunião agendada era com Jean e depois seguiria com o seu trabalho rotineiro.

Foi até a janela e viu o céu branco, pendendo para o cinza, sugerindo a aproximação de um temporal. Doze andares abaixo, a ampla avenida movimentada e mais um pedaço de cinza no asfalto encoberto pelos veículos. Uma ou outra árvore salpicava a calçada, entrecortadas pelos espigões de concreto e vidro.

Ela voltou de uma cidade com seis mil habitantes, enquanto apenas naquela avenida passavam cerca de um milhão e meio de pessoas. Um contraste gigantesco. E, portanto, uma realidade completamente oposta. E eram assim a sua vida e a de Mário, opostas. Agora, enquanto aguardava a chegada do primo, imaginava o peão em torno da lida da fazenda, limpando o estábulo ou terminando os últimos reparos do lugar destinado às montarias de touro. Talvez ele estivesse tomando café preto no alpendre ou treinando em cima de um touro.

Voltou-se ao sentir uma presença no escritório. Jean a observava com um leve sorriso nos lábios e, estranhamente, não vestia terno nem roupa social. O jeans escuro combinava com a camisa de uma cor só, de boa qualidade.

— Você está diferente — afirmou ele, sorrindo.

— Eu? O que aconteceu com o terno? — indagou, aceitando o abraço.

Ele se afastou para encará-la.

— Não falou com o seu pai?

— Ainda não. Por quê?

— Pedi demissão.

Natália sentiu um frio na barriga, uma sensação estranha que não era boa e, por isso mesmo, mais estranha ainda. Jean era o seu principal concorrente na corrida hierárquica dentro da empresa e agora ele anunciava a sua saída. O caminho, enfim, estava livre para ela sem o preferido do presidente da empresa.

— O que aconteceu?

Ele se sentou na beirada da escrivaninha de vidro e aço e, com displicência, falou:

— Aconteceu que enchi o saco.

— Isso não é motivo para abrir mão de anos de carreira.

— Então, me diga, prima, que motivo me faria pular fora? — havia um rastro de ironia na voz grossa.

— Uma proposta milionária de emprego — arriscou ela, procurando ler a emoção do rosto dele.

O outro riu alto, deitando a cabeça para trás, como se ela tivesse contado uma piada.

— Para falar a verdade, o meu poder aquisitivo vai despencar — disse ele, de modo misterioso. — O dinheiro nunca me motivou na vida.

Ela se sentou na sua cadeira de encosto alto e o avaliou detidamente. Havia um ar jovial que parecia ter limpado as olheiras da face bonita dele, uma aura de leveza e bom humor que também era nova conquista.

— Eu sei. Você curte mesmo é ser o queridinho do meu pai — afirmou ela, num tom de brincadeira, embora não tenha conseguido amenizar o azedume.

— Pois é, o preferido do seu pai, que coisa, né? Gosto disso, mas não fui eu quem começou — rebateu, olhando-a fixamente.

— Ele me escolheu, o seu pai sempre me quis à frente dos negócios. Mas agora o caminho está livre para você.

— Olha, sinceramente, isso não é do seu feitio, deixar o caminho aberto para mim.

— Não faço isso por você — rebateu, suspirando profundamente. — Quando visitei meu amigo no hospital, um workaholic de trinta e cinco anos que acabava de enfartar, tive a visão do meu futuro e não gostei nadinha dele. O cara estava acabado, aparentando quarenta e poucos anos, o cabelo grisalho e um ar cansado, de quem estava louco para se aposentar ou morrer. Ele então melhorou e me falou dos seus planos de chutar o balde da vida corporativa, queria alçar voo para novos lugares. E eu disse: quer enfartar nos Estados Unidos ou na Europa? Você precisa é largar essa vida de coelho-engravatado-correndo-atrás-da-cenoura. E ele respondeu que os novos lugares em questão era um quiosque na praia. — Jean riu e continuou: — O alto executivo decidiu se tornar vendedor de suco natural no Nordeste.

— Interessante e arriscado.

— Exatamente. Tudo que é interessante é arriscado.

— Frase estranha para alguém tão pragmático — debochou ela.

— O meu pragmatismo morreu depois de uma madrugada inteira acordado na sala de espera de um hospital. Eu cresci com esse cara, namorei a irmã dele inclusive, a gente é como irmãos. E, de repente, me avisam que ele está numa UTI à beira da morte. O camarada nunca teve problema cardíaco... — Ele arou o cabelo demonstrando tensão antes de continuar: — É óbvio que foi consumido pela... — fez um gesto amplo com as mãos abarcando ao redor quando acrescentou: — máquina.

— Não seja ingênuo, Jean, essa *máquina* foi criada por nós.

— Tem certeza? Quando eu nasci, tudo já estava pronto, só tive que me adaptar, me moldar.

— Podia ter recusado o convite do meu pai para vir trabalhar aqui — foi mordaz.

— Novamente lhe pergunto: e por qual motivo?

— Por não saber o que quer da vida.

— E você sabe? — perguntou ele, impaciente. — Alguém sabe exatamente o que quer da vida?

— Sim, quem tem uma missão, uma vocação, sei lá, quem ouve um chamado e nutre uma paixão maior que tudo.

— Nossa, voltou filósofa?

— Conheci pessoas que lutam pelo que querem.

— Os jacus.

— Não eles, aqueles lá só quiseram atrapalhar uma simples transação comercial.

— Ah, eu soube disso, seu pai me contou. Que absurdo. Se eu estivesse lá, colocaria todos para correr.

— Fizeram isso por mim.

— Me perdoe por tê-la deixado na mão — disse ele, de um jeito afetado e superior.

— Que novidade. Quando o meu pai o chamou para assumir uma das chefias, você sabia que o cargo era meu por direito, que eu estava na empresa havia anos e o certo era a minha promoção. Ainda assim, aceitou o convite e grudou feito pulga no cachorrão da TWA. Agora, quando ele me manda para o fim do mundo coordenar uma transição de compra e venda, você resolve ficar e me manda sozinha arder na fogueira. O amigo no hospital foi uma bela desculpa para cair fora.

— Está sendo injusta.

— Você queria mostrar ao presidente que eu não era capaz de dar conta do recado — acusou-o.

— Ah, certo. Então por que eu deixaria a empresa, cedendo o meu lugar a você?

— O lugar não é SEU! — Ela se pôs de pé num pulo, elevando a voz com aspereza. — É um cargo numa empresa sem nome na cadeira!

— Sabe de uma coisa, Natália? Estou cansado do seu recalque. Faça terapia ou tenha coragem para se afastar do tio, do domínio que ele exerce sobre você, só não me coloca no meio disso tudo, ok? A cadeira da diretoria não tem o meu nome, mas também nunca teve o seu. Você é cega, não vê nada ao seu redor e mal conhece quem a colocou no mundo. O tio come metade da empresa, traça as funcionárias bem debaixo do seu nariz, não tem um pingo de respeito pela esposa, e nem você nem ela enxergam isso. — Ele foi até a janela e se voltou, olhando criticamente para Natália. — Você sempre se matou de trabalhar como um asno que carrega pedras, olhando para baixo, tropeçando no seu cansaço. Nunca fez nada por você mesma, nada. Com o salário que recebe, podia morar sozinha, ser independente, mas continua na casa dele, à espera de um elogio, de um reconhecimento que jamais virá.

— Chega disso, seu terapeuta de araque!

— A tia, por outro lado, é a mulher mais esperta do mundo, viu que o marido jamais a amaria e o enfeitou de chifres. Mas você continuou servindo ele como capacho diante de todas as evidências de que jamais conseguiria o que mais quer.

— Jean, por favor, sai da minha sala — pediu, tentando controlar o tremor da voz.

Ele foi até ela e baixou a cabeça, mantendo os olhos alinhados aos seus quando afirmou:

— Analisa a vida pessoal do tio, a sexual, melhor dizendo. Ele se casou novamente e continuou mantendo casos extraconjugais. Veja bem, a sua madrasta o ama e faz tudo por ele e, mesmo assim, também é traída. O que acha que isso significa? — indagou, mordaz.

— Nada, a vida é dele.

— Tem certeza de que esse comportamento não atinge você?

— Certo, já destilou o seu veneno, agora pode se mandar para o seu quiosque — ironizou.

— Natália, larga de ser teimosa e me escuta, só quero mostrar que o seu pai não é um ser supremo de aura ilibada.

— Você quer estragar ainda mais o meu relacionamento com...

— Epa, nada disso — interrompeu-a. — O que eu quero é mostrar que o tio jamais vai aprová-la ou aceitá-la como alguém, por exemplo, igual a mim. Para ele, os homens são melhores que as mulheres e ponto final. Não existe mulher em cargo executivo na TWA e você só chegou à gerência porque o incomodou muito com sua dedicação e, além de tudo, trabalha muito mais do que qualquer cara aqui dentro. O tio se viu obrigado a lhe entregar pelo menos a gerência e não haverá outra promoção.

— É mesmo? — zombou, as mãos nos quadris, a postura altiva. — Talvez agora, com o queridinho fora do caminho, eu consiga me tornar diretora-geral.

— Quer apostar que não? — provocou-a, arqueando uma sobrancelha com ar soberbo. — Você não é a queridinha do presidente, não é macho e não tem personalidade para confrontá-lo, está sempre ao redor dele feito um bichinho de estimação carente.

Quando viu, já tinha feito. Não pensou antes nem premeditou. A bofetada atingiu a bochecha de Jean, empurrando seu rosto para o lado, a surpresa estampada no seu olhar.

— Puta merda... — sussurrou ele, levando a mão à face.

— Não me venha falar sobre falta de personalidade. Você chegou à diretoria porque o presidente o considera como o filho que não teve e não por sua capacidade e talento administrativo. Faz um ano que é diretor da TWA e já conseguiu uma desculpa para escapar da pressão, assim como fugiu do casamento deixando a pobre da noiva no altar. A desculpa era a traição? Então por que não abriu o jogo com ela antes? Não, claro que não. Os holofotes para o sr. Jean, o traído pela vagabunda. Talvez esteja aí o ponto em comum com o meu pai, dois canalhas.

— Hoje é o dia de jogarmos umas verdades na cara. Tudo bem, nada como uma boa lavagem de roupa suja para sacudir a poeira de um relacionamento. Mas eu não sou um canalha, posso até ser um cara volúvel e talvez superficial, isso até aceito. — Riu, demonstrando não se levar muito a sério. — Ainda assim, torço por você. — Antes de sair, piscou o olho para ela.

Capítulo vinte e sete

Eram duas da manhã quando Natália desceu para a cozinha, o estômago roncando de fome, uma vez que não havia comido nada no dia anterior.

Abriu o freezer e retirou uma lasanha congelada. Removeu parcialmente a tampa da embalagem e a pôs no micro-ondas. Deixou a comida aquecendo e foi até a adega pegar um vinho tinto. Precisava beber não apenas para acompanhar a refeição, mas porque estava à beira de uma crise de nervos.

Como se não bastasse a tensa conversa com Jean, o pai a chamara ao seu escritório para duas péssimas notícias. A primeira se referia à manutenção de Mauro na diretoria da fábrica de parafusos. O seu nome estava na lista de demissões, e ela só tinha que demiti-lo. No entanto, não o fez, e o presidente da TWA, passando por cima da diretoria, a questionou a respeito, colocando mais uma vez em xeque a sua competência.

Ela defendeu o seu ponto de vista de modo claro e sereno, olhando nos olhos do pai, sem medo de enfrentá-lo. Porém, sentiu asco. Foi a primeira vez que se sentiu assim em relação a outro ser humano. E, assustada com tal sentimento, deixou-se levar pela emoção.

— Eu não me preparei ao longo desses dez anos para apenas cumprir ordens cegamente. O Jean quis limpar os cargos mais importantes da fábrica, e eu entendo o motivo. Contudo, o Mauro será uma peça muito importante no momento da venda da fábrica e na posterior adaptação dos novos dirigentes.

— O rapaz será comunicado por e-mail sobre o seu afastamento definitivo — disse friamente, desviando os olhos dos dela para se concentrar no notebook à mesa.

Ficou pasma e sem palavras. Revolveu na mente argumentos para a defesa de Mauro, mas parecia que ele era importante apenas para quem o tivesse conhecido pessoalmente. O que não era verdade.

— Ele não é um *rapaz*, é um profissional com mais de vinte anos de experiência. Além do mais, os ânimos estão acirrados em Santo Cristo e, em especial, dentro da fábrica. A agitação dos funcionários pode favorecer o afastamento dos compradores...

— Natália — ele a interrompeu com suavidade e, quando ela parou de falar para ouvi-lo, prosseguiu: — teremos uma reunião para a nomeação da pessoa que substituirá o Jean na diretoria.

— Eu sei, mas quanto ao Mauro...

— Quero todos os chefes de departamento e gerentes presentes.

— Não sou a sua secretária — falou ela, com firmeza

— Voltou rebelde?

Ela notou a ironia, mas preferiu não comentar.

— De jeito nenhum, só não me passe tarefas que são de competência da sua secretária.

— Por favor — retrucou ele, com enfado.

— O Mauro é eficiente, pai.

— Esse assunto está encerrado — concluiu ele, dando a entender que a dispensava do escritório. — Vê se não se atrasa, a reunião vai ser no sábado e depois teremos um evento para os colaboradores.

— Tenho compromisso no sábado — afirmou, angustiada.

— Sim, claro que tem, a reunião.

Ele a fitou com a tranquilidade do poder, do homem no comando que não admitia ser contrariado.

Natália baixou a cabeça, olhou para o sapato de salto alto e a meia-calça em perfeitas condições.

— Eu tenho uma vida fora da empresa — começou ela, sem muita firmeza na voz. — E não poderei comparecer a essa reunião.

— Todos nós temos vida pessoal, Natália, inclusive os candidatos à diretoria.

Notou o olhar significativo que ele lhe dirigiu, e a centelha de ambição reacendeu a fogueira da vaidade.

— O senhor tem planos para mim? — arriscou perguntar, analisando cada traço, gesto e olhar que pudesse traduzir o pensamento dele, sua resposta.

— Sábado, Natália — rebateu o pai com tranquilidade, repetindo enquanto mantinha o olhar de águia cravado no dela.
— Sábado.

Abriu a garrafa de vinho e serviu o conteúdo até a borda do cálice, um tanto deselegante, era verdade, mas a intenção era a de se embriagar. Então agora ela tinha duas notícias ruins para ruminar: Mauro seria demitido, e ela não voltaria no sábado para Santo Cristo.

Desistiu da lasanha na primeira garfada. O estômago fechou ao encarar a realidade de que não veria Mário dali a três dias. Contava os minutos, as horas, os dias para vê-lo, e era nisso que se agarrava para suportar a saudade que sentia e o desejo ardente que parecia queimar a sua pele por dentro.

Bebeu dois cálices de vinho. Depois pegou a garrafa e voltou ao quarto, deixando o cálice vazio na mesa.

Deitou na cama e telefonou para Mário.

Duas da manhã! Pelo amor de Deus, ele tinha que acordar dali a três horas...

— *Por que demorou para me ligar, dona madame?*

A voz morna e macia atingiu-a num ponto sensível da alma, e ela quase chorou.

— Muito trabalho — mentiu. A verdade era que testou seus sentimentos, acalentando a ideia de que não sentiria falta dele nem da vida na fazenda. — Me perdoa por tê-lo acordado.

— *Eu não estava dormindo. Faz dias que não durmo, mais precisamente desde que vi aquele maldito avião levá-la embora.*

Grudou o celular contra o peito, respirou fundo e procurou se controlar.

— Estou com saudade de você.

— *Falta pouco para nos vermos, logo a gente mata e enterra bem fundo essa saudade.*

Riu baixinho da voz sacana que ele usou.

— As coisas se complicaram aqui na empresa.

— *Excelente!*

— Mário! — exclamou ela, rindo.

— *Já pedi para Santo Onofre que você seja demitida, assim vai voltar para mim sem drama de consciência.*

— Acho que a comunidade de Santo Cristo não me quer aí — sondou-o com jeitinho.

— *Eles vão ter que se habituar à futura sra. Lancaster.*

— Para com isso, peão doido — brincou, tremendo de emoção, de medo, de saudade.

— *O anel está aqui, e eu também.*

Ela respirou fundo e bebeu mais um gole do vinho direto do gargalo da garrafa.

— Sinto a sua falta.

— *Verdade?*

— Muito.

— *Cacete, então vamos nos encontrar amanhã mesmo.* — Ele parecia determinado.

— Não poderei vê-lo tão cedo, teremos que esperar um pouco mais.

— *O que aconteceu, Natália?*

— Tenho uma reunião importante no sábado — falou, ocultando o fato de que, dependendo do resultado, era possível que não voltasse tão cedo a Santo Cristo.

— *Entendo.* — O tom era de pesar, e ela sentiu uma pontada de angústia no peito. — *A gente vai superar a distância e todos os obstáculos que surgirem, ok? Sou seu, todo seu, e vou te esperar o tempo que precisar.*

— Eu queria vê-lo. Queria de verdade, mas essa reunião...

— *Não se justifica para mim, certo? Às vezes também acontecem imprevistos na fazenda, sei como é ruim não podermos controlar tudo como gostaríamos.*

— Me sinto péssima... — O vinho começou a agir, soltando a sua língua. — Tem uma vaga aberta na diretoria, mais uma vez, e eu já perdi essa promoção no ano passado para um cara... Acho que serei indicada dessa vez ao cargo.

— *E então vai ficar por aí, não é mesmo?*

— Sim, Mário. Estou aqui desde antes dos meus vinte anos, nunca trabalhei em outro lugar, e essa é a minha chance de me tornar diretora-geral da TWA antes dos trinta anos. Entende como é importante?

— *Não, a única coisa que entendo é que amo você.*

— Então torça pela minha felicidade — pediu, meio grogue. — Torça para que eu vença na porra da minha vida inútil.

— *Sou egoísta demais. Quero você feliz comigo e não sozinha... Ou com outro.* — A voz dele parecia vir agora de longe, como se a ligação estivesse ruim ou como se ele estivesse amuado.

— Nada mudará para nós dois, apenas temos que conciliar nossas agendas.

— *Não uso agenda.*

— Estou apaixonada por você, Mário.

— *Então larga tudo e me aceita ao seu lado* — pediu.

— Agora não.

— *Você não está feliz.*

— Não.

— *Merda, você não está feliz* — repetiu ele, parecendo angustiado. — *Você merece ser feliz, Natália.*

A embriaguez a envolveu com seus braços mornos e macios, colocou-a para dormir, mas antes a deixou falar baixinho:

— Eu não sei onde está a felicidade.

* * *

A dor de cabeça era do tipo latejante ao lado dos olhos, um tambor batia forte na têmpora, ninguém ouvia o seu barulho, apenas Natália quando piscava ou sorria. A ressaca da bebedeira da madrugada a acompanhou até a sala de reunião da TWA. Antes de entrar, no entanto, pegou uma caneca de café e a ingeriu juntamente com um analgésico.

Lembrou-se de ter falado com Mário, mas não sabia exatamente o quê. Esperava não ter se declarado para ele, ainda não era o momento, queria lhe dar a chance de cair fora antes de entrar na vida de uma workaholic de carteirinha. A constatação de que o amava parecia agora um peso nos seus ombros. Era responsável por esse sentimento, tinha de cuidar bem dele, nutri-lo e preservá-lo.

As paredes da sala de reunião eram de vidro, dava para se ver o outro arranha-céu que ladeava a construção da TWA. Os vidros eram escuros e filtravam a entrada dos raios de sol quando o dia amanhecia ensolarado, diferente daquela manhã.

No centro havia a enorme mesa oval, contornada pelas cadeiras que mais se assemelhavam a poltronas de avião, diante da tela de projeção. Os executivos conversavam entre si num ambiente de descontração antes de o presidente da empresa adentrar o recinto.

Natália viu sobre a mesa a pasta de papelão com a logomarca da TWA, e os papéis no seu interior possivelmente indicariam uma mudança estratégica à vista.

Cumprimentou todos com um leve meneio de cabeça, procurando com os olhos a figura esguia e altiva do pai. Encontrou-o conversando com um rapaz recém-contratado, filho de um velho amigo seu de infância. A bem da verdade, o tal amigo havia tido o caçula bem depois do nascimento do seu primogênito. Ele tinha quarenta e poucos anos quando se separou e casou com uma garota vinte anos mais jovem que ele. Assim que Renato se graduou, Andreas o convidou para trabalhar na TWA, isso havia cinco anos. Desde então, o rapaz foi promovido duas vezes, para chefe de setor e, um ano depois, gerente. Apesar de aparentar menos idade, ele tinha vinte e oito anos, era solteiro, metrossexual do tipo que frequentava academia e mantinha cerca de cinco mil seguidores no Instagram, e era lá que ele mostrava o que almoçava e jantava, além de exibir a rotina de um CEO dono de um nécessaire com produtos caros e exclusivos. Renato costumava dizer que não fazia amigos no mundo corporativo, só contatos, cada qual com sua função a desempenhar.

Todo mundo acabava esbarrando num tipo como ele: o simpático charmoso que a faz rir e então você morre de amores pelo cara, o quer como namorado, amante, melhor amigo, o que for, só para fazer parte do seu círculo chique e sensual. Afinal, ele exalava carisma por todos os poros. Mas, no fundo, diante de uma análise crítica, perceberia que ele não passava de um carreirista disposto a puxar o tapete do colega num piscar de olhos. Jean sempre o detestou. E isso acontecia quando um espelho mirava outro.

Trapaças, intrigas, fofocas de corredores, amizades falsas. Tudo fazia parte do circo corporativo. A promoção era como um arco-íris que reluzia para poucos. Por mais que ambicionasse chegar ao topo da TWA, e inclusive suceder o pai, Natália não se via armando esquemas, destruindo carreiras alheias ou, resumidamente, jogando sujo para atingir os seus objetivos. Embora, nos últimos tempos, considerasse que estavam jogando sujo com ela.

O presidente assumiu a cabeceira da mesa e todos se voltaram para ele.

— Vamos à minha sala — disse baixinho, voltando-se para a filha.

Natália levantou da cadeira, sentindo vários pares de olhos sobre si e, obviamente, depois que saíram, os executivos devem ter tecido comentários a respeito do assunto que pai e filha tratariam antes da importante reunião.

Ela o encontrou à janela, a coluna ereta, o queixo altivo e os olhos parados num ponto qualquer fitando o céu; não parecia que o admirava, mas que verificava se ia chover ou não. Depois ele se voltou e, sem expressar o que quer que fosse no semblante, comunicou:

— Após passar por uma profunda auditoria, conseguimos vender a fábrica de parafusos de Santo Cristo.

— Interessante — comentou ela, mais para si mesma. — E vão mantê-la em funcionamento?

— Sim, é o que pretendem. A bem da verdade, o futuro daquela fábrica não diz mais respeito à TWA.

— Mas diz respeito a Santo Cristo.

— Que também não diz respeito a nós — enfatizou, olhando-a com desconfiança. — Pelo visto você gostou do estilo de vida no campo.

— É agradável — comentou simplesmente, desconfiada de que a conversa na sua sala não fosse apenas para esse comunicado.

Ele mexeu na aliança do dedo anelar esquerdo, cabisbaixo, parecendo pensar sobre o que lhe diria a seguir:

— O Jean elaborou muito bem a lista de demissões, o quadro de funcionários ficou enxuto e flexível, além de ter limado quem não agregava qualidade ao grupo de colaboradores.

— É verdade, o Jean soube ler a ficha de cada funcionário, uma vez que não os conheceu pessoalmente, mas já é uma atitude válida — disse ela, num tom que beirava a zombaria.

— Se está dando a entender que ele não fez direito o trabalho dele, posso lhe assegurar que se enganou — afirmou serenamente.

— Ao passo que o *seu* diretor não foi aproveitado na nova diretoria.

— Uma pena — lamentou ela.

— O que pensa sobre a saída de Jean?

— Que já estava na hora.

O pai sorriu amplamente.

— Você gostou, não é mesmo?

— Os meus sentimentos importam para o senhor? — fez a pergunta num tom sério, mas um rastro de ironia a permeou como se o chamasse para mais um enfrentamento.

— Drama feminino — rebateu ele com menosprezo.

— Não, pai, é uma mera pergunta. Importa o que sinto sobre a saída do seu protegido?

— Realmente, não.

— Tudo bem. — Ela aceitou a resposta fria e acrescentou: — Vamos voltar à reunião ou trataremos de mais algum caloroso assunto entre pai e filha?

— Sua madrasta pediu o divórcio — disse ele e, dando de ombros, prosseguiu: — Ela está de olho na partilha de bens, mas se esqueceu do contrato pré-nupcial. É esse o problema das mulheres, cercam-se de todas as garantias a fim de se darem bem na vida, mas não passam de moscas tontas.

— As mulheres não são moscas nem tontas. A não ser que esteja incluindo a vovó nessa sua teoria, pai — provocou-o, sorrindo.

— A sua avó era uma meretriz da alta roda — comentou ele, indiferente. — Fazia questão de passar dois, três dias fora de casa e deixava os filhos aos cuidados de empregadas com um tipo de treinamento quase militar. Desde cedo, minha doce filha — começou, com ironia —, fui cercado por putas acéfalas que pouco se importavam com quem não as reflitisse no espelho.

— Minha mãe o amou...

— *Amou* a minha posição social.

— Eu o amo.

— É mesmo? — perguntou, arqueando uma sobrancelha enquanto esboçava um sorriso mau. — Vamos ver o quanto me ama, pequena Natália — concluiu, de modo misterioso.

Ela o seguiu de volta à sala de reunião. E, agora, os executivos estavam em suas posições, sentados em torno da mesa e concentrados nos seus celulares. Assim que pai e filha entraram, todos ergueram a cabeça ao mesmo tempo em direção à porta, que foi fechada pela secretária da presidência.

Jean apareceu para formalizar a entrega do cargo. O terno sob medida ajustava-se ao corpo bem-estruturado, e a expressão de seu rosto sugeria um fastio dissimulado. Ela sabia que ele queria cair fora em alto estilo.

A pauta girou em torno de vários temas até que chegou a parte final, quando o presidente anunciou quem substituiria o sobrinho na direção geral da TWA.

— Um cargo desse porte exige que seja representado por uma pessoa de minha inteira confiança. — Ele então se voltou para a filha e, com um sorriso tranquilo, falou: — Por favor, Natália, ponha-se de pé.

O Grande Momento chegou. Foi o que ela pensou, erguendo-se da cadeira sem deixar de olhar nos olhos do pai. O Grande Momento não era o seu anúncio como diretora da empresa. O que importavam uma sala com seu nome na porta e um excelente salário para quem rastejava pela calçada em busca do alimento emocional? O Grande Momento era a aceitação e o reconhecimento. Era Andreas Esteves ver que ela era a sua semelhança, o seu espelho, o seu legado, aquela que carregava metade dos seus genes.

Quando ele lhe estendeu o envelope, ela o pegou sem notar a textura do papel entre os dedos, pois todo o seu corpo, alma e coração voltaram-se para o pai. E foi como se uma porta para outra dimensão se abrisse e mostrasse a garotinha caindo e voltando para a bicicleta, olhando para trás a fim de ver se o pai havia visto o seu progresso. Aos quinze anos, dançando com ele a valsa inesquecível, sorrindo para o seu príncipe encantado e protetor, por mais que o pai estivesse sério e carrancudo, impaciente por ser obrigado a se expor aos convidados da esposa, no baile de debutante organizado por uma empresa especializada. Mas Natália não se importava com o seu mau humor, pois sua alma estava saciada da presença daquele que ela sempre amou. E depois disso não havia mais lembranças. O "protetor" se esquivou do seu papel, deixou-a no meio do caminho, olhando para a sua figura que caminhava para longe dela, dobrando a esquina da indiferença até se perderem de vista. Mas ela tinha um plano para reencontrá-lo: estudaria o que ele estudou, trabalharia na empresa que ele criou e, um dia, seria importante na vida do homem...

Do homem que a fazia sentir-se mal, feia, magra demais, incapaz, burra, carente, triste, deslocada.

Por que amava quem não a amava?

Abriu o envelope e viu a folha com o timbre da TWA. Ergueu os olhos do papel e encarou cada um dos executivos em torno da grande mesa oval. Não havia mulher. Buscou mentalmente o nome de uma chefe de setor. Todos do sexo masculino. Então, ao fundo da sala, ela viu outra companheira de gênero. Sorriu levemente para a secretária que enchia de café as xícaras dos homens de negócios.

Qual é a sensação de ser filha de um misógino? A voz vinha de sua cabeça.

O problema não era ela. Nunca havia sido ela. Não estava nela.

Puxou o papel e, antes de o ler, endereçou um longo olhar para o pai. Mas ele não estava mais lá. De pé, ao seu lado, apenas o presidente da empresa onde ela trabalhava até aquele dia. O seu pai, o cara que a havia posto no mundo, nunca esteve lá, nunca esteve realmente lá.

Então ela entendeu tudo.

E ganhou a tão almejada independência.

Baixou os olhos para o papel, mantendo o sorriso sereno de quem acabava de atingir o nível mais alto do autoconhecimento, e leu o nome de quem assumiria a direção da TWA.

Era conhecida a frase de um filósofo que dizia que "o inferno são os outros". Ele tinha razão. No entanto, mais certo ainda era considerar que o inferno (e também o céu) estava dentro de cada um.

— Não quero mais esse inferno.

Foi o que disse ao se voltar para Andreas e lhe entregar o envelope. Notou o sorriso do velho tremer, os lábios não o sustentaram mais e esboçaram um ar de menosprezo.

Natália foi até Renato, estendeu-lhe a mão e, sorrindo como quem acabava de tirar um peso absurdo dos ombros, falou:

— Parabéns. É o seu nome que está no papel que o presidente da empresa me pediu para ler.

Ele corou, baixou os olhos para os próprios sapatos, envergonhado. Era nítido que não aprovava aquele tipo de teatro de quinta, de um pai expondo a filha à humilhação pública. Porém, Natália sabia que aquela cobra faria de tudo para chegar ao poder e ninguém protegeria o presidente do seu bote fatal. Ela, portanto, cumprimentava o futuro dono da empresa do seu pai.

Deu-lhe as costas e, digna, encaminhou-se para a porta de saída. A cada passo que dava, sentia olhares queimando-lhe as roupas, tentando entender como a ingratidão alcançava os filhos dos homens mais nobres. Ela pouco se importava com o que pensavam a seu respeito.

— Ah — ela parou à soleira da porta e se voltou para Renato —, estou oficialmente pedindo a minha demissão. — E, dirigindo-se aos demais, completou: — Foi um prazer trabalhar com os senhores... Mesmo sendo homens.

Beijou a bochecha da secretária e, ao seu ouvido, sussurrou:

— Quando sair daqui, mete um processo nesses merdas.

A outra sorria com discrição, os olhos brilhavam.

Capítulo vinte e oito

Milena era assistente do gerente financeiro. O seu currículo lhe garantiria a própria gerência e, agora, depois de Jean lhe retirar a venda dos olhos, Natália percebia que aquela mulher também marcava passo na empresa não indo para lugar nenhum.

Foi ela quem surgiu à porta.

— Precisa de uma caixa para levar as suas coisas? Tenho uma guardada no meu armário à espera de eu ter a mesma coragem que você teve e cair fora.

— Vou levar apenas a minha bolsa — respondeu Natália, olhando em volta, indiferente. — Nada de porta-retratos de família porque não tenho fotografias recentes com os meus pais. Além disso, não me interessa ter a imagem do dono da empresa diante dos meus olhos me dizendo que minha vagina não presta para um cargo acima da gerência — comentou, com humor ácido.

— Bando de trouxas, isso sim — concordou a outra e, antes de sair, avisou-a num tom baixo: — O Poderoso Chefão está vindo. Cuide-se, Natália. E não tenha dúvidas de que você é boa demais para a TWA.

Assim que Milena se voltou para seguir pelo corredor, Andreas entrou na sala, não precisava pedir licença, era dono de tudo.

— O que pretende fazer da sua vida sem o meu apoio?

Ela juntou tudo da mesa e pôs na bolsa, que ficou estufada e torta, quase a arrebentando.

— Pretendo... — começou a falar, empurrando o notebook com força para dentro da bolsa a fim de fechá-la. Por fim, desistiu, deixando-a aberta, e o encarou, dizendo: — Não é da sua conta, pai.

— Se é assim que pensa, pode juntar suas tralhas lá de casa também — afirmou ele, sem emoção na voz.

— Pra falar a verdade, não quero aquelas *tralhas*. — Encarou-o, disposta a enfrentá-lo de igual para igual: — Vou recomeçar do zero.

— Com uma bela rescisão, não é verdade?

— Claro que sim, afinal, dei praticamente toda a minha juventude a essa empresa.

As lágrimas lhe bloquearam a garganta. Sim, ela deu dez anos de vida para construir uma carreira porosa, com infiltrações e frágeis alicerces.

— Se quebrar a cara, não me peça ajuda.

Ela fez que sim com a cabeça, incapaz de falar. Ele era um homem que odiava mulheres. Por algum motivo, nascera assim ou fora traumatizado pela mãe, Natália não tinha como saber, mas a verdade era que ela buscou a aprovação de um cara que não tinha condições psicológicas para amá-la, e isso era como dar murro numa parede de concreto a fim de quebrá-la para deixar o sol entrar.

O sol jamais entraria na cela escura que era o relacionamento entre eles.

Sentiu-se vazia e ao mesmo tempo tomada por uma angústia que parecia lhe corroer a carne por dentro, doía, um ferimento sem sangue, sem fratura, um corte que a desligava do amor que ainda sentia pelo pai. Porque ela não tinha trauma, não odiava os homens... Inclusive amava muito um deles.

Chorou. Não queria demonstrar fraqueza diante do inimigo. Levou as mãos ao rosto, escondendo-o para chorar no esconderijo de mentirinha. No fundo, tinha esperança de que ele mudasse de atitude e lhe dissesse que estava disposto a fazer terapia, arrumar a cabeça e limpar o coração de ódio para ela entrar.

— Algum dia o senhor gostou de mim?

Ele a olhou detidamente.

— Se sentiu necessidade de me fazer essa pergunta, é porque sabe a resposta — disse ele, por fim, sem nada acrescentar além de um olhar frio de despedida.

Natália saiu da sala, carregando no ombro a bolsa com o zíper estourado. Os olhos turvos de lágrimas grossas que nasciam e escorriam se misturando ao rímel que não era à prova de rejeição paterna.

Os funcionários, que trafegavam no corredor que levava à área dos elevadores, pararam de conversar para acompanhá-la com o olhar crítico e superior. Ela era a filha do dono e não uma colega de trabalho digna de empatia. A maquiagem borrada, a mágoa na forma do choro silencioso e da coluna encurvada, o andar arrastado de quem ainda tinha correntes nos tornozelos, isso tudo nada significava para aquela gente do último andar, o alto escalão da TWA. A bem da verdade, significava sim: a vaga aberta na gerência do RH e a certeza de que a diretoria e, posteriormente, a presidência não seriam ocupadas por alguém da família. A corrida então para o topo começava a partir da sua saída.

A porta do elevador se abriu, e ela entrou, voltando-se para vê-la fechar separando-a do grupo que ainda a observava. Respirou fundo, contendo o resto de lágrimas que somente seriam derramadas ao chegar à Majestade do Cerrado. Mais do que nunca, sentia falta de Mário, de tudo que ele representava, e do carinho aconchegante dos Lancaster.

O saguão estava apinhado de gente. O expediente seguia normalmente aos sábados, em especial quando cada setor se organizava para o evento à tarde, de confraternização entre colaboradores, ali mesmo, na ampla entrada da empresa que se assemelhava à de um shopping center.

De repente, o burburinho cresceu tomando o ambiente de exclamações de surpresa. Viu os olhos arregalados de um cara que fitava à entrada de portas duplas. Acompanhou o seu olhar, mas por algum motivo as dezenas de pessoas que ali estavam resolveram recuar, fechando um semicírculo em torno de algo que as fascinava e também as amedrontava. Natália não conseguiu assimilar o que de fato acontecia.

Até que ouviu o barulho de cascos batendo no piso e, em seguida, um relincho alto ecoou por toda a estrutura moderna da TWA. Espichou-se o quanto pôde para ver o magnifico cavalo branco adentrar a empresa exibindo a crina longa e a cauda volumosa também nívea e bela, o porte altivo de um animal de raça.

"Meu Deus, o que é isso?"

"Um cavalo, Janete"

"Eu sei que é um cavalo. Mas o que faz aqui, na empresa, em plena avenida Paulista?"

"Só Deus sabe."

Não era somente Deus que sabia, considerou Natália, passando pelas pessoas imóveis admirando a cena bizarra. O que viu diante de seus olhos confirmou o que o coração gritava afoito no peito. O cavaleiro usava roupa preta, o chapéu de vaqueiro caído até metade dos olhos deixava à mostra o rosto com a barba por fazer, os maxilares talhados com rudeza, as mechas castanhas por cima da gola da camisa.

Mário segurou com uma das mãos as rédeas do cavalo e, num trote manso, aproximou-se dela.

O coração na boca. Tal expressão resumia o que ela sentia naquele momento, tomada pela surpresa do encontro. Por outro lado, sentiu que levitava. Era impossível que levitasse, mas o amor que sentia por aquele homem a fez se sentir leve, um palmo acima do chão.

O cavalo branco e o seu príncipe encantado de Stetson eram refletidos nos espelhos do saguão. Os funcionários pararam o que tinham de fazer e se juntaram em torno deles, tentando entender o que acontecia ali, o que um caubói fazia dentro de uma empresa no coração de asfalto e concreto da avenida Paulista.

Ele apeou do cavalo e foi até ela, trazendo pendurada no ombro uma sacola de pano.

— A gente combinou de se ver neste sábado — falou ele, numa voz macia, os olhos cravados nos dela, um esboço de sorriso no canto dos lábios. — Senti muito a sua falta e resolvi laçá-la de vez — acrescentou com um sorriso.

Ela tentou dizer que conhecê-lo foi a melhor coisa que lhe aconteceu na vida, mas, ao abrir a boca, nenhuma palavra ousou sair, pois estavam presas no fundo da garganta.

"Que coisa mais linda!"

"Uma hora vai chegar a sua vez, Gisleine."

"Mas onde o Wesley Augusto vai encontrar um cavalo?"

"Sim, é só esse o problema dele, não é mesmo?"

Ao fundo, outra gritou:

— Vai fundo, Natália! Monta no caubói... Quero dizer, no cavalo!

Ela reconheceu a voz de uma das faxineiras da manhã e sorriu. Mas ao sorrir, piscou os olhos, e as lágrimas deslizaram pelo rosto inchado. Antes de se voltar para Mário, notou a figura do pai ao pé da escada que levava ao mezanino. Ignorou-o. Ele não estragaria o seu Grande Momento.

— Não sei o que dizer — afirmou ela com sinceridade, a emoção transbordando dos seus olhos.

Ele ergueu o queixo dela com dois dedos e a beijou ternamente. Depois a encarou com seus olhos azuis tão lindos e falou:

— Diga "sim", dona madame. Um simples "sim", sem o "mas" ou qualquer atalho que a tire da estrada reta em direção aos meus braços — pediu, sorrindo com charme. Em seguida, o caubói abaixou-se no joelho bom e puxou da sacola um par de botas de vaqueira, o couro legítimo, cano alto na cor caramelo. Deitou o par

no chão e endereçou-lhe um olhar cheio de paixão ao continuar:
— Minha dona madame, me dá o seu pé em casamento?

Ela sorriu, abandonando de vez a intenção de segurar o choro. Agora eram lágrimas de emoção, nada de tristeza e angústia.

— Sim.

Levou a mão ao ombro dele, vendo-o retirar de um dos pés dela o scarpin de dois mil reais para, em seguida, calçar a bota de vaqueiro. Fez o mesmo no outro pé, e ela não conseguia parar de sorrir, o peito parecia prestes a explodir de ansiedade e paixão.

Mário a beijou no joelho e depois se ergueu do chão. Pegou o rosto dela entre suas mãos grandes e calejadas e a fez mergulhar no fundo dos seus olhos.

— Vou raptá-la para a minha fazenda e só vou devolver quando você decidir largar de vez essa gaiola de vidro.

Quase lhe disse que se preparava para voar de volta ao ninho que eram os braços dele.

— Caubói, me leva embora daqui — pediu Natália, respirando ofegante, plena de amor e louca de saudade.

Ele a pegou no colo e, sem deixar de sorrir, a pôs na montaria. Sentou-se na frente dela e pegou as rédeas, ignorando a sucessão de palmas e assobios da multidão que desceu dos outros andares para ver o peão encantado montado no cavalo branco.

Natália abraçou-o com força na cintura, esmagando a bochecha nas costas de Mário, o sorriso grudado na face corada e cheia de vida. Se ela se sentia uma princesa de contos de fadas resgatada pelo seu herói? Era bem assim que ela se sentia.

Capítulo vinte e nove

Um vaqueiro de voz rouca cantava "Fio de cabelo" e, ao seu lado, o rosto do violeiro moreno mal era visto, a aba do chapéu abaixada mostrava apenas a sua barba.

— Eu estava bem assim, ó, catando os fios dos seus cabelos no lençol da minha cama — disse Mário, ao seu ouvido, abraçado nela no sofá do alpendre.

— Encontrou algum? — indagou Natália, com bom humor.

Ele então a olhou desconfiado e, em seguida, piscou o olho para ela. Inclinou o corpo para frente e enfiou a mão no bolso traseiro do jeans. Depois se voltou, mostrando o fio de cabelo loiro e curto entre os dedos.

— Levei você para todos os lugares aonde fui.

— Oh, que lindo! — exclamou ela, beijando-o na boca. — Você é tão romântico, Mário!

— Por favor, não me xingue — brincou, apertando-a entre os seus braços. — Me chame de bruto, bruto cascudo, melhor dizendo, é assim que se elogia um cabra por essas bandas.

— Meu bruto cascudo fofo!

— Ô, diabo.

Thomas aportou trazendo consigo uma lata de cerveja e o seu sorriso mais debochado. Sentou na tábua alta da amurada e falou:

— O Ranson se comportou bem na missão de cavalgar numa avenida tumultuada, não foi? Falei com o Valdir, que me contou que deu tudo certo quando você foi pegar o cavalo dele, lá mesmo em São Paulo, e zarpou no trailer até a avenida Paulista. — Ele riu e continuou: — No fim, você só cavalgou meia quadra até o prédio da TWA. Não causou nenhum alvoroço com a paulistada de terno e gravata.

— Por que está contando os bastidores da empreitada? — perguntou Mário, a cara amarrada. — Fui buscar a minha bruta a cavalo e pronto, fim de papo, ninguém precisa saber como a ação foi feita.

— Até parece que a Natália ia acreditar que você cavalgou de Santo Cristo até lá — disse Santiago, depois de emborcar a sua pinga preferida. — O que sentiu ao ver o seu peão de rodeio favorito pagando mico na frente de todos? — perguntou ele a Natália, num tom de divertimento.

— Pensei na economia que eu faria com o táxi e o avião, já que planejava voltar para a fazenda de vocês.

— *Minha* fazenda, madame — corrigiu-a Mário e, parecendo aproveitar a deixa, completou de modo significativo: — E, assim que você se tornar oficialmente minha esposa, a Majestade do Cerrado também será a sua fazenda.

— Espero que a *dona madame* nos deixe continuar morando aqui — falou Santiago, juntando as mãos de modo teatral.

— Acho melhor não separar os Lancaster. Pelo que notei, vocês são mais fortes juntos.

— É isso aí, pode crer.

Thomas foi até a matriarca e apertou as bochechas dela.

— Fortes e gostosos como a dona Albertina — disse ele, fazendo cócegas nos quadris da mãe.

— Para com isso, seu bosta! Ai, Thomas!!! Esses dedos de urso da montanha... Me machucam... — falou, aos risos.

— Cuidado que ela pode engasgar. A velha está numa idade em que se engasga até rindo — provocou-a Santiago.

— Natália, minha filha, fecha os ouvidos, por favor! — gritou a senhora, às gargalhadas. — A velha é a...

Mário tapou suas orelhas com as mãos e aproveitou para beijá-la na boca.

A moça aninhou-se aos braços dele se sentindo tão bem que chegou a suspirar.

— Foi dureza passar essa semana longe de você — confessou ela. — Me enchi de trabalho e desviei meus pensamentos que insistiam em voar para cá. Foi um legítimo inferno.

— Agora você está de volta ao paraíso — disse ele, afagando-lhe o cabelo.

— Como está a sua vida, meu amor? Digo, em relação às montarias.

Ele riu baixinho.

— Podia mentir para você e dizer que treinei feito um doido desde que você foi embora. Mas a verdade é que montei mais uma vez no Killer e outra no Furor, fiz bonito até, só que não me inscrevi para nenhum rodeio. Eu queria tê-la comigo para recomeçar a minha carreira. Sem você aqui a coisa estava bem esquisita.

— É mesmo? — perguntou ela, sorrindo com carinho.

— Os dias eram cinzentos, eu tropeçava nas pedras, as vacas riam de mim, perdi o rumo, Nati.

Ela se ajeitou no sofá de modo a poder encará-lo e tomar-lhe o rosto entre as suas mãos.

— Agora estou aqui e pretendo viver o resto da minha vida em Santo Cristo — afirmou, emocionada.

— Casa comigo, mulher?

— Caso, sim, meu caubói lindo. — Beijou-o no queixo e completou: — Mas não agora, preciso ter o meu canto, o meu negócio próprio, uma vida só minha sem a sombra de um homem. Não quero sair da casa do meu pai para morar na casa do meu marido, entende?

— Não gosto dessas modernidades — reclamou ele, suspirando resignado. — Mas você é moderna e eu me apaixonei por isso também. Fazer o quê? Vou mantê-la debaixo da aba do meu chapéu até conseguir enfim tacar aquele anel no seu dedo.

— Pode *tacá-lo*, a mão direita está bastante assanhadinha para recebê-lo.

Ele sorriu mostrando todos os dentes.

— Como é linda essa minha mulher.

— Mas antes preciso contar um segredinho. — Ela se ajeitou no sofá de modo a encará-lo. — Quando cheguei, não fui totalmente honesta com você. Temi algum tipo de reação mais agressiva por parte dos funcionários da fábrica do Fagundes e omiti o fato de que eu não era apenas a gerente de RH subordinada ao diretor-geral, a mensageira, por assim dizer. — Parou de falar e respirou fundo, admitindo por fim: — Sou filha do presidente da TWA.

— E tem irmã? — Thomas perguntou, aproximando-se deles, demonstrando interesse na conversa. — Acho interessante unirmos os Esteves aos Lancaster — completou com ar divertido.

— Pra falar a verdade, achei que tinha alguma coisa errada, você é chique demais — disse Mário.

— Está zangado comigo?

— Você fez o que achou melhor — ponderou, sério. — O fato de ser rica ou pobre não muda nada para mim, não é essa parte da sua vida que considero importante.

Ela o beijou na dobra do pescoço.

— Eu sabia que entenderia. Mas agora não sou mais rica. Cortei relações com o meu pai e ele me excluiu do testamento dele. A grana que tenho é a da rescisão. — E, voltando-se para Thomas, respondeu: — Infelizmente, sou filha única.

— Bom, então vou ter que enriquecer montando nos bois mesmo — disse ele, tirando o cigarro apagado de trás da orelha.

— Me perdoem por não ter contado antes — começou ela, sentindo-se mal por não ter sido sincera com a família que se colocara contra uma cidade inteira para defendê-la. — Achei que fossem me odiar.

— O Mário odeia os ricos.

— Thomas, ela já entendeu — interveio o irmão, impaciente. E, virando-se para dar atenção a ela, continuou: — Entendo o que pensou e não sou ninguém para julgá-la. Mas, mulher, pelo amor de Deus, eu já estava de quatro por você antes mesmo de vê-la no hotel do espinhento.

— Você, sim, mas o resto da cidade não se apaixonou por ela — falou Thomas. — E, se soubessem que não era mera funcionária, a coisa ia piorar ainda mais para o lado dela.

— Pois é, aí que o povo ia se enganar, pois eu era mera funcionária, sim.

— E agora está desempregada.

— É, Santiago. O mundo dá voltas — disse ela, sentindo-se muito bem. Deitou a cabeça no ombro do caubói e falou: — Quero ter tempo para namorar bastante esse cabra aqui antes de pensar sobre o meu futuro.

— O que acha de me acompanhar na minha volta aos rodeios?

— É só o tempo de eu comprar um chapéu bem bacana.

— Você é o meu amuleto da sorte, Natália.

O tom com que ele se declarou foi tão sério quanto terno. E ela pensou no que havia feito de sua vida nos últimos dez anos. Talvez somente errando se aprendesse a reconhecer e manter o que era certo e sólido, a não deixar escapar por entre os dedos.

— E você é a minha bússola — disse, e beijou-o levemente na boca antes de completar: — que me indica a direção de onde mora a felicidade.

Ele entrelaçou seus dedos nos dela e olhou por cima da cabeça da mulher, os olhos marejados de lágrimas, o queixo erguido de um homem que ficou no chão por tempo demais e agora sabia que o seu destino era voar.

Epílogo

A cabana de madeira foi um dia a residência de um cantor country que se refugiava no interior para descansar dos shows. Era uma construção de dois andares bem servida de janelas imponentes que ofereciam uma vista maravilhosa da planície verdinha seguida pelo rio. Encravada na região das fazendas, era um lugar aconchegante e intimista. O interior era de paredes rústicas e cômodos amplos, além do jardim, onde flores coloridas dividiam espaço com folhagens verdejantes.

Natália puxou a placa de "vende-se" da estaca cravada no chão e segurou-a debaixo do braço, admirando a fachada da sua futura pizzaria.

— Como se sente, sócia?

Voltou-se ao ouvir a pergunta de Mauro, olhando na mesma direção que ela.

— Empolgada.

— Um lugar romântico para namorar comendo uma boa pizza.

— Pois é. O fato de se localizar distante do centro vai atrair os fazendeiros, os mais velhos, que não querem perder trinta, quarenta minutos na estrada, e os mais jovens, que gostam de privacidade e intimismo. Acho que os spots de luz em torno da construção vão dar um ar de discreta sofisticação.

— Exatamente. A "Dona Madame" vai ser a pizzaria preferida dos jacus com dinheiro — brincou ele.

Ela riu.

— Parece um sonho.

— É a nossa sonhada realidade — afirmou ele, a voz embargada.

— A gente tinha que continuar trabalhando junto, Mauro — foi sincera, voltando-se para o ex-diretor. — Um potencial como o seu não pode ser desperdiçado.

— Nem o seu, dona madame — falou Mauro, espirituoso.

— Ah, você não tem ideia de como amo quando ele me chama assim — confessou Natália, de modo apaixonado.

— Olha, vocês dois não são muito discretos — comentou ele, rindo. — Todo mundo sabe que estão loucamente apaixonados. Ontem mesmo falei para a minha mulher que a gente precisava ter um tempo para nós, jantar fora, andar de mãos dadas ao luar. Vivemos muito em função da nossa filhinha e acabamos deixando de lado o fato de que ainda somos namorados. Gente que casa ainda namora, não é mesmo? — Sorriu.

— Claro que namora. Vocês não podem deixar a chama da paixão se apagar. Se não tiverem com quem deixar a Letícia, eu fico com ela, adoro aquela garotinha.

— E ela adora você.

Natália respirou fundo, guardando nos pulmões o frescor dos eucaliptos. Aquele lugar era lindo, a natureza espraiava-se em toda a sua plenitude nas planícies varridas pelo vento. As extensões de terras inabitadas, recortadas pelo horizonte tão belo no amanhecer quanto no anoitecer de uma terra que insistia em se manter indomável.

Tão indomável quanto o peão de rodeio que ela amava.

* * *

Mário despejou o detergente na esponja macia, o líquido espesso com cheiro de coco se espalhou formando uma leve espuma.

Pegou o prato de cerâmica e o esfregou, limpando os vestígios do jantar. Ao seu lado, Natália secava a louça, falando sem parar sobre os planos de abertura da sua pizzaria.

— O pizzaiolo chegará na semana que vem, um italiano legítimo...

— Que nasceu em São Paulo — interrompeu ele, num tom de deboche, lavando agora os talheres.

— Bem, os pais dele são italianos, e ele passou muito tempo em Roma. Para todos os efeitos, aqui em Santo Cristo, ele é um italiano que *parla* português.

— Tudo bem, só quero ver a estampa do engraçadinho.

— Ciúme, caubói?

— Só cuido do que é meu.

— Tem noção do quanto isso soa machista? — perguntou ela, segurando o prato lavado por ele, um sorriso de troça beirava o canto da boca.

— Tudo agora é machismo e feminismo. Só quero mostrar para o sujeito que você tem dono, ora.

— De novo, Mário? Machismo — retrucou ela, agora rindo muito.

— Ué, mas você não é minha, mulher? — A sobrancelha arqueada acompanhou a interrogação feita.

— Afff, acho esse papo muito complicado.

Ele a fitou com as pálpebras semicerradas ao dizer:

— Hum, essa conversa eu vou ter é com o cara que vai pôr as mãos nas suas pizzas. — Viu-a rir como se ele tivesse contado uma piada, então continuou: — Você tem ideia do quanto é bonita? Já se olhou no espelho hoje, com esse vestido de mulher tarada, e essas botas de bruta com bala na agulha? Quando você passa pela rua, os safados quase quebram o pescoço para paquerá-la, e fazem isso na minha cara, bando de jecas no cio! Eles não sabem que você é mais do que um corpo e rosto lindos, você é a minha melhor amiga, minha confidente e o amor da minha vida. E se eu tiver que socar a cara de cada um para eles respeitarem você, vou treinar meus punhos para aguentar a empreitada.

Ela o enlaçou no pescoço e ficou na ponta dos pés para beijá-lo. Ao se afastar, perguntou numa voz arrastada:

— Isso, por acaso, é uma declaração de amor?

Ele enxugou as mãos antes de retribuir o abraço.

— É muito bom saber que a senhorita reconhece o meu estilo.

Depois de limparem a cozinha, eles foram para a pequena sala do apartamento de Natália. Era um imóvel alugado, de dois dormitórios e uma discreta sacada. O lugar era moderno, com poucos móveis, todos clarinhos, e sem muitos acessórios decorativos. Aquele era o canto dela, pelo menos durante o noivado, e tudo ali tinha a ver com a imagem leve e sóbria de quem o habitava.

Namorar uma mulher de negócios era uma novidade para ele, acostumado aos tipos mais simples. Natália estabeleceu os dias em que se encontrariam, quando então ele passava a noite no apartamento dela. Passeavam pelo centro, a pé, olhando vitrines, comendo sorvete, conversando e rindo. Depois voltavam para a cama, faziam sexo à exaustão, dormiam abraçados, acordavam durante a madrugada, repetiam o sexo, comiam e bebiam algo leve e voltavam a se abraçar, a se enroscar, perna com perna, os corpos colados. Ele a levava para a fazenda, mimava-a com carinhos, doces caseiros da sua mãe, longas cavalgadas e, quando o fim de semana acabava, deixava-a novamente no seu apartamento. Sentia saudade dela o tempo inteiro, e eles se viam todos os dias. Thomas, o cínico, dizia que ele estava ficando doido, doido e velho, molenga, um Lancaster abestado.

Foi num início de tarde, sentados no alpendre vendo a grama crescer, que os irmãos Lancaster conversaram sobre o que o futuro lhes reservava:

— Já estou vendo um monte de filhinhos do Mário andando pela fazenda — comentou Santiago, espichado no sofá.

O outro sorriu, baixando a aba do chapéu na intenção de tirar um cochilo.

— E o pai da molecada pançudo que só, na sua vidinha de homem casado longe dos rodeios porque a patroa vai dizer que é perigoso demais — falou Thomas, provocando-o.

— Calem a boca.

— Adestrado pela dona da pizzaria, mais um garanhão que Santo Cristo vai perder para a instituição castradora chamada matrimônio.

— Pura verdade, Thomas. O que mais vejo por aí é peão de rodeio casado e cheio de filhos. Tenho pena, viu?

— Vocês não vão me deixar tirar uma soneca antes de voltar para a lida, não é? — resmungou Mário, contrariado.

— Tudo bem — disse Santiago, pondo-se de pé e gemendo alto. — Meu corpo está todo dolorido de tanto montar numa safada a manhã inteira. Essa coisa de visitar a namorada quando o marido sai para o trabalho me deixa com uma danada de uma preguiça o resto do dia.

Mário abriu um olho e falou:

— Chega de foder com mulher comprometida, ainda vai tomar um tiro na cara.

— Qual é? — retrucou, rindo.

— Falo sério, é uma ordem e não quero que me desobedeça.

— Porra.

— Tem um monte de solteiras por aí.

— Mas querem coisa séria, cacete — reclamou, enterrando o chapéu na cabeça. — O único Lancaster pateta é você, que já foi espichando o pescoço para a mulher colocar a corda.

— Meu irmão, você caiu muito no nosso conceito. — O tom de voz de Thomas era da mais pura provocação.

— Caiam fora daqui.

— Ele seguiu os passos do pai.

— O mais velho é sempre o menos revolucionário — comentou Thomas.

— Agora me diz, Mário, a gente pode "cortejar" as suas ex-amantes?

Ele ouviu a voz de Santiago e quase sorriu com certo prazer cruel ao responder:

— Fiquem à vontade.

— Cadê a sua agenda?

— Não tenho agenda.

Por entre as pálpebras semicerradas, viu os irmãos se afastarem, um empurrava o outro, rindo e falando besteira. Dois grandalhões embrutecidos pelo fracasso na terra dos gringos, mas que não ficaram no chão por muito tempo.

Os vencedores também chegavam ao fundo do poço, sofriam e se machucavam. Mas a dor do fracasso, para quem estava disposto a seguir a sua missão de vida, tinha o seu tempo de duração cronometrado.

Oito segundos para chorar.

Oito segundos para vencer.

Agradecimentos

O primeiro agradecimento é para os meus filhos, que cresceram vendo sua mãe diante do computador escrevendo histórias. Hoje, adultos, são meus conselheiros, melhores amigos e ainda meus bebês. Tudo que faço é por vocês e para vocês. Inclusive todos os meus livros são dedicados aos dois, Karla e Matheus.

Agradeço também à minha rede de divulgação e, mais do que isso, minhas amigas para toda hora, o meu suporte emocional, Renata Marinho, Raquel Cristina Homem e Val Melo.

Por fim, o meu carinho especial para aqueles que começaram tudo, os meus pais, e estendo esse sentimento de gratidão aos meus irmãos, Janine e Gabriel.

Mas esse livro e toda a minha carreira literária não seriam possíveis se você, que está lendo agora esses agradecimentos, não fosse a mulher maravilhosa que é: Cabrita, muito obrigada por amar os nossos caubóis!

Este livro foi composto nas tipologias Archive Thermo,
Biker Two, Core Circus, Highbinder Rough, Old Pines Press,
Palatino Linotype, The Wild Hammers Vintage, e impresso em
papel Pólen Soft 80g/m², na Gráfica Assahi.